오버 더 센츄리

Over The Century

오버 더 센츄리 4

이영호 판타지 장편 소설

초판 1쇄 찍은 날 § 2002년 12월 3일
초판 1쇄 펴낸 날 § 2002년 12월 13일

지은이 § 이영호
펴낸이 § 서경석

편집장 § 문혜영
편집 § 장상수 · 박영주 · 권민정 · 이종민
마케팅 § 정필 · 강양원 · 이선구 · 김규진

펴낸곳 § 도서출판 청어람
등록번호 § 제1081-1-89호
등록일자 § 1999. 5. 31
어람번호 § 제1-0324호

주소 § 경기도 부천시 원미구 심곡1동 350-1 남성B/D 3F (우) 420-011
전화 § 032-656-4452   팩스 § 032-656-4453
http://www.chungeoram.com
E-mail § eoram99@chol.net

© 이영호, 2002

값 7,500원

ISBN 89-5505-535-8 (SET)
ISBN 89-5505-547-1 04810

이영호 판타지 장편 소설

오버 더 센츄리
Over The Century

4 강풍

도서출판
청어람

제1장 사냥

온 세상이 눈으로 덮여 있었다. 산과 들이 온통 하얀색밖에 보이지 않았다. 간혹 거뭇거뭇한 바위나 나무줄기가 눈에 띄었으나 배 위에서 바라보기에는 작은 점에 불과했다.

강도 얼어붙기 시작했다. 뭍으로부터 시작된 얼음이 어느새 강의 중간까지 살얼음을 뻗어내고 있었다. 그 살얼음을 퍼쿵이 기다란 통나무로 툭툭 내려쳐 깨뜨리며 배를 전진시키는 중이었다.

보보가 작은 목소리로 피코에게 물었다.

"뭐가 보여?"

"아직……. 하지만 냄새가 나."

"무슨? 무슨 동물 같아?"

"육식 동물이야. 그것도 거대한……."

"그, 그래? 그럼 용이라는 거야? 육식 동물이라는?"

피코는 말없이 고개를 끄덕였다. 그리고 퍼쿵은 검을 등에 멘 채 기다란 창을 뽑아 들면서 조용히 하라는 듯이 손가락을 펴 입술에 갖다 댔다. 말을 할 때마다 그들의 입에서 하얀 김이 솟아나고 있었다.

"……."

모두의 시선은 강변에서 조금 떨어진 언덕 중간에 있는 커다란 동굴을 향해 고정되어 있었다.

이 지역에 둥지를 튼 지 두 달이 지났다. 이제 계절은 완전히 겨울로 접어들어 있었다. 인간의 성에서 서쪽으로 걸어서 이틀 정도 되는 곳에 위치한 이곳은 주변에 다른 종족이 없었고 산짐승도 많았다.

처음에 상륙했을 때만 해도 가을이었기 때문에 별문제가 없었다. 하지만 이제는 온 산이 하얗게 눈에 덮여 있어서 사냥감을 찾기가 힘든 데다 설상가상으로 보름 전부터 사냥감이 뚝 끊겨 버렸다. 어디선가 육식 용이 나타나 설쳐 대기 시작하고부터였다.

그래서 이들은 며칠째 배를 타고 주변 일대를 순찰하고 있었다. 배의 뒷전에서는 자리코와 유코가 단단히 몸을 고정한 채 앉아 있었다. 만일의 사태에 대비해 자리코를 보호하기 위해 유코는 바람의 정령을 부를 준비를 하고 있었다.

퍼쿵은 항상 사냥을 할 때 유코를 제외시켰다. 유코에게는 정령술 이외에는 무력을 사용할 능력이 없었다. 그래서 유코가 정령의 힘을 빌어 다른 생물을 죽이지 않도록 하기 위해서였다. 대신 평범한 인간인 자리코를 보호하는 임무만 맡겨놓았다. 그건 좋은 일이었으니까.

보보는 어느 정도 활을 사용하는 데 익숙해져 있었다. 피코가 강도 높은 훈련을 시킨 덕분이었다. 그래서 활을 준비한 채 뱃머리에 자리를 잡고 앉아 기다렸다.

잠시 후 우레와 치요가 돌아왔다. 무엇이 있는지 정찰을 나갔다 돌아오는 길이었다.

퍼쿵이 물었다.

"어떻게 됐어? 뭐 찾은 거 있어?"

치요가 고개를 저었다.

"아니, 우레 말로는 분명 거대한 육식 용의 냄새가 난다는데 전혀 움직이지 않고 있어. 아마 그놈도 우릴 살피고 있는 모양이야."

피코가 말했다.

"좀 건드려 보지 그랬어?"

"불덩어리 몇 개 던져 보았는데 반응이 없어."

퍼쿵이 중얼거렸다.

"머리가 좋은 놈이군. 우리가 상륙할 때까지 기다릴 모양이야. 저놈도 우릴 경계하고 있어."

보보가 물었다.

"그렇게 머리가 좋은가요, 짐승이?"

"삐비! 삐비빕? 삐비비비빕!"

그 말에 우레가 화를 냈다.

"뭐래?"

치요가 번역해 주었다.

"짐승이라고 머리가 나쁜 것은 아니래. 때로는 사람보다 더 좋다는군."

그 말에 보보가 얼른 사과를 했다.

"미안, 우레. 그런 뜻이 아니었어."

"흥!"

우레가 고개를 홱 돌리자 보보가 미안한 표정을 짓고 있다가 겁먹은 듯이 다시 물었다.

"꼭 그런 동물을 잡아야 해요? 다른 작은 동물을 사냥해도 되잖아요. 너무 위험하지 않을까요?"

피코가 고개를 저었다.

"꼭 저놈이어야 해. 그래서 너는 배에 남으라고 했잖아."

보보가 다시 말했다.

"그게 아니라… 나도 돕고 싶기는 한데… 너무 위험하잖아. 지금 얘길 들으니 저놈도 우릴 기다리는 것 같은데. 아냐?"

"맞아."

"게다가 머리도 좋고 난폭한 녀석이면……."

퍼쿵이 다시 말했다.

"며칠 동안 관찰해 본 결과 아마 저놈이 새로 들어와 이 일대를 휘젓고 다니는 놈인 것 같아. 이 산 전체를 저놈이 세력권으로 삼았다는 말이지."

보보가 부르르 떨었다.

"그러니까요… 다른 곳으로 가면 안 돼요? 혹시 여러 마리인지도 모르잖아요."

퍼쿵이 대답했다.

"어미 한 마리에 새끼가 몇 마리 있겠지."

"수컷은요?"

"수컷은 보금자리를 만들지 않아. 떠돌아다니다가 번식기에만 이곳을 찾아오지."

"잡을 수 있겠어요?"

퍼쿵은 단호히 고개를 끄덕이며 말했다.

"잡아야 해. 저놈 때문에 며칠을 헤매도록 사냥감 하나 보지 못했잖아? 저런 놈은 엄청나게 먹어대는 데다가 보이는 대로 마구 죽여대기 때문에 없애는 게 다른 짐승들에게도 이로워."

그때였다. 동굴 쪽에서 낮게 울리는 소리가 들려왔다. 그 동굴의 주인이 낮게 으르렁거리는 소리였다.

크르르르……!

피코가 활을 집어 들며 말했다.

"놈이 움직인다. 기다리다 지친 모양이야."

그와 함께 우레와 치요가 하늘로 날아올랐다. 벌써 치요의 손에는 작은 불덩이가 들려져 있었다. 배는 어느새 바람을 타고 강변에 닿아 있었는데 퍼쿵과 피코는 망설임없이 뛰어내렸다. 그리고 유코에게 소리치면서 양쪽으로 흩어졌다. 물가에 얇게 덮여 있는 얼음이 두 사람의 발 밑에서 바삭바삭 소리를 내며 부서졌다. 눈처럼 흰옷을 입은 두 사람은 곧 산을 온통 덮은 눈에 섞여들어 보이지 않았다.

"유코, 배를 부탁해!"

"알았어요!"

유코는 즉시 외치며 바람의 정령을 시켜 배를 강 안쪽으로 몰고 가기 시작했다.

"어, 엇? 잠깐! 잠깐만! 나도 내릴 거야!"

그러나 보보는 내리지 못했다. 배가 순식간에 강 한가운데로 물러나 버렸기 때문이다.

배는 그대로 강 가운데에 고정되어 멈추어 섰다.

"어? 나도 내려야 하는데……."

그러자 유코가 우습다는 듯한 표정으로 말했다.

"됐어. 넌 나중에 토끼 사냥이나 따라가."

그러자 보보는 얼굴이 새빨개지며 당황했다. 자리코 앞에서 창피당하기가 싫었던 것이다.

"뭐, 뭐라고? 나 사냥 많이 해봤어! 넌 아직 못 봤겠지만 네가 마족과 머무르던 한 달 동안 난 줄곧 같이 사냥을 다녔었다구!"

그러나 유코는 코웃음을 터뜨렸다.

"호홋! 거치적거리지나 않았으면 다행이었겠지."

"거, 거치적거리다니? 나 활 잘 쏴! 한번 볼래?"

그러면서 보보가 화살을 활에 재워 시위를 당겼다. 그러나 딱히 쏠 곳이 없었다. 주위는 온통 물밖에 없었고 강변까지는 그의 화살이 닿지도 않을 것 같았다.

그래도 자존심이 있어서 활을 든 채 어디 쏠 만한 표적이 없나 두리번거리는 보보에게 자리코가 부드러운 목소리로 말했다.

"그래, 보보가 우릴 지켜주어야지. 그래서 퍼쿵과 피코가 보보를 여기 남겨둔 것일 거야. 여자 둘만 남겨놓고 갈 수는 없잖아?"

"아, 그렇구나. 그런 뜻이 있었구나. 하하, 난 그것도 모르고."

자리코가 두둔해 주자 그제야 자존심이 산 보보가 어물쩍 활을 거두며 웃었다.

그래도 유코는 보보를 놀리는 것을 그만두지 않았다.

"킥킥, 창피한가 봐요, 언니."

그러자 자리코가 웃으며 말했다.

"너무 그러지 마, 유코. 보보는 우릴 지키려고 남은 걸 거야. 난 보보를 믿어. 호호.”

자리코의 웃음소리를 들은 보보는 더 이상 말을 하지 않았다. 뭐라고 변명하는 것이 더 창피하다는 것을 깨달은 것이다.

“…….”

이제 세 사람은 강변에 시선을 고정시켰다. 퍼쿵과 피코는 보이지 않았다. 그새 양쪽으로 갈라져서 몸을 숨긴 모양이었다. 하늘에 떠 있는 우레와 치요만이 작은 점같이 보이고 있었다.

그르르르!

다시 낮은 숨소리가 들려왔다. 그리고 잠시 후 새까만 동굴 입구에 무엇인가 보이기 시작하자 보보가 소리쳤다.

“나왔다!”

짙은 녹색의 머리가 조금 보였다. 멀어서 잘 보이진 않았으나 놈은 모습을 바로 나타내지 않고 고개만 살짝 내밀어 주위를 살피는 것 같았다.

보보와 유코, 자리코는 바싹 긴장한 채 용의 머리를 바라보았다.

“생각보다 조심성이 많은 놈이네? 이 일대의 왕이라더니.”

“조심해야 할 텐데…….”

퍼쿵은 동굴의 좌측 숲에 몸을 숨기고 동굴 입구를 뚫어지게 살피는 중이었다. 주위에는 굵은 나무들이 빽빽하게 들어차 있어서 작은 인간이 달리는 데는 큰 무리가 없었지만 커다란 용이 들어서면 장애물이 되어주기에 충분하다는 판단이 들었다.

물론 용의 속도는 보통 인간과는 비교할 수도 없이 빨랐으나 퍼쿵은 자신의 속도에 자신이 있었다. 그래서 무성한 나무의 가지들이 충분히 상대의 시야로부터 보호해 줄 수 있는 지형을 택한 것이었다.

한편 피코는 오른쪽 바위산의 한구석에 몸을 숨겼다. 눈 덮인 커다란 바위들이 여기저기 널려 있어서 몸을 숨기기 좋았고, 무엇보다 활을 사용하는 피코는 나뭇가지들이 화살의 진로를 방해하면 안 되기 때문에 숲보다는 바위산이 이로웠다.

물론 거대한 육식 용이 걷어차거나 밀어붙이면 그 정도 바위는 어렵지 않게 제 위치를 벗어나 굴러가거나 부서질 것이다. 그러나 퍼쿵보다 순간 동작이 더 빠른 피코로서는 큰 위험이 되지 않으리라 판단되었다.

또한 우레와 함께 치요가 동굴의 정면 하늘에서 계속 불을 던지며 용을 유인하거나 시야를 가릴 것이므로 이들은 용을 사냥하는 데 크게 겁나지 않았다.

그런 이유로 이들은 그동안 여러 차례 다 자란 육식 용을 사냥한 경험이 있었다. 보통 사람이라면 세 명으로는 어림도 없는 일이었지만 이들은 능숙한 사냥꾼인데다 치요와 우레가 공중에서 강력하게 엄호해 주기 때문에 가능한 일이었다.

우레는 치요를 단 채 오르락내리락하며 계속 용의 눈앞을 어지럽혔다. 약을 올리는 중이었다.

용은 쉽게 굴에서 나오지 않은 채 머리만 내밀고 눈앞을 날아다니는 작은 생물을 따라 눈을 번득였다.

크르르르!

치요가 작은 불 하나를 날려 용의 콧잔등에 얹었다. 아주 작고 약한 것이었다.

크아악!

용이 커다랗게 소리를 지르며 머리를 흔들어댔다. 그러나 어디서 날아온 아픔인지 아직 깨닫지 못하는 모양으로 다시 주위를 살피고 있었다. 그러자 치요가 다시 불을 하나 뽑아내 용의 눈 바로 앞에서 흔들며 보여준 다음 살짝 날려서 콧잔등에 다시 얹었다.

크아앙!

용은 커다란 포효와 함께 머리를 털어내면서 눈앞에서 까불거리는 작은 생물을 향해 달려나왔다.

용의 키는 거의 십 미터가 넘어 보였다. 게다가 머리 크기는 커다란 곰도 한입에 삼킬 만큼 컸고 하나에 사람의 다리통만한 날카로운 이빨이 폭 일 미터는 되어 보이는 입 안에 촘촘히 박혀 있었다.

눈은 온통 붉은색이었고 피부는 녹색과 검은색이 마구 뒤섞여 있었는데 울퉁불퉁하고 단단해 보이는 비늘이 온몸을 덮고 있었다. 거대한 육체를 떠받치고 있는 다리는 백 년 정도 묵은 아름드리 나무처럼 굵었고 움직일 때마다 강력한 근육이 두꺼운 가죽을 밀고 울툭불툭 튀어나왔다.

퍼쿵은 생각했다.

'휴~ 저건 여태까지 본 용 중에서 가장 크군. 저렇게 큰 것은 처음인데? 피코의 화살이 저 두꺼운 피부를 뚫을 수 있을지 모르겠다.'

용은 머리 위에 높이 떠서 작은 불덩이를 던져 대며 약을 올리는 우레를 바라보며 펄쩍펄쩍 뛰었다. 한 번 점프할 때마다 족히 이삼 미터는 솟아올랐고 내려설 때마다 지축이 흔들렸다.

우레는 약을 올리며 점점 용을 모래사장으로 유인해 끌고 나왔다. 용은 이제 화가 머리끝까지 났는지 양쪽에서 숨어 있는 퍼쿵과 피코는 잊어버린 듯 우레가 강으로 날아가자 물에 다리가 다 잠기도록 따라오며 소리를 질러댔다.

치요는 작은 불을 콧잔등에 던지며 용의 힘을 빼고 있었다. 한참을 그렇게 뛰던 용은 이제 허리까지 물에 잠긴 채 조금씩 피코가 있는 바위산으로 이동하고 있었다.

치요는 공중에 떠서 주위를 둘러보았다. 아래에서는 용이 날뛰며 따라오고 있었다. 바위틈에 피코가 숨어 있는 모습을 확인한 치요가 손을 흔들어 신호를 했다. 피코는 웅크린 채 조용히 화살을 재워 시위를 당겼다.

피코가 준비된 것을 확인하자 치요는 갑자기 급강하하더니 수면 바로 위에 멈추었다. 그러자 용은 미친 듯이 물을 헤치며 달려왔다. 그리고 제 허리 높이의 수면에 있는 치요를 향해 아가리를 쩍 벌리며 달려들었다. 엄청난 속도였다. 그 순간 우레는 뭍을 향해 재빨리 이동했고 그것과 거의 같은 순간에 피코의 활에서 화살이 쏘아져 나갔다.

우레와 치요를 따라 왼쪽으로 이동하던 용의 머리에는 사람의 몸통만한 눈이 달려 있었다. 그리고 그 눈 가운데에 정확히 피코의 화살이 박혔다.

크아악!

왼쪽 눈에 화살이 박힌 용이 펄쩍 뛰며 몸을 일으켜 세웠다. 그리고 잠시 몸부림치는 사이 다시 한 발의 화살이 용의 목에 박혔다.

피코가 다시 세 번째 화살을 당기는 동안 몸을 돌린 용은 피코를 발견하고 달려왔다. 피코는 급히 화살을 발사했으나 이번에는 단단한 껍질에 맞고 튕겨나갔다. 화살을 튕겨낸 육식 용은 그대로 몸을 회전시키며 거대한 꼬리로 피코가 웅크리고 있던 바위를 내려쳤다.

콰직—

묵직한 소리를 내며 커다란 바위가 떨어져 날아갔다. 재빨리 몸을 날려 피하지 않았다면 피코도 바위와 함께 형체도 없이 터져 버릴 뻔한 순간이었다. 그러나 이미 피코는 바위 사이를 이리저리 뛰면서 달아나는 중이었고 흥분한 용은 한쪽 눈에서 피를 줄줄 흘리며 나머지 한쪽 눈으로 달아나는 피코를 따라 달리고 있었다.

"어서 달아나! 바로 뒤야!"

치요가 목이 터져라 소리를 지르며 다시 좀 더 큰 불덩이를 아직 성한 나머지 한쪽 눈을 향해 던졌다. 용은 이미 하늘에서 떨어지는 불에는 관심이 없는 듯했다. 머리를 세차게 흔들어 불덩이를 피하면서 발밑에서 요리조리 피하고 있는 피코만을 쫓고 있었다.

피코의 속도는 엄청 빨랐으나 거대한 용도 그 못지않게 빨랐다. 곧 따라잡힐 듯이 바싹 뒤따르고 있었다.

곧 바위산이 끝나고 모래사장이 나올 것이다. 모래사장에서 뛰는 것은 피코에게 불리했다. 발이 빠지는 것은 용이 더 깊었으나 보폭이 커서 속도는 차이가 날 수밖에 없었다. 어서 퍼쿵이 숨은 숲까지 달려야 했다.

그때 숲에서 퍼쿵이 달려나왔다. 아무래도 피코의 걸음이 용보다 느려서 밟힐 것 같아 더 기다리지 못하고 달려나온 것이다. 용은 갑자기 출현한 퍼쿵을 보지 못하고 있었다. 너무 흥분해 눈앞의 피코만을 바라보며 달리는 중인데다가 퍼쿵이 시력을 잃은 왼쪽으로만 접근했기 때문이었다.

용의 거대한 발이 피코의 머리 위를 덮으려는 순간이었다.

크아악!

갑자기 비명을 지른 용이 한쪽으로 기우뚱하더니 무릎을 꿇었다.

쿵!

용이 무릎을 꿇자 재빨리 피코가 돌아서서 용의 등을 타고 올라갔다. 피코는 허리춤에서 갈고리를 꺼내 등 한가운데에 깊이 박았다. 이 육식 용은 두 발로 걷기 때문에 목에 갈고리를 박으면 안 되었다. 앞발이 자유로워서 제 목을 긁을 수 있기 때문에 경동맥을 노리고 목에 갈고리를 박았다간 용의 앞발에 달린 곡괭이 같은 발톱에 먼저 찢겨져 나갈 것이 분명했다.

용이 넘어진 것은 잽싸게 다리 사이로 끼어든 퍼쿵이 거대한 검으로 바닥에 남아 있던 왼쪽 다리의 발목을 베어버렸기 때문이었다. 퍼쿵의 검에 의해서 한 다리의 아킬레스건이 끊어지자 제 무게를 지탱하지 못한 용이 무릎을 꿇고 만 것이다.

물론 정확한 타이밍을 맞추지 못했다면 퍼쿵이 되려 밟혀 죽을 수도 있었지만 용이 피코를 밟으려고 한 다리를 들어서 잠시 멈추어진 데다가 퍼쿵의 속도가 엄청나게 빨랐기 때문에 성공할 수 있었던 것이다.

용은 무릎을 꿇은 채로 제 등에 갈고리를 박고 매달린 피코를 떼어내려고 앞발을 휘둘렀다. 그러나 짧은 앞발이 등에 닿을 리가 없었다. 그러자 이번에는 바닥에 누워 구르기 시작했다. 등에 붙은 피코를 깔아뭉개려는 것이었다.

피코는 재빨리 갈고리를 놓고 튀어 나갔다. 피코가 있던 자리는 용의 무게와 몸부림에 눌려 깊은 구덩이가 생겨나고 있었다.

이제 피코와 퍼쿵은 용에게서 멀리 떨어져 섰다. 바닥에 누운 채 몸부림치며 꼬리를 마구 휘둘러 대는 통에 접근할 수가 없었다. 그 꼬리에 맞으면 패대기쳐진 개구리 꼴이 될 수밖에 없었다.

피코가 물었다.

"이제 어쩌지?"

"잠깐만 기다리자. 다시 일어설 거야."

"어쩌자고 벌써 숲에서 나왔어?"

"네가 밟혀 죽을 것 같아서."

"그래도 처음에 계획한 대로 했어야지."

"미안해. 나도 모르게 달려나왔어."

두 사람이 얘기하는 사이에 용이 다시 몸을 일으키기 시작했다.

용은 균형을 잡으려고 요동 치며 몸을 흔들었다. 힘줄이 끊어진 왼쪽 다리는 힘을 전혀 쓰지 못하고 경련을 일으키는 중이었다.

용은 소리를 질러가며 힘겹게 일어나려 하고 있었다. 그러다가 한쪽 앞다리로 바닥을 지탱하며 끄응 하고 일어서는 순간 퍼쿵의 창이 아직 남아 있는 오른쪽 눈에 박혔다.

크아아아!

두 눈을 모두 잃은 용은 마구 몸부림치며 걸리는 모든 것을 부수기 시작했다. 앞발과 머리와 다리, 꼬리를 휘두르며 주변의 나무며 바위를 모조리 부수었다.

피코와 퍼쿵은 날아오는 파편들을 피해 아주 멀리까지 달아났다. 안전한 거리까지 오자 피코가 퍼쿵을 나무랐다.

"거 봐. 이제 어쩔 거야? 미리 뛰어나오는 바람에 더 어렵게 되었잖아? 숲에서 넘어졌으면 저렇게 움직이지 못했을 텐데……. 저대로는 죽지 않을 거야. 괜히 괴로움만 주게 됐어."

"휴~ 미안하다. 너무 걱정이 돼서……. 어쨌든 한 번에 죽여줘야 하는데……."

그러자 하늘에서 날던 우레와 치요가 내려앉으며 말했다.

"할 수 없지. 한 번에 끝내주려면 내가 나서는 수밖에."

피코가 한숨을 쉬었다.

"그건 더 괴롭잖아. 태워 죽이는 거니까."

"그래도 저렇게 놔둘 수는 없잖아? 저대로는 절대 안 죽어. 사냥을 못해서 굶어 죽을 때까지."

그러자 퍼쿵이 머리를 긁적이며 말했다.

"미안해. 내가 서둘러 나오는 바람에……. 잠시만 기다리자. 곧 지쳐서 느려질 거야. 그때 내가 한 번에 죽일게. 태워 죽이는 것은 너무 고통스러워."

치요와 피코는 가만히 퍼쿵을 바라보다가 고개를 끄덕였다.

"알았어. 난 배에 가볼게."

그리고는 우레와 함께 배로 날아갔다.

치요가 날아오자 보보가 물었다.

"잡은 거야? 아직 움직이고 있잖아."

"잡긴 했는데 아직 죽이지를 못했어. 조금 있다가 힘이 빠지면 바로 죽일 거야."

자리코와 유코는 눈살을 찌푸렸다.

자리코가 말했다.

"어머, 너무 잔인한 것 같다. 난 간단히 끝나는 줄 알았는데……."

치요가 말했다.

"너무 심각하게 생각하지 마. 원래 숲에서 살아가려면 죽든지 죽이든지 둘 중 하나니까. 우리가 살려면 어쩔 수 없어. 여태까지 먹은 고기도 다 저렇게 잡은 거야."

유코도 너무 끔찍한 듯 고개를 돌리고 있었다.

치요가 물었다.

"너희들, 사냥하는 모습은 처음 보는 거지?"

여자들이 말했다.

"그래. 앞으로도 보고 싶지 않을 것 같아."

그러자 보보가 으쓱거리며 앞으로 나섰다. 아까 당한 창피를 씻으려는 의도였다.

"난 직접 해본 적도 있는걸? 하하하, 여자들은 하여튼 겁이 많다니까. 하하핫."

그러자 유코가 톡 쏘았다.

"뱀 나올까 봐 혼자서는 숲에도 못 들어가는 주제에 큰소리는……."

"뭐, 뭐라고? 내가 언제?"

"생각 안 나니? 너랑 나랑 처음 동굴에서 나왔을 때 너, 발가벗고 고추 덜렁거리면서 쫄던 거 말야."

"익! 그, 그건 어릴 때 얘기잖아?"

"호호호, 겨우 다섯 달 전이 지금보다 어리면 얼마나 어리다고 그래? 넌 지금도 어린애야."

그러자 보보가 힘주어 말했다.

"아니야! 난 이제 어른이야!"

보보는 이제 자신이 어른이라고 생각하고 있었다. 자리코와 밤을 보낸 후로 생긴 생각이었다. 그러나 유코는 절대 지지 않으려는 성격이었다.

"호호, 고추에 털도 안 난 것이……."

그러자 자리코가 말했다.

"아니, 조금 났던데? 읍!"

"헉!"

갑작스런 실언에 자리코와 보보가 모두 놀랐다.

"뭐라고요? 언니가 언제 보보의 고추를 봤어요?"

"아, 아니, 본 적은 없지만 났을 것 같고……."

유코는 의심이 가득한 눈으로 두 사람을 번갈아 보았다.

"요즘 둘이 사귀어요?"

"아니……."

세 사람이 티격태격하는 모습을 바라보던 치요가 말을 끊었다.

"쓸데없는 소리 말고 어서 배를 강가로 대, 유코."

"아, 알았어."

유코는 치요가 전에 없이 날카롭게 말하자 약간 뾰로통해져서 배를 강가로 대었다.

가는 도중 보보가 물었다.

"왜 유코에게 그렇게 말했니? 저 다혈질한테……."

"그냥 자리코가 처음 왔을 때 생각이 나서……. 다시 그런 일이 벌어지는 게 싫어서 그랬어."

"응… 그랬구나. 네가 화내는 것은 처음 봤으니까. 좀 무섭더라. 하지만 유코가 보복할 텐데……."

보보의 말에 치요는 다시 예전의 표정으로 돌아왔다.

"후후, 난 그런 거 신경 쓰지 않아. 싸울 생각 없으니까. 보복이야 너한테나 하는 거지."

그 말에 보보가 머쓱해지며 입을 다물었다.

'엑! 그럼 유코가 나만 만만하게 보나? 아닌데… 피코에게도 곧잘 시비를 거는데?'

그러는 사이에 배는 빠른 속도로 강가로 다가갔다. 배가 닿을 무렵 퍼쿵은 지친 용의 목줄기에 깊은 골을 내고 있었다. 바람이 빠지는 듯한 소리가 길게 나며 용이 몇 번 푸르륵 떨더니 움직임을 멈추었다. 용의 목에서 흘러나온 피가 시냇물처럼 흘러 강으로 합쳐 들었다.

퍼쿵과 피코는 곧바로 굴 안으로 들어가 수색을 했다. 예상과는 달리 새끼는 없었다. 그리고 죽은 용도 수컷이었다.

"수컷이면 혼자 사니까 더 이상 이 근처에 육식 용은 없다고 볼 수 있어. 이제 마음 놓고 짐승들이 살 수 있을 거야."

"그래, 당분간은 우리도 사냥을 하지 않아도 되고."

엄청나게 큰 용을 잡았기 때문에 겨울을 나고도 남았다. 앞으로 시간을 내어 가죽을 벗기고, 고기를 훈제하고 말려서 보관하는 일만 남았다. 게다가 용이 살던 커다란 굴이 있기 때문에 추운 움막은 이제 필요가 없었다.

퍼쿵 일행은 그 길로 모든 짐을 배로 실어왔다. 그리고 동굴에 새로운 보금자리를 만들었다.

그날 그들은 용의 시체를 그대로 놓아둔 채 일부의 살을 떼어내어 식사를 했다. 겨울이라 며칠 놔두어도 썩을 염려는 없었다. 얼기 전에 가죽을 벗기고 해체를 해서 보관을 해야 했지만 곧 날이 저물었기 때문에 다음날로 작업을 미룬 것이었다.

오랜만에 푸짐한 저녁을 준비하며 모두들 기분이 좋아져 있었다. 모닥불을 크게 피워놓고 몇 덩이의 고기를 구웠다. 지글지글 익어가는 고기에서 맛있는 냄새가 났다.

퍼쿵이 말했다.

"오랜만에 배불리 먹겠구나. 모두들 많이 먹어라."

보보가 두 사람을 칭찬했다.

"수고했어요, 형. 피코도 고생 많았어. 정말 대단했어요. 그런 용을 잡다니……."

퍼쿵이 말했다.

"우레와 치요가 없었으면 절대로 불가능한 일이지."

"아, 치요랑 우레도 수고했어."

유코가 짓궂게 웃으며 말했다.

"다음에 용을 사냥할 때는 보보도 데리고 가달래요."

보보가 깜짝 놀라 외쳤다.

"내가 언제?"

"아까 그랬잖아? 활 잘 쏜다며?"

그러자 피코가 보보의 어깨를 스윽 당겨 어깨동무를 했다.

"그래, 다음에는 보보도 함께 가자. 그래서 유코에게 실력을 보여줘야지."

피코가 두둔하자 그제야 좀 위안을 얻은 보보가 말했다.

"그래, 유코가 내 실력을 믿지 않는 것 같으니까 유코도 데리고 가자. 그래야 보여주지."

유코가 고개를 저었다.

"난 안 가. 끔찍해서 못 보겠어."

피쿵이 유코 편을 들었다.

"그래, 유코는 사냥 같은 거 하면 안 돼. 정령을 누굴 죽이는 데 쓰면 안 되니까."

함께 생활한 지 두 달이 지난 지금은 자리코도 이들의 비밀을 모두 알고 있었다. 치요가 마족이라는 것과 유코가 정령술사라는 것까지.

자리코가 빙긋이 웃었다.

"여기서 나만 재주가 없는 것 같네."

이제 자리코는 자연스럽게 반말도 하고 농담도 하는 한 가족이 되어 있었다.

퍼쿵이 손을 내저었다.

"왜? 자리코는 우리 모두의 따뜻한 보금자리잖아. 네가 없으면 유코랑 피코가 싸우는 것은 누가 말리니? 음식도 네가 제일 맛있게 하고. 하하하."

"고마워, 퍼쿵 오빠. 사실은 오빠가 우리의 보금자리면서 맨날 나한테 그러네."

"그러고 보니 자리코가 함께 산 지도 두 달이 되었구나. 벌써 겨울이 되었으니……."

보보가 물었다.

"친구들… 보고 싶지 않아?"

"글쎄, 친구들이 날 보고 싶어할지 모르겠어."

"왜? 당연히 보고 싶어하겠지."

"그래도 사람들은 날 배신자라고 생각하잖아."

그녀의 말에 모두 입을 다물었다.

"미안. 그런 뜻이 아니라… 어? 괜히 말했나 봐. 나 때문에 분위기가 죽네?"

퍼쿵이 말했다.

"아냐, 자리코. 그렇지 않아. 우린 모두 너한테 미안하게 생각해서 그래. 네 잘못이 아니야."

"미안하긴. 잘못한 것은 인간족인데 왜 퍼쿵 오빠가 미안해?"

피코도 엄숙한 표정이 되었다.

"하지만 우리가 아니었으면 네 오빠도 죽지 않았을 테고… 아직도 집에서 행복하게 살았을 거잖아?"

자리코는 고개를 저었다.

"아니, 그렇지 않아. 너희가 아니었으면 우린 들개족에게 멸망했을 테고 오빠도 역시 죽었을 거야. 그리고 나도 포로가 되었거나 죽었겠지. 그러니 절대 너희를 원망하지 않아. 오히려 고맙게 생각해."

보보는 생각에 잠겼다. 지금 그녀의 모습은 처음 만나던 그때의 모습과 많이 달라져 있었다. 그 쾌활하고 밝던 모습은 사라지고 얌전하고 우수에 찬 자리코가 남아 있었던 것이다. 상냥한 것은 그녀의 천성인 듯 그때나 지금이나 변함이 없었지만.

아무래도 자신이 그녀와 관계를 맺지만 않았어도 이렇게 변한 모습이 되지는 않았을 거란 생각이 들었다.

"자리코, 미안해. 나 때문에… 나만 만나지 않았어도 이리는 되지 않았을 텐데……."

모두가 우울해진 것 같아서 자리코는 무척 미안했다. 그래서 애써 웃음을 지으며 분위기를 살리려 했다.

"아하하, 그만들 해. 이러면 나 혼자 민망해서 꼭 남 같잖아? 모두들 너무하는군."

치요가 그녀를 거들었다.

"맞아, 왜들 그래? 자꾸 옛날얘기를 하고? 그러니까 더 불편해지잖아."

유코도 치요와 같은 생각이었다.

"그래요. 옛날얘기는 그만 해요. 나같이 아무 기억도 없는 사람도 있는데 자꾸 옛날얘기만 하면 너무 불공평해요. 우리 다른 얘기해요. 들개족 얘기라든가."

퍼쿵이 되물었다.

"들개족? 들개족에 대해 알고 싶니?"

"사실 우린 들개족을 본 적이 없잖아요. 왜 인간족과 싸우는지도 모르겠고."

자리코도 동의하고 나섰다.

"맞아, 실은 나도 들개족을 본 적이 없어. 지난번 전쟁을 한 것도 말로만 들었지 실제로 싸우는 것은 보지도 못했어."

그것은 보보와 치요도 마찬가지였다. 단지 먼 발치에서 몇 번 보았을 뿐이었다.

보보가 물었다.

"퍼쿵 형은 들개족을 본 적 있어요?"

"그럼, 아주 많이 봤지."

그러자 유코도 질문을 했다.

"그러면 들개족에 대해서 잘 알아요?"

퍼쿵이 피코를 바라보았고 피코가 가만히 고개를 끄덕였다. 그러자 퍼쿵이 얘기를 시작했다.

"좋아, 오늘은 들개족에 대해서 알려주지. 그전에 식사부터 하고."

"식사하면서 얘기해요, 시간도 많은데. 내일은 사냥도 없잖아요."

피코가 말했다.

"사냥 나갈 때보다 더 바쁠걸? 저 용의 가죽을 벗기고 다 해체해야 하니까."

자리코가 당겨 앉으며 눈을 반짝였다.

"모두 도울게. 오늘은 늦게까지 식사하면서 놀아, 우리."

"좋아. 그럼 식사하면서 얘기하자."

퍼쿵이 웃으며 고기를 한입 베어 물자 다른 아이들도 모두 식사를 시작했다.

"지금부터 약 이십 년 전 인간족은 지금보다 훨씬 서쪽, 강이 끝나는 곳에 살고 있었어. 너희들 강이 끝나는 곳에 뭐가 있는 줄 아니?"

자리코는 이곳에서 태어나 자랐기 때문에 뭐가 있는지 몰랐다. 대신 보보가 대답했다.

"바다!"

"그래, 맞았다. 강이 끝나는 곳에는 바다가 있어. 보보, 대단한데? 바다를 본 적 있니?"

"글쎄요, 본 적이 있던가? 기억이 안 나서……."

퍼쿵은 이십 년 전에 있었던 전쟁 이야기를 시작했다. 그리고 들개 족에게 포로가 되었던 여자들이 강간을 당한 일도 얘기해 주었다. 그 대목에서 자리코와 유코는 눈살을 찌푸리며 치를 떨었다. 보보도 부르르 떨며 분노했고 치요는 아무 표정 없이 듣고만 있었다.

자리코가 치를 떨며 말했다.

"정말 그런 일이 있었대? 어머, 너무 끔찍해. 차라리 그냥 죽어버리는 것이 낫겠다."

유코도 마찬가지였다.

"정말 나 같으면 자살을 하고 말지."

그러자 퍼쿵이 조용히 웃었다.

"그렇게 쉽게 죽을 수 있는 게 아니란다. 겪어보지 못한 사람은 그 심정을 몰라. 함부로 속단하면 안 돼."

"그래도 어떻게 그렇게 살아? 밤새도록 윤간을 당하고. 그것도 원수 들에게……."

퍼쿵이 말했다.

"그래도 겪어보지 않고 속단하는 게 아니야. 그 심정을 어떻게 알 수 있겠어?"

그 말에 호들갑을 떨던 자리코와 유코는 입을 다물었다.

"대부분의 여자들이 죽고 싶었겠지. 그렇지만 그들은 제 자식들 때문에 자살할 수가 없었을 거야. 들개족은 성인 남자를 모두 죽이고 여자와 아이들만 포로로 삼았으니까."

얌전히 듣고 있던 자리코가 고개를 갸웃거렸다.

"퍼쿵 오빠는 어떻게 그렇게 잘 알아? 꼭 직접 겪은 듯이 자세히 알고 있네?"

"후후, 그냥 들은 얘기야."

퍼쿵은 마치 남에게 들은 얘기를 하듯이 말을 하고 있었다.

"들개족이 포로를 함부로 대하고 늘 강간하곤 했지만 그렇다고 아주 죽도록 못살게 구는 건 아니었대. 그래서 포로가 된 사람들은 언젠가 탈출할 수 있을 것이라는 희망을 가지고 죽는 것을 포기하게 되었대. 자살을 하기보다는 도망가기 위해서."

자리코가 물었다.

"도망친 사람은 있었대?"

퍼쿵이 고개를 끄덕였다.

"단 두 사람만이 도망치는 데 성공했다고 해."

"그게 누군데?"

퍼쿵이 피코를 바라보았다. 피코가 고개를 끄덕였다.

"어떤 남자와 여자야."

유코가 박수를 쳤다.

"어머! 남자가 사랑하는 여자를 데리고 도망친 모양이에요?"

"그런 건 아니고……."

자리코가 물었다.

"퍼쿵 오빠가 잘 아는 사람이야?"

"응."

"어떻게 잘 아는데? 하긴 오빠는 여러 군데를 여행하고 다녔으니까."

보보도 재미있는지 먹는 것도 잊고 바싹 다가앉았다.

"사냥하다 만난 사람이에요?"

퍼쿵이 또 피코를 바라보았다. 그러자 피코가 잠시 가만히 있더니 또 고개를 끄덕였다.

그러자 퍼쿵이 대답했다.

"바로 나와 피코야."

"엑?"

"뭐?"

"정말요?"

자리코와 보보, 유코는 깜짝 놀라 입을 쩍 벌렸다. 전혀 예상도 못한 표정이었다. 옆에서 치요만이 별 표정 없이 우레에게 고기를 잘라주고 있었다.

모닥불이 절정에 이르러 활활 타올랐다. 그리고 그 불에 발갛게 익은 세 얼굴이 입을 다물지 못하고 퍼쿵과 피코를 바라보고 있었다.

자리코가 더듬거리며 물었다.

"저, 정말 오빠랑 피코가 들개족의 마을에서 탈출을 했어?"

"그래, 바로 우리야."

"그럼 이십 년 전에 포로가 되었었단 말야?"

"응."

"이십 년 전에 몇 살이었는데?"

"다섯 살."

유코도 물었다.

"탈출할 때는 몇 살이었어요?"

"열다섯 살."

"피코는요?"

"일곱 살."

그러자 계산이 빠른 보보가 웃었다.

"에이, 거짓말이다. 이십 년 전이면 피코는 태어나지도 않았는데 어떻게 포로가 돼요? 형이랑 피코는 친남매라면서? 하하하."

"어? 정말 그렇네. 에이, 거짓말이죠? 속을 뻔했네. 호호."

그러자 이번에는 피코가 말했다.

"정말이야. 나도 그때 같이 탈출했어."

"말도 안 돼. 태어나지도 않았는데 어떻게 포로가 돼? 그럼 들개족 마을에서 태어났단 말야?"

피코가 씩 웃었다.

"가족이니까 얘기해 줘도 되겠지? 실은 나 들개족이야."

"뭐?"

"엑?"

"어머!"

세 아이는 또 외마디 소리를 냈다. 그리고 잠시 피코의 얼굴을 바라보다가 또 웃었다.

"하하하, 거짓말! 들개족은 저번에 보니까 털이 숭숭 나고 짐승이랑 똑같이 생겼던데?"

"헤헤헤, 피코가 농담도 다 하네?"

"재밌다. 정말 둘 다 너무해. 우릴 속이려고. 호호호."

자리코와 유코, 보보 세 사람은 서로 얼굴을 마주 보며 마구 웃었다. 피코가 들개족이라니, 도저히 믿을 수 없는 일이었다. 피코의 모습에서는 전혀 들개족을 찾을 수 없었다. 오히려 인간족이랑 똑같이 생겼던 것이다.

그러자 퍼쿵이 미소를 지으며 말했다.

"정말이야. 피코는 포로가 되었던 내 어머니가 들개족 남자와 결혼해서 낳은 혼혈이야."

"옛?"

"뭐?"

"어머, 정말?"

세 사람은 또 입을 떡 벌렸다. 그러자 피코가 가만히 웃으며 일어나더니 어두운 동굴 입구로 들어갔다.

그곳에 서서 피코가 말했다.

"잘 봐, 내 눈을……."

세 사람은 동굴 입구를 바라봤다. 어두워서 피코는커녕 아무것도 보이지 않았다.

"……."

잠시 시간이 지났다.

"엇!"

"꺄악!"

"어멋!"

세 사람은 벌써 몇 번째 비명을 지르는지 몰랐다. 갑자기 동굴 안에서 두 개의 빨간 빛이 나타난 것이다. 그것은 짐승의 눈이 어둠 속에서 빛나는 것과 똑같았다.

어둠 속에서 피코의 목소리가 들렸다.

"내 눈이 보여?"

"……."

두 개의 빨간 불빛은 서서히 움직이며 앞으로 다가오더니 밝은 곳으로 나오자 사라져 버렸다. 그리고 그 사라진 지점에 피코가 서 있었다.

"어때? 이제 믿어져? 들개족의 눈은 약간의 빛만 받아도 어둠 속에서 빛을 반사하지."

"……."

모두 아무 말도 못하고 있었다. 그러자 퍼쿵이 다시 얘기를 시작했다. 포로가 되었다가 들개족 남자와 결혼하게 된 어머니의 얘기였다.

보보가 물었다.

"하지만 혼혈이 나올 수 있다면 들개족과 인간족의 염색체 수가 같아야 하는데?"

이번에는 퍼쿵이 물었다.

"염색체 수? 그게 뭐지?"

"아, 아무것도 아니에요. 그런 게 있어요. 그보다 아무리 혼혈이 나올 수 있다고 해도 저렇게 인간과 똑같을 수가 있어요? 피코는 아무리 봐도 인간이잖아요? 들개족과 닮은 구석이 전혀 없잖아요."

퍼쿵이 설명을 해주었다.

"당시에 들개족에는 이미 혼혈아가 많이 있었어. 그들은 사람과 들개의 중간 정도의 모습을 하고 있지. 털도 적고 주둥이도 덜 튀어나온 데다가 머리도 좋아. 내 어머니와 결혼한 사람이 바로 그런 혼혈이었어. 그래서 피코는 더 인간을 닮게 된 것 같아."

보보는 고개를 끄덕였다. 속으로 유전자 배합 비율을 계산하는 중이었다.

'단순히 계산해도 피코는 들개족 유전자가 25퍼센트, 인간의 유전자가 75퍼센트니까 훨씬 인간을 닮은 것이로군. 그렇다면 유난히 밝은 후각과 청각도 역시 잡종 강세에 의한 것? 음… 어쨌든 들개족과 인간족은 같은 유전자를 가진 게 틀림없군.'

퍼쿵의 얘기는 계속되고 있었다.

"피코와 나는 같은 어머니에게서 태어난 친남매야. 오빠인 내가 피코를 데리고 그곳을 탈출해서 여태까지 살아온 거란다. 이 사실은 아무에게도 말하지 않았어. 다만 너희들은 우리 가족이니까 말해 주는 거야. 다른 사람에게는 절대 비밀이야. 인간족은 들개족을 벌레 보듯 싫어하니까."

"그럼 왜 탈출을 했어요? 피코의 아빠가 들개족이었다면서."

"들개족에는 두 파벌이 있었는데 하나는 토종 들개로 전쟁을 고수하는 무리였고, 다른 하나는 혼혈을 중심으로 해서 타협과 평화를 주장하는 무리였지. 피코의 아버지는 타협을 주장하는 무리의 우두머리였어. 그런데 그 형인 토종이 왕이 되면서 피코의 아버지가 살해당했단다. 어머니도 그때 돌아가셨고. 그래서 내가 피코를 데리고 도망쳤던 거야. 죽음을 피해서 말야."

모두 고개를 끄덕였다.

"그랬군요. 그럼 들개족에서 타협을 원하는 사람은 다 죽었나요?"

"글쎄, 그 세력은 꽤 많았어. 거의 삼십 퍼센트는 되었을 거야. 아직도 많이 남아 있을 거라고 생각해. 그런 점에서는 들개족이 인간족보다 훨씬 나을 수도 있지. 인간들은 무조건 전쟁과 들개족의 멸망만을 고집하니까. 타협의 여지가 전혀 없잖아? 오히려 꽉 막힌 종족이라고 생각해."

그러자 자리코가 고개를 저었다.

"아니, 인간족에도 전쟁을 반대하는 사람이 꽤 있어."

퍼쿵이 의외라는 듯 바라봤다.

"정말이야? 난 그런 얘기 하는 사람 한 명도 보지 못했는데?"

"그건 서로 숨기고 있기 때문일 거야. 그런 얘기를 하다가 들키면 처형당하거든. 그렇지만 비밀리에 그런 뜻을 가진 사람끼리 만나기도 하고 서로 의견을 교환하기도 하고 해. 물론 말뿐이지만."

퍼쿵이 고개를 끄덕였다.

"그랬구나. 좀 일찍 알았으면 좋았을 텐데……. 하긴 내가 알았어도 별로 도움은 되지 않았겠지만."

자리코가 덧붙였다.

"내가 있던 의원의 원장님도 그중 하나야. 그분은 왕의 정책을 많이 비판하셨어. 너무 막무가내로 비판하다가 불이익을 당한 경우도 있었고… 뭐, 의술이 최고라서 최악의 경우는 면했지만……. 그분의 의술이 필요한 경우는 많았거든."

"최악의 경우라니?"

"처형당하는 것 말야. 전에 한 번은 재산을 다 몰수당하고 감금되었던 적도 있었어. 그때 왕이 중한 병에 걸리지 않았더라면 처형당하셨을 거야."

자리코의 말에 모두가 놀란 듯이 귀를 기울였다.

"왕이 쓰러져서 생명이 위태로웠는데 아무도 고치지를 못했어. 결국 감옥에서 처형만 기다리고 있던 우리 원장님이 불려가서 살려냈지. 그

덕에 죄가 사면되고 풀려나셨던 거야. 내가 열다섯 살 때 일인가 그래."

모두가 고개를 끄덕였다.

보보는 자신을 땅바닥에 눕혔던 무서운 의사를 떠올려 보았다.

짤달막한 키에 뚱뚱한 배, 그리고 짙은 눈썹에 날카로운 눈매를 가진 중년 의사의 모습을.

'그 아저씨가 그런 사람이었다니……. 그리고 보니 왕이 하는 일이 마음에 들지 않는다고 푸념하던 적이 있었지.'

자리코의 얘기가 이어졌다.

"실은 우리 오빠와 나도 전쟁을 반대하고 있었어. 우린 어려서 고아가 된 뒤부터 그 의원에서 자랐거든. 원장님이 우릴 키워주셨어. 그런 얘기를 많이 듣고 자랐지."

보보가 말했다.

"그랬구나. 그분 무섭기만 한 사람인 줄 알았는데……."

유코가 물었다.

"오빠, 왜 여태 그런 얘기를 안 해주셨어요?"

퍼쿵과 피코가 빙그레 웃었다.

"말할 필요가 없었으니까. 사실 너희가 들개족의 존재를 알게 된 것도 지난번 전쟁 때문이었잖아? 안 그랬으면 궁금해하기나 했겠어?"

보보가 고개를 끄덕였다.

"하긴 그렇군요. 피코가 들개족의 피를 가지고 있든 아니든 그게 중요한 일은 아니니까요."

퍼쿵도 빙긋이 웃으며 말했다.

"그래, 피코는 어디까지나 내 동생 피코지. 우리 가족이고. 안 그래?"

"맞아요."

"하지만 인간족의 마을에서는 절대 그런 얘기를 해서는 안 돼. 알았지?"

"잘 알고 있어요."

그러면서 보보가 뒤로 손을 돌려 피코의 손을 가만히 잡았다. 어둠 속에서 피코의 손도 힘을 주어 보보의 손을 마주 잡았다. 따스한 온기가 서로 전해졌다.

보보가 생각했다.

'그래, 피코가 들개족의 피를 가지고 있다는 것은 아무런 문제가 되지 않아.'

피코가 보보를 바라보며 살며시 미소 지었다. 두 아이가 서로 미소 짓는 것을 가만히 바라보던 자리코가 살며시 눈을 돌려 외면했다. 그리고 말했다.

"어서 식사들해요. 고기가 다 익었어. 어머, 나 육식 용의 고기는 첨 먹어봐. 맛있을라나?"

유코가 말했다.

"맛있어요. 전에 퍼쿵 오빠가 잡아준 적이 있어요. 그때는 새끼 용이었지만."

그러자 퍼쿵이 말했다.

"하하, 그건 육식 용이 아니라 초식 용이었어."

"어쨌든요."

아이들이 식사하는 가운데 또다시 눈발이 날리기 시작했다. 강가의 모닥불에 그 눈이 녹아들고 있었다.

제2장 동굴

치요와 우레를 제외한 퍼쿵 일행은 며칠에 걸쳐 죽은 용을 손질했
다. 치요는 낮에 오랫동안 해를 보면 안 되는 데다가 몸이 약해서 그다
지 도움이 되지 않았다. 결국 마법이라도 사용해 돕겠다는 것을 모두
가 말려서 아예 일에서 제외시켜 버렸다.

그리고 우레는 일하는 데는 아예 쓸모가 없었다. 열흘 동안 그저 유
코의 뒤만 졸졸 따라다니며 보냈다.

그들은 용의 가죽을 벗겨 그 밑에 쌓여 있던 지방을 제거하고 바짝
마른 나뭇가지에 걸어 말렸다. 그리고 나서는 고기를 부위 별로 적당
한 크기로 잘라 햇볕에 말리거나 연기를 쐬어 말린 다음 동굴 입구 쪽
의 건조한 곳을 찾아서 보관했다.

두껍고 질긴 육식 용의 가죽은 엄청나게 컸다. 그 정도면 보통 짐승
의 가죽 이백여 장 분량을 만들 수 있었다.

게다가 고기의 양은 그들이 겨울을 나고도 초여름까지 사냥을 하지 않아도 될 것만 같았다. 물론 그때까지 상하지 않도록 보관할 수만 있다면 말이다.

거의 열흘을 쉬지도 않고 거기에만 매달리고 나서야 모든 일이 끝났다. 그리고 나서 모두 모여 앉았다. 열흘 동안 날씨가 급격하게 추워져 있었다. 강은 점점 더 얼어붙고 있었고 곧 건너편까지 걸어서도 건널 수 있을 것 같았다.

퍼쿵이 말했다.

"겨우 다 마무리됐군. 모두들 수고했어. 추운데 어서 안으로 들어가자."

모두 옷을 두껍게 껴입고 있었지만 손이며 뺨이 새빨갛게 얼어 있었다.

보보가 물었다.

"점심 먹어야 되잖아요?"

퍼쿵이 웃었다.

"안에서 먹으면 되지. 추운데 꼭 밖에서 먹을 필요가 있냐?"

"하지만 안에서 고기를 구우면 냄새 나잖아요?"

"괜찮아. 좀 나면 어때?"

자리코가 퍼쿵을 거들었다.

"그래, 우리 안에 들어가서 식사하자. 추워 죽겠어."

그러자 모두 동의하고 굴을 향해 걸었다.

굴의 입구는 엄청나게 컸다. 그곳에는 나무를 엮어 만들어놓은 문이 있었다. 팔뚝만한 굵기의 나무 기둥을 서로 연결하여 뼈대를 만들고 그 겉에 육식 용의 가죽을 씌워서 바람이 통하지 않도록 만들었다. 그

걸로 가죽도 말리고 굴 안의 보온도 하는 이중 효과를 얻을 수 있었다.

용을 해체하면서 피하 지방이 엄청나게 나왔는데 지방은 쉽게 상하는지라 평소에는 땅에 파묻어 버렸으나 이번에는 보보의 의견에 따라 한곳에 커다란 구덩이를 파고 모아두었다. 겨울이라 상하지 않을 뿐 아니라 연료로 이용하자는 것이었다.

퍼쿵과 피코는 동물의 지방을 어떻게 연료로 이용하는지 궁금했다. 그래서 보보에게 물었다.

"보보, 이걸 어떻게 태운다는 거야? 이건 조금만 열이 가해지면 녹아서 물이 된다고."

그러자 보보가 웃었다.

"그건 물이 아니라 기름이 되는 거야. 잘 봐."

보보는 숲에서 마른풀을 몇 가닥 뽑아내더니 새끼를 꼬듯이 꼬아서 노끈을 만들었다. 그리고 지방덩어리를 뭉쳐서 그 가운데 만들어진 노끈을 박았다. 그리고 불을 붙였다.

모두 보보가 하는 짓을 신기한 듯이 바라보고 있었다.

"뭐야? 풀이 타는 것은 당연하잖아. 금방 꺼질걸 뭐."

"좀 기다려 봐."

잠시 후 노끈이 거의 타 들어가 지방에 가까이 가자 불이 닿은 부분이 녹아서 액체로 변하기 시작했다. 그리고 젖어들면서 줄어들어 곧 꺼질 것 같던 불꽃은 생기를 띠면서 다시 타오르기 시작했다. 고소한 노란내와 함께 불꽃은 활활 타올랐다.

"엇? 불이 살아나네?"

"그래, 지방은 절대 물이 아니야. 오히려 적당히 끓는점만 잘 맞추어 주면 기름이 되어 불이 붙는다고. 몰랐지? 헤헤. 이것을 끓여 가지고

초를 만들 수도 있다고."

"초를?"

"이걸 녹여서 수분과 기름기를 분리해 낸 다음 다시 식혀서 기름기만 가지고 만드는 거예요."

퍼쿵 일행은 감탄을 했다.

"대단해. 보보는 모르는 것이 없는 것 같다."

"하하, 그렇지도 않아요."

그렇게 해서 퍼쿵 일행은 지방을 굴 입구에 잔뜩 모아놓게 된 것이었다.

보보가 미리 만들어놓은 횃불을 나누어 줬다. 평상시에는 마법을 사용하지 말자고 수십 개를 만들어둔 것이었다.

보보는 그 횃불의 끄트머리에 지방덩어리를 적당히 묻혔다. 그리고 부싯돌을 사용해 불을 붙였다.

탁탁.

보보는 이미 많은 연습을 통해 부싯돌을 사용하는 데 익숙해져 있었다. 금방 불꽃이 일더니 마른풀의 귀퉁이에 불이 붙었다.

처음에 불을 붙이기 위해 손바닥이 다 까지도록 나무를 비벼대던 모습과는 판이하게 달라져 있었다. 숲 속에서 산 지 다섯 달이 지난 결과였다.

치요가 말했다.

"이젠 나 없이도 불을 잘 붙이는구나."

"헤헤, 당연하지. 항상 네가 따라다닐 수는 없잖아?"

그러자 옆에서 유코도 부싯돌을 가지고 열심히 불꽃을 튀겨보았지만 소리만 요란할 뿐 전혀 불이 붙지 않았다. 한참 그리고 있던 유코가 부싯돌을 내던져 버렸다.

"뭐야? 어떻게 하는 거야? 나도 좀 가르쳐 줘."

그러자 모두 어이가 없는 표정으로 유코를 바라보았다. 퍼쿵이 빙그레 웃으며 말했다.

"불 붙이는 법을 배우려면 우선 부싯돌을 버리지 말아야지. 어서 주워 와. 가르쳐 줄 테니."

"아, 알았어요."

유코는 민망한 표정으로 다시 부싯돌을 주워 왔다.

용의 지방이 잔뜩 발라진 횃불은 기름을 뚝뚝 떨어뜨리면서 곧 활활 타올랐다.

"어서 들어가자."

우레를 제외한 일행은 횃불을 하나씩 들고 굴 안으로 들어갔다.

모두 빠른 걸음으로 안쪽으로 들어갔다. 그러나 보보는 횃불을 들고 벽이며 바닥을 비추어 보느라 좀 뒤처졌다.

"뭐 해, 빨리 오지 않고?"

피코가 되돌아오며 물었다.

보보가 고개를 갸웃거리며 말했다.

"좀 이상해서……."

"뭐가?"

"이 굴… 자연 동굴 같지가 않아."

"왜?"

"벽과 바닥이 너무 평평하잖아."

"그게 어때서?"

"아니, 자연 굴이라면 종유석이라든가 석주라든가 그런 게 있어야 하잖아. 물론 석회암 동굴일 경우지만……. 화산 동굴이라고 해도 이렇게 평평하다는 것은 좀……."

그러자 피코가 말했다.

"말도 안 돼. 사람이 어떻게 이렇게 큰 굴을 파냐? 높이가 십 미터도 넘는데. 폭도 그렇고 길이는 백 미터도 넘는데."

"정말 사람이 판 것 같다니까."

피코가 보보의 어깨를 안았다.

"됐어. 난 그런 거 몰라. 너나 알고 있으면 되는 거지 뭐. 가자. 가서 밥 먹자."

"응."

피코는 보보의 손을 잡고 서둘러 안으로 들어갔다. 이미 훈제를 해서 익혀놓은 고기가 준비되어 있었다. 겨울이라 신선한 야채를 구할 수 없어서 당분간은 고기만으로 지내야 했지만 그래도 넉넉해서 좋았다.

굴의 끝 부분에 모닥불이 피워졌다. 입구로부터 백여 미터를 들어온 곳이었지만 불이 잘 타오를 정도로 공기가 맑았다.

식사를 하던 보보가 또 의문을 제기했다.

"좀 이상하지 않아?"

퍼쿵이 되물었다.

"뭐가 이상해?"

"여기 바람이 불고 있는 것 말이에요."

가만히 살펴보니 정말 약한 바람에 모닥불이 흔들리고 있었다.

"정말 바람이 부는구나. 열흘이나 여기서 잤으면서 몰랐네."

"이렇게 깊은 곳, 그것도 막다른 곳에서 바람이 분다는 것은 좀 이상 해요."

유코가 짜증난다는 듯이 톡 쏘았다.

"넌 궁금한 게 뭐가 그리 많으니? 식사나 해. 머리 아프게 자꾸 이상 한 말 하지 말고."

그러나 보보는 의문을 지우지 않았다.

"그렇지만 내 생각에는 저 벽 건너편에 또 이곳과 똑같은 굴이 이어 지고 있을 것 같거든."

치요가 물었다.

"저편에? 정말 그럴까?"

"이쪽보다 더 깊은 굴이 있을지도 몰라. 산이 엄청나게 크잖아. 여 기서 끝날 것 같지는 않거든."

자리코가 말했다.

"왜? 여기서 끝날 수도 있지. 저기 봐, 돌로 막혀 있잖아."

보보가 고개를 저었다.

"하지만 바람이 불고 있잖아. 막혀 있다면 바람이 불 수가 없어. 분 명히 저쪽에도 굴이 이어지고 있을 거야."

유코가 다시 말했다.

"그게 어쨌다는 거야? 그래서 그게 밥을 주니 쌀을 주니?"

"저편에 뭐가 있을지 궁금하다는 거지, 나는."

"그게 왜 궁금해?"

"막다른 곳이 아니라 저쪽도 밖으로 뚫려 있으니까 바람이 부는 거 잖아."

"그런데?"

"이 산의 크기로 볼 때 저 벽 너머에 바로 반대쪽 출구가 있을 것 같지는 않고 적어도 이쪽의 몇 배, 몇십 배는 더 긴 굴이 있을 것 같거든. 그리고 굴이 있다면 무엇이 살고 있을 가능성이 많아."

그 말에 퍼쿵과 피코, 치요가 반응했다.

"정말 그럴까? 정말 무엇이 살고 있을까?"

"만일 산 건너편이 뚫려 있는 것이 사실이라면 뭔가 살고 있을지도 모르지."

그들이 관심을 보이자 보보가 힘이 나서 말했다.

"그렇다니까요. 이렇게 깊고 큰 굴이라면 뭔가 있지 않을 수가 없어요. 이곳에는 육식 용이 살고 있었지만 말이에요."

유코가 말했다.

"그럼 반대 편에도 육식 용이 살고 있겠네?"

"그럴지도 모르지."

퍼쿵이 말했다.

"좋아, 그럼 이제 당분간 할 일도 없으니까 굴 저쪽에 대해서 한번 알아보자. 됐지? 어서 식사부터 해."

"알았어요."

보보는 식사를 시작했다. 당분간은 고기와 가죽, 연료까지 모두 충분해서 할 일이 없었다.

더군다나 굴 반대 편은 이상하게 보보의 호기심을 자극하고 있었다. 이렇게 강한 호기심을 느껴본 것이 언제인지 기억나지 않았지만 어쨌든 보보는 지금 왠지 모를 강한 흥미에 소름이 다 돋고 있었다.

식사를 마치자 모두들 배를 두드리며 쉬고 있었다. 갑자기 유코가 말했다.

"저기요, 오빠. 굴 반대 편에 뭐가 있을지 제가 한번 알아볼까요?"

"네가?"

"바람이 불고 있으니까 바람의 정령에게 물어보면 금방 알 수 있을 텐데……."

유코는 모두가 정령의 사용을 자제시키려고 하는 통에 거의 정령을 불러내지 못하는 중이었다. 그래서 모두에게 동의를 구하는 것이었다.

"글쎄다. 굳이 그럴 필요는 없는데……. 할 일도 없는데 우리가 직접 가보는 것도 괜찮아."

"하지만 위험할 수도 있잖아요. 다른 것도 아니고 뭐가 있는지만 물어볼게요. 예?"

그러자 치요가 말했다.

"그래, 퍼쿵. 굳이 위험한 일을 할 필요는 없잖아? 그냥 뭐가 있는지만 알아본다면 나쁠 것도 없어."

그러자 퍼쿵도 허락했다.

"좋아, 한번 알아봐 줘 그럼."

유코는 속으로 생각했다.

'거참, 정령을 다루는 것은 난데 절차도 복잡하다. 다들 왜 유난인지…….'

그리고 곧 바람의 정령을 불러 세웠다.

"정령아, 바람의 정령아, 잠시 나 좀 보자."

그러자 굴의 입구에서 날아와 막다른 곳의 보이지 않는 틈 새로 빠져나가려던 정령이 멈추어 섰다.

『왜 그래요?』

물론 유코 이외에는 그 말을 들을 수도 볼 수도 없었다. 그래서 다른 사람들의 눈에는 유코가 마치 허공에 대고 혼자 떠드는 것처럼 보였다.

"저기 말이야, 너 지금 어디로 가는 거니?"

『굴 건너편으로 가려고요.』

"어디로 빠져나가는데?"

바람의 정령은 귀찮다는 듯이 말했다.

『여긴 막혀 있는 것처럼 보이겠지만 실은 바위틈 새가 많아요. 우리는 쉽게 빠져나갈 수 있어요.』

"저 건너편에 뭐가 있지?"

『이런 굴이 아주 길게 뻗어 있어요. 이곳보다 열 배는 더 길어요.』

"열 배나?"

유코가 생각했다. 이쪽의 길이는 백여 미터가 넘었다. 그런데 그 열 배라면 천 미터도 넘는 것이다.

바람의 정령이 물었다.

『그래요. 그런데 왜요?』

"응, 저쪽에 무엇이 있는지 물어보려고."

『저쪽에도 사람들이 살고 있어요.』

"사람들? 우리 같은 사람들 말야?"

『생김새는 좀 다르지만 수십 명이나 있어요.』

"무슨 종족인데?"

『들개족이에요.』

"들개족?"

유코가 들개족이라고 외치자 모두 눈이 동그래져서 바라보았다.

『그래요, 들개족이에요.』

"몇 명이나 되니?"

『한 사오십 명 정도?』

"병사들이니?"

『아니요, 병사들은 아니에요. 아이도 있고 여자도 있어요.』

유코는 잠시 정령을 붙잡아놓은 채로 퍼쿵에게 말했다.

"오빠, 들개족인데 병사들은 아니래요. 아이와 여자도 있대요."

"몇 명 정도 되는데?"

"사오십 명 정도래요."

"알았어. 그럼 일단 정령을 보내. 너무 오래 얘기하지 말고."

"알았어요. 몇 가지만 더 물어보고요."

유코는 다시 정령에게 물었다.

"저쪽으로 가는 쉬운 방법 없을까?"

"글쎄요. 사람이 통과할 수 있는 공간은 아닌데……. 그럼 이리 와 봐요. 좀 벽이 얇은 곳을 가르쳐 줄게요."

정령은 유코를 데리고 천천히 날아갔다. 정령이 너무 빨라서 유코는 뛰다시피 따라가야 했다. 그러자 어느 한곳에서 멈춘 정령이 말했다.

『이곳이 제일 얇은 벽이에요. 한 삼사 미터 될 거예요. 그리고 나머지는 너무 두꺼운 벽이라 갈 수 없을 거예요.』

"알았어. 그럼 또 보자."

『잘 있어요.』

정령은 손을 흔들더니 막다른 바위틈 사이로 사라져 버렸다. 그 뒤로 다른 바람들이 쉴 새 없이 지나가고 있었다.

유코는 퍼쿵을 불렀다.

"오빠! 퍼쿵 오빠!"

유코의 외침에 귀 기울여 듣고 있던 일행이 대답했다.

"왜?"

"이쪽이래요. 이쪽이 가장 얇은 벽이래요."

"그래, 알았어."

퍼쿵은 일행에게 말했다.

"들개족이래. 들개족이 건너편에 있대."

"그래요. 그럼 어쩌죠?"

치요가 말했다.

"보보 말이 맞긴 하구나. 굴이 있고, 무엇이 살고 있다는 거 말야."

피코의 표정은 그리 내키지 않는 모양이었다.

"그런데 들개족은 엄청 호전적인 종족이잖아. 우릴 보게 되면 가만히 있겠어?"

퍼쿵이 말했다.

"가만히 있지는 않겠지. 자기 영역에 다른 종족이 들어오는 거 무지 싫어하니까."

자리코가 말했다.

"그럼 어떻게 하려고? 우리 그냥 놔두자. 가보거나 하지 말고. 난 너무 무서워."

자리코는 너무 겁을 먹어서 안색이 다 창백하게 변했다.

퍼쿵이 보보에게 물었다.

"글쎄… 어떻게 하면 좋을까?"

보보가 너무 궁금해하고 있기 때문이었다.

보보도 잠시 생각에 잠겼다.

'궁금하긴 하지만 굳이 들개족을 건드릴 필요는 없지.'

이윽고 보보가 대답했다.

"그래요. 그러죠 뭐. 저도 싸움은 지긋지긋하니까. 그리고 뭐가 있는지도 알았으니까 제가 포기할게요."

그렇게 그들은 저쪽 편에 대해서 관심을 끊기로 합의를 했다. 그러나 그들의 포기는 별로 소용이 없게 되었다. 곧 이어 저쪽 건너편에서 무슨 소리가 들려왔기 때문이었다.

탁, 탁, 탁……

피코가 귀를 곤두세웠다.

"무슨 소리지?"

우레도 벌떡 일어나 소리나는 쪽을 바라보았고 모두들 긴장하기 시작했다.

탁, 탁, 탁……

"까악!"

자리코가 유코를 안으며 비명을 질렀다. 유코도 눈이 동그래져서 소리나는 곳을 바라본 채 굳어버렸다.

소리는 계속 이어지고 있었다.

우르르.

곧 이어 무엇인가 조금씩 무너지는 소리가 들렸다.

퍼쿵이 가만히 귀를 대었다. 그러자 피코도 바위 벽에 귀를 갖다 댔다.

탁탁, 쿵, 쿵.

"저쪽에서 벽을 허물고 있어."

피코가 심각한 표정으로 말하자 퍼쿵이 급히 몸을 일으키며 검을 찾아 등에 멨다.

모두 잔뜩 긴장해서 벽을 바라본 채 움직이지 않았다.

치요가 말했다.

"저편에서 우리 소리를 들은 모양이야."

보보가 고개를 저었다.

"아니, 냄새를 맡은 걸 거야. 우리가 여기서 고기를 구워 먹었기 때문에 바람으로 그 냄새를 맡은 게 틀림없어."

· 피코가 고개를 끄덕였다.

"둘 다 가능성이 있어. 들개족은 귀와 코가 모두 엄청나게 밝으니까."

유코가 조바심을 내며 물었다.

"어떡하지? 어떡해. 오빠, 무서워요."

퍼쿵이 조용히 미소 지으며 말했다.

"그렇게 겁먹을 필요는 없어. 일단 방어진을 만들어야겠다. 치요, 좀 부탁해."

"알았어."

치요는 곧 바닥을 평평하게 고르고 진을 그리기 시작했다. 다른 아이들이 돌을 날라주며 그것을 도와주었고 퍼쿵과 피코는 물건들을 방어진 안으로 날랐다.

곧 넓게 방어진이 그려지고 각 구석에 돌이 놓여졌다. 그리고 우레의 깃털이 하나씩 돌 밑에 놓여지고 모두의 손에도 하나씩 주어졌다. 우레가 투덜거렸다.

"삐비비 비비비……."

보보가 유코에게 물었다.

"우레가 뭐래?"

"이러다가 대머리 되겠대."

피코가 킥킥거렸다.

"킥킥, 정말 털 빠진 통닭같이 될 날도 멀지 않았어. 털 다 빠지면 그냥 튀기면 되겠다."

그러나 실은 그렇지 않았다. 우레는 계속 털이 자라나기 때문에 몇 개 뽑는다고 해서 표도 나지 않았다.

"삐비빅!"

우레가 피코의 말에 펄쩍 뛰며 화를 냈다. 그러나 오랜 세월 같이 살면서 결코 잡아먹지 않는다는 것을 알기 때문에 처음 만났을 때처럼 도망가지는 않았다.

보보가 킥킥거리는 피코를 바라보며 속으로 감탄하고 있었다.

'피코는 이런 상황에서도 웃음이 나오는군. 대단해. 하나도 무섭지 않은가 봐.'

잠시 후 방어진은 완성이 되었고 모두들 짐과 함께 그 안에 들어가 앉았다. 굴 입구 쪽에 널어놓은 가죽과 말린 고기들이 산더미같이 있었지만 지금 그건 중요한 일이 아니었다. 일단은 들개족과의 싸움을 피하고 싶었던 퍼쿵 일행은 잠시 숨어서 그들의 동태를 살필 생각이었다.

탁, 탁, 탁.

돌을 치우는 소리는 한동안 계속되었다. 그리고 한 시간쯤 지나자 한 구석이 무너져 내리며 작은 구멍이 뚫리기 시작했다. 그리고 한 명의 들개족이 구멍으로 얼굴을 내밀고 코를 벌름벌름하며 이쪽을 이리저리 살폈다.

유코가 말했다.

"왔어요, 왔어. 어머, 저 얼굴 좀 봐. 흉측해라."

자리코는 파랗게 질려서 말도 못했다. 오히려 아무 생각 없이 떠드는 사람들을 보며 안절부절못했다. 자리코는 아직 방어진의 효과를 잘 모르기 때문에 바닥에 돌멩이 몇 개 놓고 금이나 그어놓고 가만히 앉아서 기다린다는 것이 무서워서 견딜 수가 없었다. 다만 이들이 하는 대로 따르고 있었으나 불안해서 거의 기절할 지경이었다.

　자리코가 물었다.

　"정말 여기 있으면 안전한 거야? 저 사람들이 우릴 보지 못해?"

　그 말에 치요가 웃었다.

　"하하, 걱정하지 마. 여긴 안전하니까. 잠시 후에 알게 될 거야."

　그래도 자리코는 안심이 안 되는지 유코에게 매달렸다가 피코에게 매달렸다가 하며 어쩔 줄을 몰라 했다.

　퍼쿵과 피코는 무표정한 얼굴로 말없이 구멍 사이로 내민 얼굴을 바라보고 있었다.

　피코가 말했다.

　"어느 들개족일까?"

　"글쎄… 설마 커우의 들개족은 아니겠지?"

　보보가 물었다.

　"들개족에 어느 들개족이 다 있어요? 다 같은 종족 아닌가요?"

　보보의 질문에 대해서 퍼쿵이 설명해 주었다.

　"들개족은 한 종족이 아냐. 여러 지역에 퍼져서 조금씩 무리를 지어 살아. 서로 일정한 지역을 나누어 가지고 말이지. 지난번 전쟁을 한 들개족은 옛날 우리가 어렸을 적에 살던 한 부족인데 처음에 그 마을을 만들고 발전시킨 사람이 커우라는 자라서 커우의 들개족이라고 부르는 거야."

치요도 물었다.

"다른 들개족도 커우의 들개족처럼 호전적이야?"

이번에는 피코가 답했다.

"들개족은 원래 다 호전적이야. 육식 동물의 피가 흐르거든. 하지만 커우의 들개족과는 좀 다르지. 다른 들개족은 아직 미개한 원시 종족이니까. 아직도 돌도끼나 나무 몽둥이를 사용하고 날고기를 먹을걸?"

유코가 흘낏 피코를 쳐다보더니 생각했다.

'어머! 그래서 피코가 여자인데도 그렇게 잘 싸우나 봐. 들개족의 피가 섞였으니까……'

그러면서 구멍으로 내민 들개족의 팔뚝과 피코의 팔뚝을 비교해 보았다. 들개족의 팔은 두꺼운 털투성이에 온통 울퉁불퉁한 근육으로 덮여 있었다. 피코는 털이 없었고 그보다는 좀 가늘었지만 울퉁불퉁 근육으로 덮여 있긴 마찬가지였다.

보보도 궁금한 듯이 질문했다.

"그럼 커우의 들개족은 어떻게 문명이 발달했어요?"

들개족이 구멍을 넓히고 있는 가운데 방어진 안에서는 보보와 치요, 유코가 질문하고 피코와 퍼쿵은 대답을 하는 형태로 대화가 이어지는 중이었다.

"전에 말해 주었잖아. 인간과 전쟁을 하면서 인간족의 문화가 유입되어 문명화되었다고. 다른 들개족은 그렇지 않지만 커우의 들개족은 거의 인간족의 수준으로 발달했어. 전쟁 때 보지 못했어? 이미 글자까지 사용하고 있잖아."

아이들이 기억을 더듬으며 고개를 끄덕였다.

"나온다. 옷을 보니 문명 들개족이야. 게다가 철제 무기를 들고 있어. 역시 커우의 들개족인가 봐."

"음, 커우의 마을은 여기서 엄청나게 먼 거리에 있는데⋯⋯. 육로로 가면 오륙 일은 걸어야 할걸? 도대체 저 사람들은 누구지?"

"터치가 또 원정대를 보냈나?"

"아닐 거야. 여자와 아이들까지 있다고 했잖아."

퍼쿵과 피코는 영문을 알 수 없다는 듯이 고개를 갸웃거리며 유심히 살피고 있었다.

갑자기 퍼쿵이 피코를 잡아당겼다.

"피코, 저기 저 사람, 아는 사람 아니냐?"

"누구?"

"저기 붉은 가죽 옷 입은 사람 말이야. 지금 나오고 있잖아."

"음⋯⋯."

피코는 눈을 가늘게 뜨고 막 구멍을 빠져나오는 중년의 들개족 남자를 바라보았다.

들개족은 벌써 대여섯 명이나 이쪽으로 넘어오고 있었다. 들어와서는 코를 킁킁거리고 귀를 쫑긋거리며 주위를 살피고 있었다. 모두 손에 철제 무기를 들고 있었다. 좀 투박하게 생긴 커다란 칼이나 쇠몽둥이를 들고 아직 타고 있는 모닥불을 뒤적거리거나 그들이 앉았던 자리의 냄새를 맡아보거나 하였다.

피코가 고개를 끄덕였다.

"어디서 많이 보던 사람인데⋯ 기억이 잘 나지 않네."

퍼쿵이 말했다.

"잘 생각해 봐. 저 사람 꼬치 형 아니냐? 넌 그때 어려서 기억이 잘 날지 모르겠지만, 왜 아버지를 항상 따라다니던 꼬치 형 말야. 그 형이 틀림없어."

피코도 기억이 나는 듯이 얼굴에 미소가 어리기 시작했다.

"꼬치? 꼬치 오빠? 그래, 기억나. 맞는 것 같은데? 그런데 왜 꼬치 오빠가 여기에 있지?"

피코가 처음으로 오빠란 말을 하자 다른 아이들이 깜짝 놀라며 바라봤다. 특히 유코와 우레는 몸을 사리며 뒤로 물러서기까지 했다. 유코가 들릴 듯 말 듯한 음성으로 중얼거렸다.

"오, 오빠? 형이 아니고요?"

그러자 피코가 유코와 우레를 한 번 쫙 노려보더니 고개를 돌렸다.

"맞는 것 같아. 좀 늙긴 했지만 꼬치가 틀림없어."

피코는 이번에는 오빠라고 하지 않았다. 유코의 말에 자존심이 확 상한 것이 틀림없었다. 그러자 치요와 보보가 유코를 향해 책망하듯이 바라봤다.

유코가 중얼거렸다.

"아니… 나는 그저 좀 안 어울리는 단어인 것 같아서……."

퍼쿵이 말했다.

"나가보자."

자리코가 얼른 퍼쿵을 잡으며 말렸다.

"안 돼, 오빠! 그러다가 공격당하면 어쩌려고?"

퍼쿵이 웃으며 말했다.

"괜찮아. 저 사람은 우리와 친하던 사람이야. 우리 어릴 적에 굉장히 잘해주었던 형인걸. 혹시 못 알아보면 다시 방어진으로 들어오면 되니까 걱정하지 마."

"그래도 조심해야지."

"알았어. 그러면 우선 꼬치 형이 맞는지 확인부터 해보자."

퍼쿵은 들개족이 저만치 떨어지길 기다렸다가 고개만 살짝 내밀고 소리쳤다.

"꼬치 형! 꼬치 형 아냐?"

소리치고 나서 얼른 고개를 도로 들이밀고 그의 표정을 살폈다.

갑자기 들려온 소리에 깜짝 놀란 들개족들은 동시에 걸음을 멈추고 두리번거렸다.

특히 그 중년의 들개족은 어리둥절한 기색이 완연했다.

다른 들개가 말했다.

"어디야? 어디서 들려온 소리지?"

"글쎄, 그쪽에 누군가 보여?"

"아니, 여긴 아무도 없는데?"

그들의 모습을 살펴보던 피코가 말했다.

"아닌가 봐. 대답을 하지 않잖아?"

"좀 기다려 보자."

그러자 이번에는 피코가 고개를 내밀고 소리쳤다.

"꼬치 오빠, 나 피코야. 피코 몰라?"

그리고 역시 고개를 얼른 방어진 안으로 집어넣자 들개들은 더욱 놀라서 당황하기 시작했다.

그때 유코가 작은 소리로 보보에게 말했다.

"꼬치래, 꼬치. 오뎅 꼬친가 닭 꼬친가?"

무시무시한 들개족의 모습에 겁을 먹은 보보가 불안한 목소리로 말했다.

"쉿, 조용히 좀 해봐, 유코. 지금 농담이 나오냐?"

자리코는 아예 바닥에 주저앉아 귀를 막고 눈을 감고 있었다.

맨 처음 나온 덩치 큰 들개족이 꼬치라 불린 자를 바라보며 말했다.

"족장님, 족장님의 이름을 부르잖아요?"

족장이라 불린 들개족은 눈이 휘둥그레져서 말했다.

"나도 들었어. 분명히 피코라고 했지?"

"예, 피코라고 했어요. 피코가 누굽니까?"

그러자 족장이 말했다.

"내 사촌 동생의 이름이야. 십 년 전 터치가 작은아버님을 죽일 때 퍼쿵과 피코가 도망을 갔다고 했거든……. 그 아이들이 살아 있었나?"

그러자 한 들개족이 기억이 난다는 듯이 말했다.

"아아, 그때 하커 장군님의 양아들과 따님 말이군요?"

"그래, 어서 잘 살펴봐. 해치지 말고. 적이 아닌 모양이니까."

"예."

그 말에 들개족들은 안심을 한 모양이었다. 칼을 칼집에 꽂아 넣는 사람이 생기는 것을 보면 그랬다. 꼬치도 칼을 칼집에 넣었다.

꼬치라는 자가 소리쳤다.

"피코! 피코니? 어디에 있어? 나오너라. 안심하고 나와! 나다. 꼬치 오빠다!"

퍼쿵이 말했다.

"어때? 꼬치 형이 맞지?"

피코가 빙그레 웃으며 대답했다.

"그래, 정말 꼬치 오빠야. 나가볼까?"

보보가 여전히 두려운 표정으로 말했다.

"괜찮겠어? 혹시 저 사람들 거짓말하는 건 아니겠지?"

피코가 씩 웃었다.

"겁내지 마. 좋은 사람이니까. 터치와는 달라. 그렇게 겁나면 잠깐 여기에 남아 있어. 나 혼자 나가볼 테니. 그리고 조금 있다가 내가 나오라면 그때 나오면 되잖아."

유코도 말했다.

"그래요, 그게 좋겠어요. 우리가 인간이라고 죽일지도 모르잖아요?"

퍼쿵이 웃었다.

"하하하, 그래. 애들이 아주 겁을 잔뜩 먹었네. 먼저 우리 둘이 나가 보자."

치요가 말했다.

"잠시만 기다려. 느닷없이 허공에서 튀어나가면 놀라잖아. 저 사람들 안 볼 때 나가."

"알았어."

퍼쿵과 피코는 그들이 저만치 가기를 기다렸다가 시선이 다른 곳으로 가자 잽싸게 방어진 밖으로 달려나갔다.

"꼬치 형!"

"오빠!"

뒤에서 외치는 소리에 입구 쪽으로 걸어가던 십여 명의 들개족이 동시에 뒤를 돌아보았다.

꼬치가 물었다.

"피코? 퍼쿵이니? 너희들, 퍼쿵과 피코가 맞지?"

"응. 우리야, 형."

세 사람 모두 무척 반가운 모양이었다. 서로 달려들어 얼싸안고 서로를 확인하느라 잠시 소동이 일었다.

다른 아이들은 그 광경을 조심스레 바라보고 있었다.

유코가 말했다.

"어휴, 정말 흉측하게 생겼다. 그렇지 않니?"

치요는 아무 말이 없고 보보가 고개를 저었다.

"뭐, 그런대로 괜찮은데? 저들 사이에서는 미남인지 누가 아니?"

유코가 눈을 흘겼다.

"너, 요즘 나한테 자꾸만 개기는 경향이 있다? 한 번만 더 그러면 확 불어버릴 거야?"

보보가 당황하며 물었다.

"무, 무슨 소리야? 뭘 불어버린다는 거야?"

유코가 눈을 흘기며 보보에게 바싹 다가왔다. 그리고 보보의 귀에 손을 대고 보보만 들리게 귓속말을 했다.

"너, 내가 모르는 줄 알지? 너와 자리코 언니의 관계 말야. 불쌍해서 입 다물고 있었더니 안 되겠네 이거? 다 불어버려?"

"헉! 그, 그걸 어떻게……?"

보보는 얼굴이 확 달아오르며 숨이 턱 막혔다.

"다 아는 수가 있어. 그러니 나한테 개기지 말고 말 좀 잘 듣는 게 좋을걸?"

보보가 슬쩍 곁눈질로 자리코와 피코를 번갈아 보았다. 그리고 대답했다. 자리코는 겁에 질려서 아무것도 듣지 못하고 있었다.

"아, 알았어."

보보는 찍소리도 못하고 굴복했다. 그러자 유코가 씨익 웃었다.

"그리고 앞으로 나한테 누나라고 부르는 게 좋겠다."

"헉, 누, 누나라고? 어째서?"

"그냥 그러는 게 듣기 좋잖아? 어서 불러봐."

"……."

보보는 아무 말도 못하고 땀만 뻘뻘 흘리고 있었다. 그러자 유코가 다시 말했다.

"피코한테 일러 버릴까?"

"아, 안 돼요, 누나!"

결국 보보는 유코에게 누나라고 부르고 말았다. 자존심이 땅에 떨어지는 순간이었지만 모든 사실이 알려진다는 것이 더욱 무섭기 때문이었다.

치요가 두 아이를 바라보며 고개를 설레설레 흔들었다.

두 아이를 바라보던 우레가 슬머시 보보에게 다가가더니 보보의 다리를 툭툭 치며 뭐라고 말했다.

"삐비비? 비비비비? 비비비."

우레는 씨익 웃으며 짝다리를 짚고 개다리를 떨기까지 했다. 그러자 유코가 자지러지게 웃었다.

"깔깔깔깔."

"……?"

그 모습을 본 치요는 고개를 푹 숙이고 한숨을 쉬었다. 자리코도 난데없는 유코의 웃음소리에 고개를 들고 주위를 둘러봤다.

뭐라고 하는지 모르는 보보가 치요에게 물었다.

"우레가 뭐라고 하는 거야?"

"휴우, 자기는 유코 친구니까 앞으로 자기에게도 형이라고 부르래."

'헉, 이, 이것들이…….'

그러나 보보는 아무 말도 하지 못하고 유코와 우레가 낄낄거리며 좋아하는 것을 바라볼 수밖에 없었다.

보보가 생각했다.

'아픈 과거가 소년의 마음을 너무나 쓰라리게 짓누르는구나.'

치요가 보보에게 말했다.

"너무 신경 쓰지 마. 저 애들이 정상이라고 생각하는 거니, 너는?"

보보가 대답했다.

"그… 런 것은 아니지만…….."

그때 피코가 달려오더니 아이들에게 말했다.

"모두 나와. 괜찮아."

"정말 괜찮은 거야?"

"그래. 지금 퍼쿵이 다른 쪽으로 시선을 돌려놓고 있으니까 빨리 나와."

밖을 보니 정말 아무도 보이지 않았다. 입구 쪽으로 데리고 간 것 같았다.

아이들은 주저하면서도 피코를 따라 줄줄이 방어진 밖으로 나왔다. 그리고 입구 쪽으로 걸어갔다.

십여 명의 들개족들은 퍼쿵 일행이 모아놓은 엄청난 양의 고기와 가죽을 바라보고 있었다.

꼬치가 퍼쿵에게 물었다.

"정말 너희가 육식 용을 잡았냐? 그것도 수컷을?"

"응. 열흘 전 용이 이 굴에서 살고 있었는데 우리가 잡았어."

"믿어지지 않는구나. 육식 용은 우리도 꺼리는데. 우린 장정만 이십 명이 넘는데도……. 그런데 너와 피코가 둘이서 잡았다고?"

"응."

퍼쿵은 치요의 얘기는 하지 않았다. 날아다니며 불을 쏘아댄다는 말을 할 수는 없었다. 마법을 숨겨야 하기 때문이었다.

그때 피코가 네 아이와 우레를 데리고 나타났다.

"오빠, 우리 가족들이야. 너희들, 인사해. 꼬치 오빠야."

"아, 안녕하세요?"

"오오, 반갑다. 정말 귀엽게 생겼구나."

아이들은 들개족의 털투성이 얼굴에 송곳니가 비죽비죽 튀어나온 기다란 주둥이를 보고 얼어서 입을 잘 열지 못했다.

아이들이 생각했다.

'저, 정말 무섭다.'

'오우, 저 입에 물리면 그냥 죽겠네.'

'어머, 어머, 저 새빨간 눈 좀 봐.'

피코가 말했다.

"미안해, 오빠. 이 아이들, 들개족을 처음 봐서 그래."

그러자 꼬치가 호탕하게 웃었다.

"하하하, 괜찮아. 무서운 게 당연하지 뭐. 하하하."

그러자 주위에 서 있던 다른 들개족들도 커다랗게 웃음을 터뜨렸다.

"하하하, 으하하하, 와하하하."

유코가 생각했다.

'화통을 삶아 먹었나, 목소리도 엄청 크네. 뭐가 저리 좋아? 설마⋯ 혹시 퍼쿵 오빠가 전에 한 얘기처럼 날 어떻게 하는 것은 아니겠지?'

유코는 들개족이 인간 여자들을 강간했다는 얘기를 떠올리고 있었다. 그러면서 품속에 숨겨둔 우레의 깃털을 더듬거려 확인하더니 아무래도 되겠는지 아예 우레를 품에 꼭 껴안았다.

그래도 유코는 나은 편이었다. 자리코는 아예 유코의 등 뒤에 숨어서 고개도 못 들고 있었다. 들개족의 웃음소리에 움찔움찔 몸을 떨어대면서······.

"비비비."

웬만하면 우레가 행복해서 어쩔 줄 모르며 유코의 가슴에 얼굴을 부벼댈 만도 한데 지금은 우레도 들개족의 이빨에 엄청 쫄아 있어서 그런지 두리번거리느라 정신이 없었다.

퍼쿵이 말했다.

"마침 잘 됐어. 이 많은 고기를 우리가 다 먹을 수도 없고 처치 곤란이었는데 형이 좀 가져가."

"아니, 됐어. 우리도 사냥하는 데는 별로 어려움 없어. 너희가 사냥한 것은 너희가 가져야지."

그러자 피코도 말했다.

"아냐, 오빠. 저거 어차피 봄이 돼서 녹으면 다 썩어버릴 텐데······. 우리가 아무리 먹어야 반도 못 먹어. 그러니 조금만 남기고 가져가."

치요도 조심스레 입을 열었다.

"그러세요, 아저씨. 우리는 저거 다 못 먹어요."

"오, 그러니? 꼬마까지 그렇게 말하니 거절할 수가 없구나. 그럼 고맙게 받겠다. 대신 오늘 저녁은 우리가 대접하마. 괜찮지, 퍼쿵?"

"그럼. 고마워, 형."

퍼쿵과 피코는 십 년 만에 아는 사람을 만나서 그런지 실로 오래간만에 활짝 웃고 있었다.

꼬치가 말했다.

"모두들 들었지? 여기 내 동생들이 이 많은 고기를 선물로 주었어.

이 정도면 겨울을 날 수도 있겠다."

"정말 엄청난 양입니다. 이봐, 젊은이. 고마워."

"하하하, 잘 먹겠네."

"만나서 반가워."

들개족 사람들은 모두 좋아하며 퍼쿵 일행을 반겨주었다.

치요가 작은 목소리로 피코에게 말했다.

"와, 이 사람들 정말 유쾌하네. 여태 인간족 마을에서 듣던 들개족과
는 다른데?"

치요는 좀 긴장이 풀리기 시작하는 모양이었다.

피코가 치요를 보며 빙긋이 웃었다.

"이 사람들은 전에 퍼쿵이 말하던 전쟁을 반대하는 사람들이야. 그
러니 지난번에 보았던 들개족과는 생각이 다른 것이 당연하지."

보보가 고개를 끄덕였다.

"정말 그런 것 같다. 좀 안심이 되는군."

유코도 긴장이 풀리는 듯 조잘대기 시작했다.

"그래도 못생긴 것은 똑같네."

우레는 여전히 유코에게 안긴 채 눈치만 보고 있었다. 육식 동물인
들개족을 경계하는 중이었다. 짐승으로서의 본능 때문에 쉽게 경계심
을 풀지 못하는 모양이었다. 그래서 피코도 무서워하는 것이니까……

그들은 들개족이 뚫어놓은 구멍을 통해 굴 반대 편으로 넘어갔다.
작은 구멍을 따라서 사오 미터를 지나가니 곧 빈 공간이 나왔는데 거
기서부터 다시 길게 굴이 이어지고 있었다. 바람 소리로 판단해 볼 때
반대 편에 있는 굴은 엄청나게 길었다.

정령이 한 말대로라면 천 미터도 넘었는데 정말 그런 것 같았다. 횃불을 들고 한참을 걸어가도 끝이 보일 생각을 하지 않았다. 굴의 중간중간에는 천장에서 무너져 내린 듯한 바윗덩이가 굴러다니고 있었고 형체를 알 수 없이 허물어져 버린 쇳덩이도 많이 있었다.

보보가 걸음을 멈추고 녹슨 쇳덩어리를 살펴보았다.

"이게 뭘까?"

그러자 유코도 걸음을 멈추고 바라봤다.

"또 왜 그래?"

"이게 뭐 같으니?"

그러자 유코가 픽 웃었다.

"얘 또 궁금증 도졌네. 그게 뭐긴 뭐야, 쇳덩어리지. 새빨갛게 녹슨 쇳덩어리."

"꼭 뭐같이 생기지 않았어?"

"뭐라니?"

"나도 잘 기억은 나지 않지만 왠지 눈에 익는데……."

"몰라. 저렇게 삭아 있는데 어떻게 알아? 언니, 어서 가요. 신경 쓰지 말고."

보보와 함께 쇳덩이를 들여다보는 자리코의 손목을 끌며 유코가 재촉했다.

"응? 아, 알았어. 보보도 어서 가자. 다들 저만치 갔어."

그래도 보보는 쇳덩어리에 정신을 빼앗겨 눈을 떼지 못했다. 그러는 사이에 유코와 자리코도 앞서 걸어가 버렸다.

"음, 아무리 생각해도 어디서 본 물건 같은데?"

보보가 그렇게 생각을 하고 있는데 멀리서 퍼쿵의 목소리가 들렸다.

"보보, 빨리 와라! 길 잃겠다!"

"엇?"

혼자 남은 보보는 문득 정신이 들어 소리나는 곳을 바라보았다. 일행은 벌써 아득히 먼 곳까지 가 있었다. 멀리서 몇 개의 횃불만이 아주 조그맣게 가물거리고 있었다.

"가, 같이 가요!"

보보가 허둥거리며 달리기 시작했다. 주위가 어찌나 어둡고 기괴한지 등에 소름이 쫙 끼치며 식은땀이 흘러내렸다.

얼마나 걸었을까, 멀리 빛이 보이기 시작했다. 반대 편의 입구인 것이 분명했다.

"사람이 많네."

"전부 합쳐서 오십 명 정도 돼."

걸어가는 도중에 점점 사람이 불어나더니 이제는 수십 명의 사람에게 둘러싸였다. 모두 들개족이었는데 털이 숭숭한 토종도 있었고 반쯤 인간을 닮은 혼혈도 꽤 많았다. 거의 반반인 것 같았다. 그들은 자신들의 족장이 웬 인간들을 데리고 오는 것을 보고 신기한 듯 둘러싼 채 따라왔다.

꼬치가 인사를 시켰다.

"이 사람들은 내 손님들이니까 잘 대접해 주게."

그러자 들개족들이 인사를 건넸다.

"안녕하세요?"

"반가워요."

과연 전쟁을 싫어한다더니 그 말이 맞는 모양이었다. 모두 호의적이었다.

퍼쿵이 물었다.

"어떻게 된 거야? 왜 형이 이런 먼 곳에 와서 마을을 이루고 살고 있는 거야?"

"그렇게 됐어. 자세한 얘기는 천천히 하도록 하자. 시간 많잖아?"

"그래, 하긴……."

한동안 음식을 만들고 준비를 하고 어수선하더니 곧 저녁 식사가 시작되었다. 아이들이 꽤 많았고 여자도 많았다. 게다가 살림살이가 완벽하게 갖추어져 있는 것을 보니 여행을 하는 것이 아니라 통째로 이주해 온 것이 분명했다.

꼬치가 물었다.

"저 아이들은 누구니? 어떻게 가족이 됐어?"

"오다가다 만나서 함께 살고 있는 동생들이야. 함께 산 지 오래되었어."

"그래, 가족이 있어야지. 외롭게 살면 안 돼. 잘했다."

그러자 유코가 눈치를 보며 물었다.

"저… 아저씨?"

꼬치는 부드럽게 미소 지으며 대답했다.

"응, 왜 그러지, 꼬마 아가씨?"

유코는 수줍은 듯 몸을 꼬더니 얼굴을 들었다.

"저기요… 아저씨 이름이 꼬치예요?"

"그래, 맞아. 이름은 왜?"

그러자 유코가 귀엽게 배시시 웃으며 입을 열었다.

"있잖아요… 아저씨 성이 오뎅이에요, 닭이에요?"

"뭐?"

꼬치가 무슨 말인가 못 알아듣고 되물었다. 그러자 피코가 얼른 말을 가로챘다.

"하하, 오, 오빠, 신경 쓰지 마. 얘가 좀 상태가 안 좋아."

퍼쿵도 얼른 유코를 안아서 입을 막으며 뒤로 가렸다.

"하하하, 유코, 배고프지? 어서 밥 먹자."

치요는 한숨을 푹 내쉬었고 보보는 식은땀을 흘리며 중얼거렸다.

"유, 유코… 프, 플리즈……."

자리코는 기겁을 해서는 고개를 푹 숙였다.

다행히 꼬치는 전혀 상황을 이해하지 못하고 웃어넘겼다.

"정말 오랜만이구나. 퍼쿵은 덩치가 엄청나게 커졌네. 피코도 요만한 꼬마였는데……. 하하, 하긴 십 년이나 지났으니……."

그런 말을 하며 꼬치의 표정이 잠시 어두워졌다.

퍼쿵도 말했다.

"그래, 정말 오랜 시간이 지났지."

피코는 아무 말 없이 고기를 뜯고 있었다.

"너희가 지금 몇 살이지?"

"난 스물다섯이고 피코는 열일곱이 되었어."

"정말 많이 컸다. 하긴 나도 이젠 중년이니까……."

"형, 무슨 일이 있었어?"

"무슨 일은, 너희가 당한 일만이야 하겠니?"

"……."

꼬치가 이야기를 시작했다.

"그때는 정말 미안했다. 구해주지 못해서."

퍼쿵이 대답했다.

"아냐, 형 잘못이 아니잖아. 터치가 우릴 공격했을 때 형은 그곳에 있지도 않았는걸 뭐."

"난 그때 여행 중이었지. 그때 나만 성안에 있었더라도 그런 일은 없었을 텐데⋯⋯."

"아니, 똑같았을 거야. 형이 있었다고 해도. 오히려 형이 없어서 다행이었지. 형은 우리 아버지를 무척 따랐으니까 어쩌면 같이 죽임을 당했을 수도 있잖아?"

퍼쿵은 하커 장군을 아버지라고 부르고 있었다.

꼬치가 잠시 생각하더니 대답했다.

"그래, 작은아버지는 내 스승이기도 했지. 난 너희 아버지에게서 모든 지식과 경륜을 다 배웠으니까⋯⋯."

퍼쿵이 옛 기억을 떠올렸다.

"어느 날 갑자기 왕이 죽자 푸치 장군이 왕궁을 점령하고 아버지의 군대와 전투를 벌였어."

"얘기는 대충 들었다."

"정말 치열하게 싸웠지. 도망가던 나도 갑자기 앞을 막은 터치의 군대로부터 어머니와 피코를 지키려고 검을 휘둘렀어. 그때 사람을 처음 죽여봤어, 나는⋯⋯."

꼬치의 표정이 어두웠다.

"미안하다. 터치 그놈은 어쩔 수가 없는 놈이야."

퍼쿵은 멍한 표정으로 말을 이었다. 아마 무척 아픈 과거가 있는 모양으로 퍼쿵의 눈에 눈물이 고이고 있었다.

"그래, 터치는 우리 가족을 아주 싫어했어. 아버지도 싫어했고 어머니도⋯⋯. 우리 어머니는 터치에게 예전에⋯⋯."

"됐다. 그 얘긴 하지 말자."

꼬치가 퍼쿵의 얘기를 끊었다. 이미 터치가 숙모를 강간했던 일을 알고 있는 모양이었다.

꼬치의 말에 퍼쿵이 비로소 정신을 차린 듯 고개를 들어 피코를 바라보았다. 피코는 무슨 얘기인지 궁금하다는 표정을 짓고 있었다.

퍼쿵이 생각했다.

'피코가 알아서 좋을 건 없지. 여태까지도 그 얘기는 해주지 않았는데……'

"그런데 형은 왜 여기에 있어?"

그러자 꼬치가 피식 웃었다.

"후후, 나도 터치에게 쫓겨났단다."

"뭐? 쫓겨났다고?"

"그나마 나는 다행이지. 내 형은 죽임을 당했으니……."

꼬치의 말에 피코와 퍼쿵은 믿을 수 없다는 듯이 눈을 크게 떴다.

"기무치 형이 죽었어?"

"너희 가족이 죽고 오 년 후에 터치와 기무치 형이 싸움을 벌였단다. 왕위 계승권을 놓고 전투가 벌어졌지. 그 싸움에서 형이 터치에게 패해 죽었단다. 형의 군대와 가족들까지 모두 몰살당했어."

퍼쿵이 혀를 내둘렀다.

"친형까지 죽이다니. 정말 지독한 놈이군, 터치는."

"그래, 아주 지독한 놈이지. 내 동생이지만 전혀 살아 있을 가치가 없는 놈이야. 그놈이 나보고 떠나라고 했어. 그렇지 않으면 가족과 함께 다 죽이겠다고."

"터치가 직접 그 얘기를 했어?"

"그래. 군사들을 이끌고 우리 집에 찾아와서는 형수와 조카들도 다 있는데 버젓이 얘기하더구나. 큰형을 베어버린 피묻은 칼을 뽑아 들고 말이야."

"그래서?"

"그 길로 짐 싸 들고 성을 떠났지. 여기 있는 사람들은 그때 나를 따라 성을 떠나온 내 부하들이야. 전부 가족을 이끌고 아예 이주해 버렸어."

피코가 입을 떡 벌리고 물었다.

"푸치가, 아니, 큰아버지가 아무 말도 하지 않았어? 큰아버지는 오빠와 큰오빠를 좋아했잖아?"

"뭐라고 할 수도 없었지 뭐. 왕궁도 터치의 군대에게 포위되어 있었으니까. 난 인사도 못 드리고 나왔다."

피코가 물었다.

"어떻게 된 거야? 큰아버지는 우리 아빠를 죽이고 왕이 되었잖아? 그런데 왜 터치에게 점령이 돼? 그럼 지금 왕은 터치야?"

"아니, 그렇지는 않아. 아직도 아버지가 왕이야. 껍데기뿐인 왕이라서 그렇지."

꼬치는 옛날이야기를 하듯이 담담히 말하고 있었다. 그의 얼굴에는 잔잔한 미소가 흐르고 있었다.

"아마 그때 떠나지 않았으면 나도 죽었을 거야. 여기 이 사람들도 모두 말야. 여자와 아이들까지……."

퍼쿵과 피코는 침통한 표정으로 고개를 끄덕였다. 옆에서 치요와 보보, 유코도 놀란 얼굴로 어른들의 얘기에 귀를 기울이고 있었다. 들개족들도 식사를 하며 이쪽 얘기에 귀를 기울이고 있었는데 모두 표정이 무척 무겁게 가라앉아 있었다.

퍼쿵이 말했다.

"그래서 형이 이곳에서 족장이 된 거구나. 아까 보니까 형을 족장님이라고 부르던데……."

"그래. 우린 무조건 마을을 벗어나 걸었지. 터치의 추격을 받지 않을 만한 곳을 찾아서 산속을 몇 달이나 헤맸어. 놈은 우리를 성에서 쫓아낸 것으로 안심하지 않을 테니까. 그놈은 누군가 왕위를 계승할 사람이 가까이에 살고 있다는 것만으로도 잠을 못 자는 놈이지."

"맞아, 터치는 그럴 놈이야."

"이곳에 온 지 오 년이나 됐어. 넌 그동안 어디에 있었니? 계속 동굴 건너편에 살고 있었던 거야?"

"아니, 저쪽에 온 지는 열흘밖에 되지 않았어. 좀 더 동쪽에 살고 있었는데 겨울이 되자 육식 용이 나타나 짐승들을 다 잡아먹거나 쫓아버리지 않겠어? 그래서 잡아버렸지. 그리고 그 용이 살던 굴을 우리가 차지한 거야."

"정말 대단하구나. 어떻게 그런 큰 용을 잡았지?"

"어쩌다 보니 그렇게 된 거지 뭐. 그건 그렇고, 형은 어떻게 저 건너편으로 올 생각을 했어? 오 년 동안 한 번도 건너오지 않았던 것 같은데……."

그러자 꼬치가 웃었다.

"하하하, 실은 건너편이 뚫려 있다는 생각도 못했었어. 막힌 굴인 줄 알았었지. 처음 여기 왔을 때는 몇 번 들어가 봤는데 너무 깊어서 요즘은 전혀 들어가지 않았어. 그런데 갑자기 동굴 안에서 고기 굽는 냄새가 나잖아? 착각인 줄 알았는데 점점 더 심하게 나더구나. 그래서 몇 사람과 함께 들어가 본 거야."

"그랬구나. 우리가 오늘 처음 그 안에서 고기를 구워 먹었으니
까……."

"잘됐지 뭐냐? 덕분에 우리가 이렇게 만났잖아?"

"그래, 잘된 일이야. 운이 좋았어."

아이들은 긴장이 풀린 데다 배불리 먹고 나자 식곤증이 생기는지 일
찍 잠자리에 들었다. 자리코는 아직도 두려움이 다 가시지 않은 모양
으로 유코에게 바짝 달라붙어 자리를 잡았다. 그러나 유코는 아무 생
각도 없는 듯 사지를 활개 치며 눕자마자 잠이 들어버렸다.

물론 우레는 유코보다 더 빨리 코를 골기 시작했고…….

둘의 잠든 모습을 보고 퍼쿵 일행은 물론 꼬치의 들개족 사람까지
모두 고개를 으며 미소를 지었다.

제3장 피코

밤이 으슥해지고 있었다. 모닥불이 동굴 여기저기에 피워졌고 각 가족들이 삼삼오오 모닥불 곁에 모여서 잠을 잤다. 날이 새면 건너편에서 엄청난 양의 고기를 날라와야 하기 때문에 장정들도 일찍 잠자리에 들었다.

들개족들은 퍼쿵 일행이 준 선물에 무척 고마워하고 있었다. 그럴 수밖에 없는 것이 퍼쿵이 준 고기면 해동할 때까지 사냥을 하지 않아도 충분할 만한 양이기 때문이었다.

퍼쿵 일행도 꼬치와 함께 모닥불가에 빙 둘러 누웠다. 우레와 유코는 벌써 잠이 들어 있었다.

갑자기 꼬치가 몸을 일으키더니 퍼쿵에게 물었다.

"퍼쿵, 술 한잔할래?"

"술? 그런 것도 있어?"

꼬치가 빙긋이 웃었다.

"그럼. 여기 이래 봬도 없는 게 없어. 작지만 꽤 괜찮은 부족이야, 우리."

"그래? 놀라운데? 좋아, 한잔하자, 오랜만에⋯⋯."

퍼쿵의 말에 꼬치가 웃었다.

"오랜만에? 처음이잖아, 나와 술 먹는 거."

그러자 퍼쿵이 따라 웃었다.

"아, 그런가?"

"하하하, 너, 그때는 아직 어린애였잖아. 술 먹을 나이가 아니었지."

"아, 맞아. 나는 그때 술자리에 끼워주지도 않았었지?"

"그래. 정말 많이 컸다, 너희들. 피코도 같이 한잔하자."

"나도?"

피코도 몸을 일으키며 웃었다. 은근히 기대하는 눈빛이었다.

"그럼. 열일곱이라면서? 아직 좀 어리긴 하지만 뭐 어때? 이제 결혼 해도 될 나인데?"

피코의 얼굴이 붉어졌다.

"무, 무슨 소리야, 결혼이라니? 난 아직⋯⋯."

"하하, 부끄러워하기는⋯⋯. 정말 많이 컸어. 예뻐졌다, 너."

피코가 더욱 당황하며 다시 돌아누웠다.

"나, 나는 그냥 잘래."

그러자 꼬치가 피코를 일으켜 앉혔다.

"하하하, 농담이야. 어서 일어나. 너희랑 술을 먹게 될 줄은 몰랐다. 옛날에 작은아버지가 가끔씩 내게 술을 주셨지. 그때 생각이 나는구 나."

꼬치는 어디론가 가더니 통나무 속을 파서 만든 커다란 동이를 들고 자리로 돌아왔다. 동이에는 역시 나무로 만들어진 뚜껑이 덮여 있었는데 그 동이를 흔들자 찰랑찰랑 물소리가 났다.

"나무 열매를 발효시켜 만든 거야. 아주 맛이 좋지."

그러면서 단단히 박힌 뚜껑을 펑 소리가 나게 열었다.

퍼쿵과 피코가 환호성을 질렀다.

"야~ 냄새 좋은데?"

"와, 이런 걸 어떻게 만들었어?"

"후후, 생각나지 않니? 술을 담그는 법, 너희 엄마가 가르쳐 주신 거잖아?"

"아……."

그랬다. 들개족의 마을에 술을 전한 것은 퍼쿵의 엄마인 히로코였다. 들개족은 육식만을 하기 때문에 곡식이나 열매를 발효시킬 줄 몰랐었는데 히로코가 술을 만들어 하커에게 대접한 것이 들개족 술의 시초였다.

다른 여자들도 술을 만들 줄은 알고 있었지만 당시 들개족의 감시와 핍박이 너무 심해서 술을 담을 여유가 없었다. 하커의 집에서 살게 된 히로코만이 그런 여유를 가지고 있었던 것이다.

꼬치의 말에 새삼 어머니의 모습이 떠올라 퍼쿵과 피코가 숙연해졌다.

"자, 한잔 받아."

"응, 형도."

"피코도."

세 사람은 술을 한 잔씩 들이켰다. 뜨겁게 목을 타고 내려가는 술의 기운이 느껴지자 기분이 좋았다.

"안주."

꼬치는 손수 안주까지 가져왔다. 말린 고기였다.

"좋은데?"

피코가 물었다.

"한 잔씩 더 먹어도 돼?"

이런 산속에서 술은 워낙 귀한 거라서 물은 것이었다. 실제로 퍼쿵과 피코는 술을 만드는 방법을 잘 몰랐다. 그들에게 있어서 술이란 인간의 성에나 가야 겨우 구경할 수 있는 귀한 것이었다.

"그럼, 다 먹어야지. 또 있으니까 염려 마. 매년 여름마다 담가놓은 것이 많이 저장되어 있어."

술이 몇 잔 돌자 세 사람의 얼굴이 발그레하게 달아오르기 시작했다. 꼬치가 붉으스레한 얼굴로―털 때문에 잘 보이지는 않았지만―말했다.

"그때 얘기를 해줄 수 있겠냐? 마음 아프겠지만……."

"무슨 얘기?"

"너희 부모님이 돌아가실 때 말이다."

"그거?"

"아, 아니다. 마음 아픈 얘기는 하지 말자."

꼬치는 당시에 마을에서 멀리 떠나 있었기 때문에 상황을 알지 못했었다. 돌아와 보니 이미 선왕 커우는 죽고 푸치가 왕이 되어 있었다. 게다가 그토록 따르던 하커도 죽고 자상하던 숙모도 죽었다. 그리고 동생들도 모두 사라졌다고 하는데 죽었는지 살았는지도 알 수 없었다.

아무도 그 일에 대해서 자세히 얘기해 주지 않았다. 단지 터치가 갑자기 장군이 되어 있었고, 그가 하커와 그의 가족을 다 죽였다는 풍문만 들릴 뿐이었다.

그래서 오랜 세월 그 일에 대해서 궁금증을 품고 있었다. 몰래 사람을 풀어 퍼쿵과 피코의 행적을 조사했지만 결코 찾을 수가 없었다. 아니, 오히려 못 찾는 것이 다행이라고 생각했었다. 왜냐하면 이미 터치가 많은 세력을 장악한 상태였으므로 퍼쿵과 피코를 찾아도 데려올 수 없기 때문이었다. 아이들이 터치의 눈에 띄는 날에는 무슨 짓을 해서라도 죽이려 할 것이 뻔하니까 말이다.

그런 이유로 꼬치는 차라리 두 아이가 멀리멀리 도망가 자유롭게 살고 있기를 바라고 있었다.

그런데 이렇게 장성한 모습으로 만났으니 그 당시의 일이 다시 떠올라서 견딜 수가 없었다.

"미안하다, 그때 얘기를 꺼내서."

퍼쿵과 피코가 마주 보더니 고개를 저었다.

"아니, 그럴 거 없어. 형은 듣고 싶은 것이 당연하니까. 그리고 우리도 이미 그 일은 담담해. 얘기해 줄게."

"……."

퍼쿵이 입을 열었다.

"그때는 형이 여행을 떠나고 나서 열흘 정도 지났을 때였어. 왕이 죽었지. 모든 신하, 큰아버지와 아버지도 왕궁에 모여 있었어. 임종을 보려고……."

일곱 살이 된 퍼쿵은 혼자 자기 시작했다. 엄마가 하커와 결혼해서 침실을 같이 쓰기 때문이었다.

그러나 퍼쿵은 슬프지 않았다. 오히려 가슴이 뿌듯하고 좋았다. 왜냐하면 앞으로는 아무도 엄마를 때리거나 그런 짓을 하지 못할 거란 걸 알고 있기 때문이었다.

하커는 정말 친아버지처럼 대해주었다. 아내가 된 히로코에게도 그렇게 자상할 수가 없었다. 히로코와 퍼쿵은 일약 노예에서 왕족이 되어버렸다.

비록 자신의 종족을 멸망시키고 가족을 죽인 원수의 왕족이었지만 그래도 이들에게는 목숨에 대한 위협이 사라졌다는 것 말고 다른 생각은 끼어들 틈이 없었다. 게다가 이미 이 년을 함께 살면서 하커에 대한 이들의 신뢰감과 고마움은 무엇하고도 바꿀 수가 없었다.

히로코는 타고난 자상함으로 하커와 그의 부하들을 돌보았다. 하커의 부하들은 하커의 사상을 쫓는 사람들이었다. 그의 사상과 인품에 반해 충성을 맹세한 무리였기에 히로코와 퍼쿵에게도 예의와 충성을 아끼지 않았다. 모두가 진심으로 히로코를 축하해 주었고 결국 그녀에게도 반하고 말았다. 그만큼 히로코에게는 몸에 밴 따스함이 있었다.

퍼쿵은 정식으로 검술을 배우기 시작했다. 일곱 살의 퍼쿵은 또래 들개족보다 더 체력이 좋았다. 머리도 좋아서 가르치는 것을 금방 익혔다.

비록 다른 들개족 사이에서 인정받지는 못했으나 아무도 퍼쿵을 건드리지는 못했다.

그들이 퍼쿵을 건드리지 못하는 것은 하커 때문이었지만 또한 똑똑한 퍼쿵이 절대 책잡힐 만한 실수를 하지 않기 때문이기도 했다.

퍼쿵은 자신의 처지를 잘 알았다. 하커의 양아들이 되긴 했어도 인간족이라는 입장이 항상 그에게 주위 눈치를 보도록 만들고 있었다.

아무리 하커의 양아들이라고 해도 조그만 실수라도 하는 날에는 죽임을 당할 수도 있다는 것을 잘 알고 있었다.

히로코가 하커와 결혼한 지 일 년 후 예쁜 딸이 태어났다. 갓 태어난 아기의 모습은 들개가 아니었다. 거의 완벽하게 인간의 모습을 지니고 있었다. 히로코와 하커는 인간족의 이름을 따서 아기의 이름을 피코라 지어주었다. 퍼쿵의 나이 만 여덟 살이 되던 해였다.

그러나 푸치 장군을 위시한 다른 들개족들은 하커를 못마땅하게 생각했다. 인간의 여자와 결혼해서 완벽한 인간의 모습을 한 아기를 낳았으니 무리도 아니었다. 안 그래도 하커가 혼혈이라고 무시하던 무리들에게는 결코 용납될 일이 아니었던 것이다.

그러나 왕인 커우는 피코가 태어난 것을 축하해 주었다. 그들의 결혼을 반대하던 커우도 일 년이 지나자 히로코를 자신의 며느리로 받아들이게 되었던 것이다.

이미 커우는 푸치보다 하커에게 많은 기대를 걸고 있었다. 부족의 장래를 맡기기에 푸치는 너무나 무식하고 난폭했기 때문이었다. 그러나 그것이 더 푸치를 화나게 하고 있었으니…….

그때쯤 퍼쿵은 주위에 있는 군인들의 신분에 대해 알게 되었다. 하커의 무리는 반은 혼혈 들개족이었고 반은 토종이었는데 그중 유난히 하커를 따르고 히로코와 퍼쿵에게 잘해주던 젊은 토종 군인이 있었다. 그는 옛날부터 거의 매일 하커의 처소에 들러오던 사람이었다.

그의 이름은 꼬치였다. 처음에는 그냥 양아버지의 부하인 줄 알았지만 일 년 정도 지나자 그가 하커의 조카로서 왕족인 푸치의 둘째 아들이라는 것을 알았다.

꼬치의 계급은 이미 장군이었으나 무(武)보다는 문(文)을 중시하는 평화주의자였다. 그리고 그 위의 형인 기무치 장군도 아주 가끔 하커의 처소에 들러서 숙부인 하커와 담소도 나누고 국정도 논하곤 했다. 다만 막내인 터치만이 유난히 하커를 적대하고 상종하지 않는다는 것도 알았다.

일 년 후, 피코가 한 살이 되었을 때 처음으로 그 아기가 들개족이라는 징후가 나타났다. 아기에게 송곳니가 나오기 시작한 것이었다. 돌이 된 피코의 입 안에 정확히 네 개의 작고 뾰족한 송곳니가 위아래로 돋아나고 있었다.

그러나 그 이외에는 정말 인간과 똑같았다. 그렇게 피코는 무럭무럭 자랐고, 옹알이를 했고, 걸음마도 했다.

퍼쿵의 검술은 날로 발전하고 있었다. 나이 열 살이 되었을 때 퍼쿵은 들개족 어른들이 쓰는 크고 무거운 검을 버렸다. 그 대신 그 두 배쯤 되는 철퇴만한 검을 사용하기 시작했다. 모두 퍼쿵의 힘에 혀를 내둘렀다. 열 살이 된 퍼쿵과 팔씨름을 해서 이기는 들개족 어른이 드물었다.

그가 그렇게 강한 아이로 자라나자 일각에서 퍼쿵을 죽여야 한다는 말이 떠돌기 시작했다. 퍼쿵이 어른이 되면 반드시 복수를 하리라는 말도 공공연히 나돌았다.

그러나 하커의 군사들은 치밀하게 히로코와 퍼쿵을 경호했다. 아무도 두 사람의 곁에 함부로 다가올 수 없도록 하커의 군사들이 보호하고 있었다.

그렇게 세월이 흘러 퍼쿵이 열다섯 살이 되었고 피코는 일곱 살이 되었다.

이제 퍼쿵은 어른들만큼 키가 커졌고 자신의 키보다 더 큰 검을 자유자재로 휘두르고 있었다. 들개족 전체에서 퍼쿵의 검을 휘두를 수 있는 사람은 열 명도 되지 않았다. 그에게 검술을 가르치던 하커와 다른 장교도 퍼쿵과의 대련에서 무릎을 꿇고 말았다.

하커가 부러진 검을 들고서 말했다.

"퍼쿵, 정말 대단하구나. 이제 이곳에서 널 당할 자는 없을 거야."

퍼쿵이 부끄러운 듯 머리를 긁으며 대답했다.

"아, 아니에요. 아버지께서 봐주신 거죠."

그러자 하커보다 먼저 퍼쿵에게 패한 들개 장교가 말했다.

"아니야, 퍼쿵. 넌 정말 대단해졌어. 나도 둘째가라면 서러워할 검사인데 너에게는 두 손 들었다."

퍼쿵이 얼굴을 붉히며 부끄러워했다.

"아, 아뇨, 그렇지 않아요."

퍼쿵의 키는 이미 하커와 비슷하게 커져 있었다. 열다섯 살의 어린 인간이 덩치 큰 들개족 성인과 비슷하니 다들 놀라고 있었다.

그때 그들이 대련하던 마당으로 히로코가 들어섰다.

"모두들 좀 쉬었다가 하세요. 마실 것을 가져왔어요."

"아, 여보, 안 그래도 오늘은 이만 할 생각이었소."

"엄마?"

히코코는 쟁반에 세 잔의 음료를 받쳐 들고 서 있었고, 그 뒤에 조그만 피코가 엄마의 치맛자락을 쥐고 손가락을 빨며 서 있었다.

퍼쿵이 달려가 피코를 안았다.

"피코!"

"오빠."

피코는 두 팔을 번쩍 들어 오빠를 마주 안았다.

"우리 피코, 뭐 하고 놀았어?"

"칼따움해쩌."

피코는 오빠의 등에 메어져 있는 커다란 검을 만지작거리며 서투른 발음으로 말했다. 이미 초여름이었지만 아직 피코의 코에는 콧물이 나와 있었다.

"우리 피코, 아직 감기 안 나았어?"

"응, 기침해쩌."

"어서 나아야 오빠가 칼싸움 가르쳐 주지."

"다 나아쩌. 할래. 나 칼따움할래."

피코가 버둥거리며 칼싸움을 가르쳐 달라고 조르고 있었다.

"그래, 오빠가 가르쳐 줄게. 그럼 우리 피코 칼부터 만들까?"

"이야이야! 신난다! 이야이야!"

피코가 소리를 지르며 좋아했다. 퍼쿵이 피코를 안고 뒷마당 쪽으로 걸어가자 히로코가 퍼쿵을 불러 세웠다.

"퍼쿵, 이거 마시고 가거라."

"아, 예."

퍼쿵이 다시 엄마와 아버지가 서 있는 곳으로 돌아갔다.

하커가 말했다.

"이거 무슨 음료요? 처음 먹어 보는데?"

그러자 옆에 서 있던 장교가 말했다.

"그러게요. 맛이 좋은데요?"

히로코가 대답했다.

"호카와 나무 열매를 갈아서 만든 거예요. 드실 만하세요?"

호카와 나무는 커다란 교목으로 주먹만한 단단한 열매가 맺혔다. 그 단단한 껍질을 깨면 속에 부드럽고 기름진 살이 들어 있었다. 들개족은 원래 식물을 먹지 않았지만 인간들은 오래전부터 식용으로 사용해오던 나무 열매였다.

장교가 웃으며 말했다.

"아주 맛있습니다. 아무래도 부인은 못 만드는 음식이 없는 모양입니다. 이걸 제 부하 모두에게 먹일 수 있다면 좋겠군요."

그러자 하커가 눈을 동그랗게 떴다.

"아, 이 사람이 남의 부인을 죽일 작정인가? 자네 부하가 오십 명이 넘는데 그걸 다 어떻게 만들어?"

그러자 그 장교가 머리를 긁적이며 웃었다.

"그만큼 맛있단 말이지요 뭐. 하하하."

히로코가 활짝 미소를 지었다.

"아니에요. 만드는 것은 어렵지 않아요. 정말 맛이 괜찮으세요?"

"아주 맛있습니다. 지난번 것만큼요."

"고마워요. 그럼 답례로 대치님의 부대에 이 음료를 선물할게요."

그러자 이번에 당황하는 것은 그 장교였다.

"어우, 저런. 그렇게 하지 않으셔도 됩니다. 정말 그 많은 걸 어찌 만드시려고……."

그러자 옆에 서서 피코를 안고 있던 퍼쿵이 말했다.

"걱정 마세요. 제가 있잖아요. 제가 엄마를 도와드리면 금방 만들 수 있을 거예요."

장교가 말했다.

"정말… 그래도 되겠습니까?"

히로코와 퍼쿵이 웃었다.

"그럼요. 제 아들은 힘이 장사잖아요."

"하하하, 그럼 염치 불구하고 감사히 받겠습니다, 부인."

그런 그들의 대화를 하커가 지그시 미소 지으며 바라보았다.

히로코가 들개 마을로 온 지 십 년, 하커와 결혼한 지 팔 년이 지났다. 그동안 히로코는 딸 하나를 낳고 하커의 내조에 힘 쓰고 있었다.

하커가 생각했다.

'벌써 당신이 서른둘이 되었군. 하지만 당신은 여전히 아름다워. 당신의 마음 씀씀이도 당신의 모습처럼 아름답고… 정말 고맙군. 당신을 얻게 된 것은 오히려 내게 행운이야.'

히로코는 이제 왕족의 부인으로서 부족함이 없었다. 아니, 다른 들개 왕족 여자들이 거만하고 게으른 것에 비해서 히로코는 예전 노예 시절만큼 일을 하고 있었다.

모두가 만류했지만 히로코는 그게 삶의 낙이라고 했다. 마치 하커의 얼굴에 미소를 짓게 만드는 것이 그녀의 목표인 것처럼 보일 정도였다.

잠시 후 장교가 돌아가고 퍼쿵도 피코를 데리고 뒷마당으로 갔다. 두 사람만 남게 되자 하커가 히로코를 안고 물었다.

"히로코, 당신 행복하오? 난 지금 행복한데……."

히로코가 하커의 땀에 젖은 가슴에 얼굴을 묻었다.

"그럼요. 전 너무 행복해요. 당신을 만나게 된 것이 너무 좋아요. 그리고 고마워요."

그러자 하커도 말했다.

"아니야. 오히려 내가 더 고마워, 당신을 만나 결혼하게 된 것이. 언제까지나 내 곁에 있어줘."

"그럼요. 그걸 말이라고 하세요?"

두 사람이 마주 보며 웃었다.

그때 피코가 다시 앞마당으로 달려왔다. 손에는 퍼쿵이 만들어주었을 것이 분명한 나무 칼을 들고 있었다.

"엄마! 엄마!"

두 사람은 문득 떨어지며 피코를 바라보았다.

"왜?"

"꼬치 오빠 언제 와?"

"꼬치 오빠?"

히로코가 하커를 바라보았다. 그러자 하커가 웃으며 대답했다.

"우리 피코, 왜 꼬치 오빠를 찾아?"

"꼬치 오빠가 다음에 올 때 선물 가져다준다고 해떠요."

"그래?"

"예."

어린 피코는 하커에게만은 존댓말을 했다. 히로코가 아기 때부터 그렇게 가르쳤기 때문이었다.

히로코가 물었다.

"정말 꼬치 도련님은 언제 오세요? 한동안 안 보이시던데?"

하커가 고개를 끄덕였다.

"그래, 정말 본 지 오래되었구나. 실은 꼬치가 지금 성안에 없어. 멀리 여행을 갔거든."

"여행이요?"

"응, 견문을 넓히겠다고 친구 몇 사람과 함께 열흘 전에 떠났어. 언제 돌아올지는 잘 모르겠군. 제 할아버지를 닮아서 탐구심이 아주 왕성해, 그 애는……"

히로코가 말했다.

"그랬군요. 어쩐지……. 꼬치 도련님이 퍼쿵과 피코에게 정말 잘해 주시거든요. 그래서 애들이 저렇게 찾아요."

하커가 웃었다.

"하하, 애들뿐이야? 당신에게는 더 잘하잖아. 그 녀석은 당신한테 아주 반한 것 같던데?"

히로코의 얼굴이 새빨개졌다.

"어머! 당신 무슨 말씀을……. 그런 말씀 하지 마세요. 숙모에게 반하다니……."

그러면서 그녀가 펄쩍 뛰었다. 조카라고는 해도 꼬치는 겨우 히로코보다 한 살이 아래였다. 비슷한 또래의 남편 조카가 너무 따르니 히로코는 오히려 이상한 소문이라도 날까 봐 더 조심하는 중이었던 것이다.

그러자 하커는 더 웃으며 히로코를 놀렸다.

"어? 당신 얼굴 빨개졌어. 혹시 당신도 꼬치를 좋아하는 거 아냐?"

"싫어요! 저 화낼 거예요. 몰라요."

그러면서 히로코는 휙 돌아서서 피코를 안아 들고 집 안으로 뛰어 들어가 버렸다.

그때였다. 한 병사가 급히 달려오며 외쳤다.

"장군님, 큰일 났습니다."

"뭐야? 무슨 일이지?"

"왕이 위독하시다는 전갈입니다. 급히 왕궁으로 드셔야겠습니다."

"뭐라고? 아버님이?"

"속히 왕궁으로……. 모든 신하들이 지금 왕궁으로 가고 계십니다."

"알았다. 곧 의관을 갖추고 나가지."

"예, 그럼……."

병사는 인사를 하고 달려나갔다.

집 안으로 들어오는 하커에게 히로코가 물었다.

"무슨 일이 있어요? 안색이 좋지 않아 보여요."

"응, 아버님이 위독하시다는군. 어서 가봐야겠어. 내 옷 좀 챙겨주
겠소?"

"예."

히로코는 서둘러 하커의 의관을 챙겼다. 급히 옷을 입으며 하커가
중얼거렸다.

"하필 이럴 때… 꼬치도 없는데……."

"그러게요. 할아버님의 임종을 봐야 하는데……."

"그러게 말이오. 할 수 없지. 내 다녀오리다."

"예, 조심하세요."

"응."

하커는 서둘러 기다리고 있는 부관들과 함께 집을 나섰다.

퍼쿵이 물었다.

"엄마, 무슨 일이에요? 할아버지가 아프세요?"

"그래, 큰일이구나."

히로코의 표정은 무척 어두웠다. 무슨 큰 걱정을 하고 있는 것 같았
다.

퍼쿵이 엄마의 표정을 살피며 조심스런 말투로 물었다.

"엄마, 왜 그러세요? 너무 걱정하지 마세요. 일어나실 거예요."

"그래, 그래야지……."

그러나 히로코의 표정은 좀체 펴지지 않았다. 오히려 점점 더 어두

워지고 있었다.

"엄마, 할아버지가 아프신 지는 오래되었잖아요. 연세도 구십이 넘으셨고… 이제 돌아가실 때가 되었어요."

"휴~ 그래서 걱정 아니니?"

"왜요?"

히로코는 대답하지 않았다. 그대로 한동안 말이 없었다. 하커의 칼을 잠시 바라보더니 그중에서 좀 작은 단검을 집어 들고 손으로 쓰다듬었다. 그리고 품 안에 그 단검을 감추는 것이었다.

퍼쿵은 그 모습을 의아하게 바라보다가 이내 생각을 돌리고 커다란 자루를 집어 들더니 피코를 안았다.

"엄마, 저 피코 데리고 산에 좀 다녀올게요. 호카와 열매를 좀 모아 올게요."

그러자 침묵하던 히로코가 급히 퍼쿵을 불러 세웠다.

"퍼쿵, 안 돼. 다음… 다음에 가거라. 지금은 집에 그냥 있는 게 좋겠다."

"왜요, 엄마? 호카와 열매로 음료를 만들어야 하잖아요."

"그건 나중에 해도 된다. 지금은 집에 있어. 엄마와 함께."

퍼쿵은 무슨 일인지 의아해서 엄마의 표정을 살폈다. 수심에 잠긴 엄마를 보자 무척 걱정이 되었다. 히로코가 저토록 근심하는 모습은 정말 오랜만에 본 것이었다. 피코가 태어난 뒤로는 처음 보는 것 같았다.

그래서 자루를 내려놓고 다시 돌아와 엄마 곁에 앉았다.

그러자 퍼쿵도 막연하게 불안해지는 것을 느끼기 시작했다. 지금 엄마의 모습은 옛날 노예로 있던 시절 목숨을 염려하던 그 표정이었기 때문이다. 퍼쿵은 고민하기 시작했다.

'무슨 일일까? 왜 엄마가 저렇게 떨고 계시지?'

퍼쿵은 엄마를, 단검을 품에 꼭 안고 있는 엄마의 모습을 바라보았다. 그러자 뭔지 모를 불안감이 퍼쿵에게도 전염되기 시작했다. 이유는 모르지만 무엇인가 엄청난 불행이 닥쳐올 것만 같았다.

퍼쿵이 입을 열었다.

"엄마, 걱정 마세요. 무슨 일이 있더라도 제가 지켜 드릴게요."

그렇게 말하며 퍼쿵이 자신의 키보다 더 큰 검을 집어 들어 등 뒤에 멨다.

어린 피코는 엄마와 오빠가 걱정하는 것도 모르고 아빠가 먹다 남긴 음료수에 손을 담그어 입으로 빨아 먹고 있었다.

하커가 왕궁에 도착하니 이미 왕궁은 많은 신하와 군 수뇌들로 북적거리고 있었다. 큰 소리를 내는 사람은 없었으나 모두 삼삼오오 짝을 지어 수군거리며 주위 눈치를 살피고 있었다.

부관이 하커에게 말했다.

"저런, 이미 분위기가 흉흉하군요."

"언젠가 겪어야 할 일이지만 불안하군."

"걱정 마십시오. 저희가 목숨을 걸고 장군님을 지키겠습니다."

"고맙네. 나도 목숨을 걸고 자네들을 지켜주지."

"감사합니다."

왕의 침소에 도착하자 지키고 섰던 경비병이 경례를 하며 문을 열었다.

"고맙네."

안으로 들어서니 푸치 장군을 비롯해서 많은 신하가 왕의 침대를 둘러싸고 서 있었다.

"어서 오너라, 하커. 좀 늦었구나."

푸치 장군의 말이었다. 점잖게 말하고 있었으나 그의 눈빛은 경계하는 것이 역력해 보였다. 하커는 등에 식은땀이 흐르며 긴장이 되었으나 애써 부드러운 표정을 지으며 인사했다.

"예, 형님. 죄송합니다. 그보다 아버님은……?"

푸치가 커우에게 고개를 돌렸다. 침대 위에는 왕인 커우가 힘겨운 숨을 내쉬며 이미 뼈만 남은 앙상한 몰골로 누워 있었다. 잠이 들었는지 눈을 감고 죽은 듯 움직이지 않았다.

의사가 말했다.

"급한 고비는 넘기셨습니다. 하지만 안심할 수는 없습니다. 곧 준비를 해야 할지도……."

그 말에 푸치가 순간적으로 코웃음을 쳤다. 그리고 급히 표정을 바꾸었다.

하커가 물었다.

"소생하실 수 있겠소?"

"글쎄요, 폐하의 연세가 너무 많으셔서……. 황공하옵게도 오늘을 넘기기는 힘들 것입니다."

커우의 나이는 구십 살이 넘어 있었다. 이미 죽었어도 몇 번은 더 죽었을 나이였다.

하커는 마음이 무거웠다. 그의 나이 사십이 되었다. 그리고 옆에 서서 살벌한 눈빛을 보내고 있는 형 푸치는 육십이 넘어 있었다. 왕이 죽는다면… 그 다음에 발생할 일은 누구나 예측할 수 있는 것이었다.

'배는 하나인데 사공이 둘이라……. 휴우…….'

진작 조치를 취하거나 떠나지 않은 것이 후회가 되었다.

하커는 사실 왕좌에 대한 욕심이 별로 없었다. 다만 형인 푸치가 왕이 되면 그 다음에 오게 될 폭정과 주변 종족에 대한 정벌 전쟁이 염려되어 그동안 떠나야 할지 말아야 할지를 고민하고 있었다. 게다가 그동안 커우가 강력하게 하커를 설득하고 있었다. 푸치에게 들개족을 맡길 수 없다는 것이었다.

하커는 상념에 잠겼다.

한동안 침묵이 계속되자 의사가 말했다.

"폐하가 안정을 취해야 하니 모두 방을 나가주셨으면 좋을 듯싶습니다만……."

그러자 푸치가 낮은 목소리로 말했다.

"무슨 말이냐? 언제 돌아가실지도 모르는데 자리를 비우라니……. 오늘 밤을 넘기기 힘들다면서?"

"그렇습니다만 이렇게 서 계신다고 의식이 돌아오시는 것도 아니니 일단은 모두들 나가서서 좀 편히 기다리시는 게 좋을 듯합니다."

하커가 말했다.

"알겠소. 그럼 의식이 돌아오시면 바로 알려주시오."

"예."

하커는 다른 사람의 동의도 없이 돌아서서 방을 나갔다.

그러자 푸치가 비아냥거렸다.

"흥, 네 녀석은 아버님이 걱정도 되지 않는 모양이구나."

하커가 고개를 꾸벅 숙이며 말했다.

"그런 게 아니라 안정을 취하시는 게 좋다고 해서요."

"흥!"

하커는 더 얘기하지 않고 밖으로 나왔다. 그리고 기다리는 부관에게 낮은 목소리로 말했다. 옆에는 푸치의 부관들도 많이 있었는데 이들은 하커의 일거수일투족을 유심히 바라보고 있었다.

"어서 내 집으로 가게. 가서 경비를 세 배로 늘리고 우리 군사들도 비상 대기시켜. 그리고 무슨 낌새가 보이면 즉시 내 아내와 아이들을 피신시키게. 어디라도 좋으니 안전한 곳으로."

"걱정 마십시오. 이미 조치해 두었습니다."

"고맙네. 자네에게 맡기겠네."

"맡겨주십시오."

부관은 급히 부하 몇 사람에게 귓속말로 지시를 내렸다. 그들이 급히 달려가는 것을 보며 하커가 의자에 앉았다.

자세히 보니 푸치의 부관들의 숫자가 엄청나게 많았다. 왕궁 안이라 무기를 소지하고 있지는 않지만 바로 저 문만 열고 나가면 중무장한 병력이 모여들고 있을 것이라 예상이 되었다.

왕궁에는 무기를 소지하고 올 수가 없었다. 이곳에서 무기를 소지할 수 있는 것은 왕의 친위대뿐이었다.

하커는 다시 생각에 잠겼다. 분명히 커우는 푸치와 자신 중에서 다음 왕을 지목할 것이다.

'만일 푸치 형님이 왕이 된다면? 그가 나와 내 부대를 몰살하려 할까? 아니야, 그렇지는 않겠지. 하지만 내가 왕이 되면?'

하커는 푸치의 얼굴을 힐끔 바라보았다. 푸치는 굳은 얼굴로 아버지인 커우의 얼굴을 바라보고 있었다.

'형님은 내가 왕이 되는 것을 순순히 받아들일까? 그럴 리가 없지.

쿠데타를 일으킬 거야. 그렇다면?

그의 상념은 끝이 없었다.

'휴, 왕위를 포기한다고 말해야 할까? 그럼 최소한 형님과의 충돌은 피할 수 있을지도 몰라.'

거기까지 생각했을 때 문이 열리며 의사가 나왔다.

"하커 장군님, 어서 들어오십시오. 폐하의 의식이 돌아왔습니다."

하커는 벌떡 일어나 왕궁으로 들어갔다. 의사의 말대로 커우는 눈을 뜨고 있었다. 아무 말 없이 달려오는 하커에게 눈길을 주고 있었는데 그 눈은 이미 죽은 자의 눈처럼 빛이 없었다.

커우가 유독 하커에게만 눈길을 주자 둘러섰던 신하들이 하커를 바라봤다. 커우와 하커를 번갈아 바라보는 푸치의 얼굴에 거부감이 뚜렷이 보이고 있었다.

커우가 들릴 듯 말 듯한 음성으로 뭐라고 중얼거리고 있었다. 그러자 모든 사람의 시선이 왕의 입으로 집중되었다. 왕의 음성은 거의 알아들을 수도 없었다.

하커가 가까이 가자 푸치가 앞을 막았다. 그리고 커우를 뒤로 밀치더니 제가 커우의 입가로 귀를 갖다 댔다.

"……."

갑자기 푸치가 벌떡 몸을 일으키더니 무서운 눈으로 하커를 쏘아보았다. 무슨 말을 들었는지 대충 짐작이 갔으나 하커는 짐짓 모르는 체하며 아버지에게 다가갔다.

하커가 귀를 갖다 대자 커우가 힘겹게 말했다.

"하커, 내 뒤를… 이어서… 우리 부족을… 맡아… 다오."

하커가 입을 열었다.

"아버님, 안 됩니다! 정신 차리십시오!"

커우가 힘겹게 손을 흔들어 하커의 입을 막았다. 그리고 다시 말했다.

"푸치가… 왕이 되… 어서는… 안 돼. 네가… 내… 뒤를……."

그리고 커우는 입을 다물었다. 힘겹게 들려 있던 커우의 팔이 툭 떨어졌다.

그 순간 옆에 서 있던 의사가 왕의 맥을 짚었다. 그리고 잠시 후 고개를 설레설레 저으며 왕의 두 팔을 가슴으로 모으고 눈을 감겼다.

그러자 신하들의 입에서 일제히 통곡 소리가 울려 나왔다.

"폐하!"

통곡 소리는 들불처럼 번져 나가 방문 밖의 신하와 군인들을 거쳐 왕궁 밖으로 옮겨지더니 급기야 온 부족이 커우의 죽음을 슬퍼하는 애도의 소리를 내고 있었다.

하커는 망연한 표정으로 죽은 아버지의 얼굴을 바라보고 서 있었다. 그 뒤에서 살벌한 얼굴로 하커를 노려보던 푸치가 망토를 휘날리며 돌아서더니 문을 박차고 나갔다.

꽈당!

하커는 몸을 돌려 푸치를 불렀다.

"형님! 형님!"

푸치는 대답하지 않고 그대로 걸어나갔다.

"형님, 제 말을 좀 들어보십시오!"

하커가 급히 푸치의 뒤를 따라가려 했으나 푸치의 부관들이 하커의 앞을 가로막았다.

"비켜라! 형님과 할 말이 있다!"

"흥!"

푸치의 부관들은 콧방귀를 뀌며 손을 내밀어 하커의 가슴을 떠밀었다.

하커의 부관들이 달려들어 푸치의 부관들을 밀어냈다.

"무엄하다! 손 치우지 못하겠느냐?"

푸치의 부관들은 하커와 그 부관들을 향해 냉소를 보내고는 그대로 돌아서서 푸치가 나간 문으로 나가 버렸다.

"저, 저것들이!"

하커의 부관들이 이를 부드득 갈았다. 그러자 하커가 조용히 말했다.

"어서 돌아가자. 무슨 조치를 취해야 할 것 같다."

"예!"

무례한 푸치와 그 부관들의 행동에 신하들이 눈살을 찌푸렸지만 아무도 뭐라고 탓하지는 않았다. 아니, 못했다는 것이 옳았다.

신하들의 가슴속을 더 후벼파고 있는 것은 미개하던 그들 들개족을 그토록 발전시키고 강대한 부족 국가로 이끈 위대한 대왕의 죽음이 가져온 슬픔보다 앞으로 닥쳐 올 거대한 먹구름에 대한 걱정이었다.

'올 것이 왔군.'

하커도 같은 걱정을 하고 있었다. 왕의 장례는 이틀 동안 진행될 것이다. 그러나 하커는 이제 준비를 해야 했다. 장례가 끝남과 동시에 시작될 새로운 왕에 대한 성대한 대관식이 시작되기 전에 슬퍼할 여유도 없이 전쟁을 준비해야 한다는 것을 잘 알고 있었다.

커우는 왕위를 하커에게 물려준다는 것을 이미 문서로써 작성해 놓았을 것이고 장례식이 시작되기 전 모든 들개족에게 발표될 것이다.

그리고 푸치는 발표와 동시에 모든 군사를 동원하여 쿠데타를 일으킬 것이 자명했다.

하커는 조용히 커우의 방을 빠져나왔다. 문밖에 진을 치고 있던 푸치의 부관들과 측근들은 이미 한 명도 보이지 않았다. 그들은 푸치가 방을 박차고 나갔을 때 이미 모든 사정을 알고 준비하러 간 것이 틀림없었다.

하커도 서둘러 부관들과 함께 처소로 돌아왔다. 이미 온 성안이 커우의 죽음을 애도하느라 시끄러웠다. 여기저기에서 통곡 소리가 들려왔고, 그 흔하게 뛰놀던 아이들조차 한 명도 보이지 않았다. 슬픔이 전염되는 것인지, 아니면 어른들의 분위기에 주눅이 들어서인지 꼬마들까지 울상을 짓고 구석에 쭈그리고 앉아 나오지 않았다.

집으로 돌아온 하커는 부관들과 함께 둘러앉았다. 옆방에서는 히로코와 퍼쿵이 조용히 앉아서 거실의 회의에 귀 기울이고 있었다. 피코는 퍼쿵의 품에서 잠들어 있었다.

모두가 하커의 입만 바라보고 있었고 마침내 하커가 입을 열었다.

"폐하께서 내게 왕위를 계승하라고 말씀하셨다."

"당연한 일입니다. 폐하는 이미 예전부터 하커 장군님께 왕위를 계승하도록 생각을 굳히고 계셨습니다."

"하지만 형님이 받아들일 리 없다."

"받아들이지 않으면요?"

"쿠데타를 일으킬 거야."

"싸워야지요."

"우리 병력으로는 형님의 병력과 맞설 수 없다는 것을 잘 알고 있지 않나?"

그 말에 부관들이 모두 무겁게 고개를 숙이고 입을 다물었다.

"……."

잠시 후 한 부관이 물었다.

"그럼 어떻게 하실 작정이십니까?"

"글쎄……."

"설마 왕위를 포기하실 생각이십니까?"

"……."

하커가 침묵하자 다른 부관이 소리쳤다.

"그건 안 됩니다! 푸치 장군이 왕이 되면 엄청난 폭정을 할 것이 분명합니다. 부족의 미래를 폭군의 손에 맡길 수는 없습니다."

"나도 알고 있다. 그러나……."

"저희들은 끝까지 싸울 겁니다. 제발 포기하지 마십시오!"

하커는 생각에 잠겼다.

'어떻게 해야 하나? 형님과 싸움이 벌어지면 절대로 이길 수 없다. 싸우다가 내가 죽으면 부하들도 모두 죽임을 당할 것이 분명할 터…….'

하커는 자신을 바라보는 부하들의 얼굴을 하나씩 둘러보았다.

'휴, 물론 그들의 가족들도 모두 죽임을 당하겠지. 하지만 내가 왕위를 포기하고 부하들을 데리고 떠난다면 이들의 목숨은 구할 수 있을 텐데…….'

그들의 얼굴은 투지로 불타고 있었다.

'싸울 것이냐, 항복할 것이냐?'

하커가 말했다.

"내가 항복하면 그대들과 그대들의 가족은 목숨을 구할 수 있다."

그러자 부관들이 물었다.

"그 다음은요? 목숨을 구하고 그 다음은 어떻게 됩니까?"

"떠나야겠지. 이 지역을 떠나 다른 곳으로 가면 추격은 하지 않을 것이다."

"장군님을 놔두고 우리끼리 어디로 간단 말입니까?"

"……."

부관들이 이구동성으로 외쳤다.

"싸우겠습니다. 푸치가 왕이 되어도 어차피 결과는 마찬가지입니다. 그는 우리를 살려두지 않을 겁니다. 차라리 싸워서 왕위를 쟁취하십시오!"

"그렇습니다. 푸치 장군을 부족의 왕으로 만들 수는 없습니다. 그동안 하커 장군님의 사상을 보고 죽을 각오로 따라온 저희들입니다. 싸우게 해주십시오."

하커가 말했다.

"정말 나를 위해 죽을 각오가 되어 있나?"

"물론입니다. 저희는 여태까지 수많은 전투를 함께 치르며 한 번도 목숨을 사려본 적이 없습니다. 믿어주십시오."

하커가 고개를 끄덕였다.

"좋아. 그럼 싸운다. 모두 나를 따라서 푸치 장군을 치고 왕위를 찾도록 하자!"

"예!"

그때 한 부관이 달려 들어오며 다급한 어조로 말했다.

"큰일입니다. 푸치의 군대가 이미 무장을 끝낸 채 이쪽을 향해 진군하고 있다고 합니다."

"뭐? 벌써?"

하커의 머리가 복잡해졌다. 시간이 없었다. 푸치의 처소에서 이곳까지는 반 시간도 채 걸리지 않는 거리였다. 어서 결정을 내려야 했다.

곧 이어 달려온 다른 장교가 말했다.

"왕궁의 바로 밑에 1개 대대가 있고 네 군데 성문마다 푸치의 병력이 일개 소대씩 배치되어 출입을 통제하고 있습니다."

이미 하커의 부관들도 전투 준비가 끝난 채 푸치의 움직임을 주시하고 있었다.

하커가 급히 물었다.

"우리 병력은 정확히 얼마나 되지?"

"현재 우리 병력은 전 군의 삼 할이 좀 넘습니다."

"푸치의 병력은?"

"왕의 친위대와 기타 중립적인 장군의 휘하 부대를 빼더라도 거의 오 할은 될 겁니다."

"그래? 그럼 나머지 이 할의 부대를 급히 우리의 편으로 끌어들여야겠군."

"그런데 워낙 푸치의 군대가 강세라서 그들이 어느 쪽의 손을 들어 줄지는 미지수입니다."

한 부관이 말했다.

"하지만 이미 선왕으로부터 하커 장군님에게 대권이 넘어갔으니 우리 편을 들 겁니다."

하커가 고개를 저으며 말했다.

"아니, 왕위 계승은 내가 이긴 다음에만 가능한 거다. 아직은 아니야. 푸치 형님은 결코 포기할 사람이 아니다."

부관들의 얼굴에 심각한 긴장감이 돌았다. 한 부관이 물었다.

"우리 병사들을 어떻게 배치할까요?"

하커가 말했다.

"이곳으로 오고 있는 푸치 장군의 병력이 얼마나 되지?"

"그들 전체 병력의 삼 분지 일 정도 됩니다. 이백 명이 좀 못 될 겁니다."

"좋아. 그럼 우리 병력의 총수는?"

"모두 합해서 삼백오십 명 정도입니다."

"음, 턱없이 부족하군. 좋아, 너희 셋은 어서 중립의 입장에 있는 장군들을 찾아가 힘을 합칠 것을 청해라."

하커의 말이 떨어지자 세 사람의 장교가 달려나갔다.

"그리고 자네는 백 명의 병사를 지휘해서 왕궁을 사수하게. 자네는 백 명을 데리고 가장 가까운 서쪽 성문을 점령하도록. 만일을 대비해서 도주로를 확보해야 한다. 이곳에는 아무도 남기지 말고 철수한다. 푸치는 분명히 이곳을 제일 먼저 칠 것이다."

도주로 확보를 명령받은 부관이 걱정스런 표정으로 물었다.

"장군님은 어쩌시겠습니까?"

"난 백 명의 병사를 데리고 푸치 장군을 치겠다."

그러자 부관들이 크게 놀라며 만류했다.

"예? 정면으로 붙으시려고요?"

"그래."

"안 됩니다. 푸치의 친위대는 백 명이 넘는 돌격대입니다. 정면 돌파는 무립니다. 차라리 제가 지휘해서 푸치를 치겠습니다."

"아닙니다. 제가 가겠습니다. 하커 장군님은 도주로를 맡아주십시오."

부관들은 서로 앞을 다투어 정면 돌파를 지원했다. 그러자 하커가 고개를 저었다.

"아니야, 내가 가야 해. 내가 직접 가지 않으면 푸치는 달려들지 않아. 그의 목표는 바로 날 죽이는 것일 테니까. 그동안 자네들은 왕궁을 점령해야 한다."

"그건 절대로 안 됩니다. 하커 장군께서 전사하시면 저희들의 싸움은 의미가 없습니다."

"그렇습니다. 우리끼리 무슨 명분으로 푸치의 군대와 싸운단 말입니까?"

그러자 하커가 웃었다.

"하하, 이 사람들. 내가 푸치 장군과 싸우면 꼭 죽을 것처럼 말하는군."

그러자 부관들이 좀 민망한 표정을 짓더니 말했다.

"그, 그런 뜻은 아니지만 어쨌든 정면 돌파는 푸치 장군의 전공이 아닙니까? 게다가 병력도 우리의 두 배에 가깝고… 장군님께서는 좀 더 신중히 생각해 주십시오."

"나도 그러려고 하네만… 너무 시간이 촉박하네."

그때였다. 한 병사가 달려오며 소리쳤다.

"큰일 났습니다! 푸치의 대대가 왕궁을 점령했습니다!"

"뭐라고? 벌써?"

"예, 지금 왕궁에 푸치 장군의 군기가 걸렸습니다."

"왕의 친위대는 뭐 하고 있었어?"

"친위대의 대부분이 죽고 나머지는 항복했습니다."

"저, 저런……."

하커가 중얼거렸다.

"아직 왕위 계승을 발표하지도 않았는데… 이렇게 되면 시간이 없군."

"왕궁을 점령하는 것은 어려울 것 같습니다."

병사는 말을 이었다.

"그보다 더 급한 것은 푸치 장군의 주력 부대가 거의 이곳에 당도했다는 것입니다."

하커가 서둘러 칼을 차고 투구를 썼다.

"자, 이제 내가 하는 말을 잘 들어라."

"예!"

"난 자네들을 사랑한다. 하지만 자네들 인생까지 내 맘대로 할 수는 없어."

"저희는 장군님을 따르겠습니다."

"지금이라도 나를 떠나고 싶은 자는 떠나라. 그게 살길인지도 모르니까."

"아닙니다. 저희는 장군님을 위해 죽겠습니다."

"고맙다. 그럼 가자. 푸치의 목을 친다!"

하커와 장교들은 일제히 칼을 뽑아 들고 결의를 다졌다.

서둘러 방을 빠져나가는데 하커가 한 젊은 장교를 불러 세웠다.

"이봐, 잠시만 기다려 주겠나?"

"예?"

"음, 내 아내와 아이들을 피신시켜 줄 수 있겠나?"

"아!"

그 젊은 장교는 그제야 옆방을 돌아보며 탄식했다. 지켜야 할 사람이 있다는 것을 깨달은 것이다. 아직 나가지 않은 장교들이 멈춰 서며 하커를 돌아보았다.

하커가 부하들에게 말했다.

"미안하네. 자네들의 가족도 있는데……."

"아, 아닙니다. 저에게 맡겨주십시오. 반드시 부인과 아이들을 안전한 곳으로 모시겠습니다."

"고맙네."

옆방에서 듣고 있던 히로코가 뛰어나왔다.

"여보!"

"히로코, 내 말 잘 들어요. 지금 떠나야 하오."

"싫어요. 전 떠나지 않겠어요, 여보!"

"아이들도 생각을 해야지. 반드시 이겨서 찾으러 가겠소. 어서 떠나주시오. 제발."

그러자 옆에서 기다리던 젊은 장교가 말했다.

"그러십시오. 부인과 아이들이 있으면 장군이 더 위험해집니다. 만약 부인과 아이들이 푸치에게 잡혀 인질이라도 된다면 하커 장군께서는 더 이상 싸울 수 없을지도 모릅니다."

하커가 고개를 끄덕였다.

"그렇소. 당신과 아이들이 위험한 곳에 있는 것은 오히려 나를 죽게 만드는 것이오. 어서 떠나시오. 제발……. 퍼쿵, 반드시 엄마와 피코를 지켜라. 아버지가 꼭 데리러 가마. 부탁한다."

하커의 눈시울이 붉어지는 것이 보였다. 그러자 마주 보던 퍼쿵의 눈에도 눈물이 고였다.

"알겠어요, 아버지. 엄마와 피코는 제가 꼭 지킬게요. 꼭 살아 돌아오셔야 해요. 반드시요."

"그래… 반드시 데리러 간다."

하커는 피코를 안아 들었다.

"피코, 조금만 기다려. 아빠가 곧 데리러 갈게."

"예, 아빠. 안녕히 다녀오세요."

아무것도 모르는 피코는 평소 출근하는 아빠를 배웅하듯이 손을 흔들며 웃었다.

그리고 하커는 히로코를 안았다. 히로코는 아무 말도 못하고 눈물만 줄줄 흘리고 있었다. 마지막으로 퍼쿵의 어깨를 두드리고 하커는 달려나갔다.

밖에서는 벌써 병사들의 병장기가 서로 부딪치는 소리가 요란하게 들리고 있었다.

"어서요. 어서 이쪽으로. 시간이 없습니다."

가족의 피신을 명령받은 장교가 서두르며 세 사람을 이끌었다.

그들이 집을 나섰을 때는 이미 날이 저물어 있었다. 어두운 밤길은 아직 고요했다. 아직 전투가 시작되지 않은 모양이었다. 급히 서쪽 성문에서 가까운 민가에 몸을 숨긴 퍼쿵과 히로코, 피코는 불도 켜지 못하고 구석방에 숨어 있었다. 장교는 갑옷을 벗고 허름한 평복으로 갈아입은 채 검을 품 안에 숨겨 들고 성문을 주시하고 있었다.

퍼쿵도 옷을 갈아입고 있었다. 깔끔하게 만들어진 옷 대신 짐승의 가죽을 대충 얽은 옷을 입고 얼굴과 손발에도 숯검정을 묻혀 인간처럼 보이지 않도록 위장했다. 히로코와 피코도 마찬가지였다. 들개족 마을에서 인간이 성문 밖으로 나가는 것은 금지되어 있기 때문이었다.

벌써 두 시간이 더 지났건만 서쪽 성문을 점령하라고 명령받은 부대는 어찌 된 일인지 소식이 없었다.

장교가 안절부절못하며 방으로 들어왔다.

"이상한데요? 분명히 한 중대가 성문을 개방하러 올 텐데……."

퍼쿵이 물었다.

"아저씨, 어떻게 된 거예요? 아직 아무 소식도 없어요?"

"조금만 더 기다려 보자, 퍼쿵. 곧 소식이 있겠지."

옆에서는 히로코가 훌쩍거리는 피코를 달래고 있었다. 어린 피코도 뭔가 달라진 것을 눈치 채고는 눈물을 흘리며 눈치만 보고 있었다.

"부인, 힘드시겠지만 조금만 참으십시오. 반드시 성 밖으로 모시고 나갈 테니까요."

히로코가 대답했다.

"아니에요, 전 괜찮아요. 그리고 고마워요."

"아닙니다."

그때 요란한 소리가 나며 밖이 소란스러워지기 시작했다.

"아, 이제 오는 모양입니다."

병사가 급히 나갔고 퍼쿵도 등에 검을 멘 채 따라 나갔다.

문틈으로 살펴보니 과연 전투가 벌어지고 있었다. 그런데 웬일인지 하커의 군대는 중대 병력의 절반도 되지 않았다. 겨우 오십여 명이 채 안 되어 보였다. 성문을 지키는 푸치의 병사도 비슷한 숫자였는데 그들은 서로 치열하게 싸우고 있었다.

퍼쿵이 물었다.

"어떻게 된 거예요?"

장교가 말했다.

"뭔가 잘못된 모양이다. 잠시만 기다려라. 내가 좀 가까이 가보고 오겠다."

"조심하세요."

"그래."

장교는 어둠 속에 몸을 숨기며 조심스레 접근하고 있었다. 한동안 살펴보던 장교가 돌아왔다.

"너무 걱정하지 마라. 곧 우리 편이 성문을 점령할 것 같다."

한동안 진행되던 전투가 끝이 났다. 그리고 다행스럽게 성문은 하커의 군대에 의해 점령이 되었다.

"자, 서둘러요. 어서!"

장교의 말에 따라 히로코와 피코, 퍼쿵은 성문으로 달려갔다. 그들을 알아본 지휘관이 마중을 나왔다.

퍼쿵들을 데리고 나온 장교가 급히 물었다.

"어떻게 된 거요? 병사가 왜 이렇게 모자란 거요?"

상대 지휘관이 말했다.

"하커 장군의 집에서 나오던 직후에 터치 장군이 이끄는 푸치의 돌격대와 맞닥뜨렸소. 그들은 돌격대뿐만 아니라 왕궁을 점령했던 대대도 함께였소. 수적으로 너무 열세라서 바로 오지 못하고 그쪽 전투에 가담하느라 늦었소. 부인과 아이들은?"

"여기 모두 안전하오. 그래, 상황은 어떻습니까?"

"위험합니다. 우리가 너무 열세예요. 하커 장군께서도 무사하실지 모르겠어요."

"그렇다면?"

"기다려야지요. 이곳을 지키고 있어야 합니다. 지금으로써는 일단 도주로를 확보하고 있어야 합니다. 푸치를 이길 방도가 없어요. 다시

이 성문이 푸치의 군대에게 점령되면 안 됩니다."

"알겠소. 그럼 일단 부인과 아이들은 성 밖으로 피신시킵시다."

"그렇게 하죠."

두 장교는 심각하게 전황을 주고받았다. 그리고 곧 뒤에 서서 떨고 있는 히로코와 아이들을 이끌고 밖으로 나갔다. 그들은 네 명의 병사를 부르더니 히로코와 아이들을 데리고 산을 넘으라고 명령했다. 여태 같이 있던 장교가 말했다.

"반드시 안전한 곳에 모셔다 드리고 거기서 기다려야 한다. 너희 목숨을 걸고 지켜. 알겠지?"

"예, 반드시 지키겠습니다."

"좋아. 부인, 걱정 말고 따라가서 기다리십시오. 저는 여기서 전투에 참가해야 합니다. 꼭 하커 장군을 구출해서 가겠습니다."

"알겠어요. 고마워요. 그리고 몸조심하세요."

"예."

장교는 서둘러 사람들을 보내고 병사들과 합류했다.

산길은 무척 어둡고 거칠었다. 십 년 동안 성 밖에 나가보지 못한 퍼쿵과 히로코는 그 길이 너무 낯설고 무서웠다.

퍼쿵은 이미 큰 덩치에 검술도 상당했지만 어린 나이인데다가 한 번도 실전 경험이 없었기 때문에 무척 두려워하고 있었다. 게다가 어릴 적 보았던 전쟁의 기억이 맘속 깊이 박혀 있어서 들개족에 대한 두려움은 그의 잠재 의식을 지배하고 있었다.

퍼쿵이 히로코에게 말했다.

"엄마, 무서워요."

히로코가 벌벌 떨면서도 퍼쿵의 어깨를 감싸 안으며 위로했다.

"괘, 괜찮아. 무서워할 것 없어, 퍼쿵. 이 엄마가 너희를 꼭 지켜줄게."

히로코는 안고 있던 피코를 퍼쿵에게 업혔다. 그리고 어깨에 둘렀던 가죽을 벗어 피코의 등에 덮고 퍼쿵의 허리에 단단히 묶었다. 그 바람에 검이 등에서 떼어지자 퍼쿵이 두 손으로 검을 단단히 잡았다.

히로코가 퍼쿵에게 말했다.

"무슨 일이 생기면 무조건 달려라. 뒤도 돌아보지 말고 달려야 한다. 알겠지?"

퍼쿵이 히로코를 바라보았다.

"싫어요, 엄마. 엄마와 함께가 아니면 가지 않겠어요."

"안 돼. 피코를 살려야지. 엄마는 죽지 않아."

"싫어요. 저도 엄마와 함께 있겠어요."

"알았어. 엄마도 같이 달릴게. 엄마보다 네가 힘이 세니까 네가 피코를 업고 달려야지. 그래야 엄마도 너와 같이 달릴 것 아니니?"

"알았어요, 엄마."

그렇게 속삭이며 걷고 있는데 뒤 성문 쪽에서 와 하는 함성이 들렸다. 그리고 이어서 쇠끼리 부딪치는 맑은 소리가 들려오기 시작했다. 비명 소리와 창, 칼이 부딪치는 소리로 갑자기 온 하늘이 시끄러워졌다. 푸치의 군대가 공격해 온 것이 틀림없었다.

"서두르십시오."

병사들이 목소리를 낮추며 여자와 소년을 끌어당겼다. 전투가 벌어지고 있는 곳은 채 백 미터도 되지 않았다. 어두운 밤 산속이라고는 하지만 추격대가 있다면 일 각도 되지 않아서 잡힐 거리였다. 다행스럽게도 피코는 큰 소리로 울지 않았다. 어린아이도 본능적으로 살길을 찾는 모양인지 일곱 살밖에 안 된 피코는 소리없이 눈물만 흘리고 있었다.

병사들은 소리 죽여 풀숲을 헤치며 산 위로 이동했다. 그러나 얼마 가지 못해서 맨 앞의 병사가 비명을 질렀다.

"어!"

병사는 소리를 채 다 지르지도 못하고 고꾸라졌다. 몸은 앞으로 넘어가는데 그의 목은 뒤로 떨어지고 있었다. 그리고 그가 내려앉은 자리에는 한 들개가 흉측한 웃음을 머금은 채 서 있었다.

"적이다!"

남은 세 병사는 칼을 뽑아 들었다. 그러나 다음 순간 그들은 그 들개 족의 뒤로 죽 늘어선 수십 명의 병사들을 볼 수 있었다.

"포위됐다!"

순간적으로 병사들이 여자와 아이를 둘러싸고 삼각형을 만들었다. 그리고 그들은 맨 앞 들개가 지껄이는 소리를 들을 수 있었다.

"흐흐흐, 내가 이럴 줄 알았지."

"터, 터치 소대장!"

하커의 병사가 외쳤다. 놀랍게도 가로막고 있는 병사의 지휘관은 터치였다. 터치는 오른손에 맨 앞 병사의 목을 베어낸 피가 묻은 칼을 들고 서 있었는데, 그의 왼손에는 무엇인가 뭉툭한 뭉치 같은 것이 들려져 있었다.

"헉!"

상대가 터치라는 것을 알자 히로코와 퍼쿵의 공포는 극에 달했다.

"그동안 잘 지냈나? 하커의 품속에서 날마다 행복한 밤을 보내셨겠지? 안 그런가, 히로코?"

터치는 제 숙부인 하커와 숙모가 된 히로코를 마치 지나가는 똥개 이름 부르듯이 마구 입에 담고 있었다.

히로코는 너무 무서워서 제대로 서 있기도 힘이 들었다. 다리가 와들와들 떨려서 곧 주저앉을 것만 같았다.

"왜? 옛날 애인을 보니 반갑지 않아? 그때 생각나지? 난 아직도 네 맛을 잊을 수가 없어. 흐흐흐."

그 말에 퍼쿵은 뒤통수를 무엇으로 맞은 것처럼 정신이 번쩍났다. 그러나 터치의 말은 계속 이어졌다.

"어서 이리로 와. 앞으로는 내가 너에게 그 맛이 뭔지 정말로 가르쳐 주지. 이제 늙은 하커 따위는 잊어버리고 말야. 아직 넌 한창때이지 않나?"

그러자 히로코가 겨우 입을 열었다.

"더러운 놈, 차라리 죽을지언정 네놈의 노리개는 되지 않는다!"

그녀가 이를 뿌드득 갈았다. 퍼쿵은 그런 모습의 엄마를 한 번도 본 적이 없었다. 퍼쿵도 손에 쥔 검에 힘을 주었다. 그러나 터치는 전혀 신경을 쓰지 않았다.

"뭐냐? 하커가 그렇게 실력이 좋아? 그래, 그럼 내가 선물을 주지. 네가 아주 좋아하는 거다. 고마울 거야. 흐흐흐."

그러면서 터치가 왼손에 들고 있던 뭉치를 히로코의 발 앞으로 던졌다.

툭.

그 뭉치는 히로코의 발 앞에 떨어지더니 데구르르 굴러서 그녀의 발에 닿아 멎었다.

"까아악!"

조심스레 내려다보던 히로코가 비명을 지르며 주저앉았다. 잠시 진저리를 치던 히로코는 그 뭉치를 주워 들었다. 숲의 나뭇잎 사이로 밝은 달빛이 뭉치를 비추어주고 있었다.

그것은 하커의 머리였다.

"아버지!"

퍼쿵도 고함을 지르며 하커의 머리를 감싸 안았다.

"후후, 고맙지? 하마터면 작별 인사도 못할 뻔했지 않나? 너희를 위해서 일부러 여기까지 가져왔단 말이다. 아는 것이 많아서인지 머리통이 꽤 무겁더군. 팔 빠지는 줄 알았어. 후후후."

남아 있는 세 병사는 오열하는 히로코와 퍼쿵을 둘러싸고 주위의 적을 경계하고 있었다. 그들도 자신의 총지휘관이 죽어서 머리만 돌아온 광경을 보고 경악하는 중이었다.

그사이에 성문의 전투는 한층 더 치열해진 듯 소란스러워지고 있었다. 꽤 떨어진 거리였으나 병장기 부딪치는 소리와 고함 소리, 비명 소리가 온 산을 울렸다.

터치가 다시 말했다.

"자, 전야제는 여기까지다. 얌전히 투항하면 절대 해치지 않겠다. 물론 퍼쿵, 너는 아니지. 너는 너무 위험한 놈이니까. 뭐, 다리 하나 정도 잘라서 추방해 주지. 그리고 히로코는 아직 쓸 만하니까, 아, 거기네 딸년도 조금만 더 키우면 쓸 수 있겠지? 엄마 닮아서 맛이 그만일 거야. 자, 어서 얌전히 무기를 버려."

그 말에 히로코가 고개를 들었다. 그녀의 눈은 더 이상 망설이지 않았다. 히로코가 조용히 말했다.

"퍼쿵."

"예, 엄마."

그녀가 품 안에서 하커의 단검을 꺼내 들었다. 날카로운 칼날이 달빛을 받아 눈부시게 빛을 발했다.

"우리 죽자. 차라리 죽자. 병신이 되고 원수의 노리개가 되느니 차라리 깨끗하게 죽자꾸나."

퍼쿵이 대답했다.

"아직 포기하지 마세요, 엄마. 제가 반드시 엄마와 피코를 지킬 거예요."

그 말에 터치가 코웃음을 쳤다.

"흥, 그동안 많이들 자존심이 살았군. 그렇다면 별 수 없지. 죽여줄 수밖에."

퍼쿵이 검에 힘을 주며 말했다.

"쉽지는 않을 거다, 터치! 죽더라도 반드시 널 죽이고 죽을 거니까!"

퍼쿵의 머리 속에는 그 옛날 터치가 엄마를 강간하던 모습이 또렷하게 되살아나고 있었다. 그리고 방금 아버지의 목을 던지던 모습도 영원히 지워지지 않을 것처럼 선했다.

퍼쿵은 이제 떨지 않았다. 오히려 그의 눈에 짙은 살기가 감돌기 시작했다.

잠시 퍼쿵의 살기 띤 눈을 바라보던 터치가 한 걸음 뒤로 물러서면서 소리쳤다.

"쳐라! 다 죽여 버려!"

그 말이 떨어짐과 동시에 포위했던 수십 명의 들개 병사들이 창과 칼을 휘두르며 달려들었고, 퍼쿵 모자를 지키던 세 병사도 칼을 치켜들며 비장한 얼굴로 달려드는 적을 맞았다.

세 병사는 용감했다. 죽을 것이 뻔한데도 그들은 물러서지 않았다.

그들의 칼에 처음 달려들던 터치의 병사 예닐곱 명이 쓰러졌다. 그러나 쓰러진 병사를 밟고 계속 달려드는 창, 칼에 세 병사는 오래 버티지 못하고 고기 산적처럼 꿰어진 채 주저앉았다.

이제 남은 것은 피코를 업은 퍼쿵과 히로코뿐이었다. 그러자 터치가 소리쳤다.

"멈춰!"

터치의 외침에 들개 병사들이 칼을 거두고 뒤로 물러섰다.

터치는 칼을 앞으로 내밀며 걸어나왔다.

"어때? 아직도 항복할 맘이 없나?"

히로코가 대답했다.

"차라리 죽겠다. 어서 죽여라."

"오우, 저런. 이거 너무 그러지 말자고. 난 정말로 너를 죽이기 싫어서 그래. 넌 너무 아까워. 너같이 맛있는 여자는 정말 드물거든. 최고야, 최고."

터치는 엄마의 앞을 가로막은 채 검을 겨누고 선 퍼쿵을 바라보았다.

"꼬마야, 검을 치워라. 너 때문에 네 엄마와 아기를 죽일 셈이냐?"

그렇게 말하며 터치가 제 검끝으로 퍼쿵의 검을 통통 쳤다. 맑은 쇳소리가 길게 울렸다.

"죽인다!"

그 순간 고함과 함께 퍼쿵이 튀어나가며 검을 휘둘렀다. 검은 정확히 터치의 검을 때리며 나아갔다. 순간 터치의 검은 그의 손을 벗어나 날아가 옆에 섰던 병사의 가슴에 깊이 박혔다.

"억!"

검에 맞은 들개 병사는 외마디 비명을 지르며 그대로 쓰러졌다.

"엄마, 달려요! 내 뒤에서 떨어지지 마세요!"

퍼쿵은 그렇게 외치며 그대로 터치에게 돌진해 들어갔다. 터치는 기겁을 하며 뒤로 물러났다. 퍼쿵의 속도가 그렇게 빠를지 전혀 예측을 못했던 터치는 재빨리 몸을 굴리며 도망갔으나 퍼쿵의 속도가 훨씬 빨랐다. 곧 퍼쿵의 검이 터치를 벨 것만 같았다.

그러나 거의 동시에 병사들이 터치의 앞을 가로막으며 퍼쿵에게 달려들었기 때문에 퍼쿵은 주춤하며 멈추어 서야 했다. 터치의 병사들은 앞에서 뿐만이 아니라 뒤와 옆, 사방에서 한꺼번에 달려들었다.

퍼쿵이 심호흡을 하며 검을 빙 돌렸다. 그러자 앞과 옆에서 달려들던 일곱 명의 병사가 길이 이 미터에 가까운 퍼쿵의 검에 맞고 썩은 고목처럼 우수수 쓰러졌다.

"엇! 저, 저럴 수가!"

터치는 황급히 뒤로 물러나며 소리쳤다.

"어서 저놈을 죽여! 죽여 버려!"

피코는 얌전히 퍼쿵의 등에 매달려서 주변의 피 튀기는 광경을 보고 있었다. 이미 피코는 눈물을 멈춘 채 좌우로 고개를 두리번거리며 오빠의 검에 맞아 머리가 터지거나 팔다리가 끊어져 나가는 들개족의 모습을 유심히 관찰하는 중이었다.

퍼쿵은 앞으로 전진하면서도 연신 뒤를 돌아보았다. 바싹 뒤에 붙어서 따라오는 엄마를 보호하느라 그리 빨리 달릴 수가 없었다. 세 명의 병사가 히로코를 향해 창을 찔러 넣는 모습이 보였다.

"엎드려요!"

퍼쿵의 외침에 히로코가 급히 몸을 구부렸다.

거의 히로코의 몸에 닿을 듯하던 창날이 그녀가 숙이는 바람에 그 앞에 있던 퍼쿵에게 육박해 왔으나 이어서 뒤로 몸을 돌린 퍼쿵과 함께 그의 검이 허공을 가르자 창을 찔러 넣던 세 병사는 허리가 두 동강이 나며 뒤따르는 병사에게 날아가 한꺼번에 쓰러졌다.

"우아아악!"

퍼쿵이 한 손으로 검을 쥐고 남은 한 손으로 엄마의 목덜미를 잡아 일으켰다.

퍼쿵이 엄마에게 속삭였다.

"조심해요, 엄마. 이제 앞으로 달려갈 테니 죽을힘을 다해 뛰세요."

"그, 그래."

히로코는 정신이 거의 없었다. 숨을 헐떡거리며 다시 포위망을 조여오는 들개족 병사를 허둥지둥 둘러보았다.

"가요!"

퍼쿵이 외치면서 앞으로 달리기 시작했다. 엄마의 속도가 느려서 그리 빨리 달릴 수는 없었지만 그래도 사방에서 달려드는 적을 베어가며 계속 전진해 가고 있었다.

그때였다.

"억!"

"아앙!"

잘 따라오던 히로코가 털썩 고꾸라졌고 등에 업힌 피코가 불에 덴 듯이 울음을 터뜨렸다.

"엄마!"

퍼쿵이 급히 달리던 것을 멈추고 엄마의 몸을 막아섰다. 동시에 주위로 검을 휘둘렀다. 그 바람에 달려들던 들개족 네 명이 또 죽어 나갔다.

"퍼, 퍼쿵, 어서 너만이라도 가!"

히로코는 잘 일어서지 못했다.

"안 돼요. 왜 이래요, 갑자기?"

엄마를 일으키던 퍼쿵은 히로코가 왜 쓰러졌는지 알았다. 히로코의 등에 화살이 두 개나 박혀 있었다. 그뿐만이 아니었다. 피코의 팔에도 기다란 화살이 하나 박혀 있었다. 피코가 울음을 터뜨린 이유는 그 때문이었다.

"어, 엄마!"

"어서!"

히로코는 매우 고통스러운 듯이 입술을 깨물며 소리쳤다. 앙다문 그녀의 입술에서 피가 배어 나오고 있었다.

"어서 제게 업혀요!"

별안간 퍼쿵의 팔에 뜨거운 통증이 확 느껴졌다. 언제 칼을 들고 달려왔는지 터치가 그의 팔을 베고는 다시 칼을 들어 올리고 있었다. 다행히 상처는 깊지 않았다. 그러나 끝난 것은 아니었다. 엄마를 업으려고 내려놓았던 검을 다시 들어 올리려고 했지만 이미 터치의 검은 퍼쿵의 머리를 향해 내려쳐지고 있었다.

그때였다.

"안 돼!"

히로코의 외침이 들리고 동시에 퍼쿵은 제 얼굴에 확 뿌려지는 뜨거운 피에 정신이 번쩍났다.

"아악!"

눈앞에서 엄마의 머리가 둘로 갈라지고 있었다.

"엄마!"

퍼쿵의 머리에 검이 닿으려는 순간 히로코가 죽을힘을 다해 그 앞으로 뛰어들었던 것이다.

퍼쿵이 외쳤으나 엄마는 더 이상 대답하지 못했다. 대신 머리가 반이나 없어진 채 서서히 넘어가고 있었다.

하나 남은 엄마의 눈에서는 아직도 눈물이 흘러내리고 있었고 악물린 입술이 바르르 떨렸다. 무슨 말이라도 하려는 듯이 사정없이 떨리고 있었다.

그러나 그녀는 끝내 아무 소리도 내지 못했다. 그렇게 쓰러진 그녀가 서 있던 자리에 다시 검을 들어 올리는 터치의 모습만이 커다랗게 보이고 있었다.

퍼쿵은 제정신이 아니었다. 눈물이 철철 흘러내리는 퍼쿵의 눈에는 검을 들어 올리는 터치의 모습이 마치 슬로우 모션처럼 느리게 보였다.

그 잠깐 사이에 넘어진 엄마의 시체와 다시 검을 내려치는 터치의 모습을 번갈아 바라보던 퍼쿵이 그대로 주먹을 들어 올려 터치의 얼굴로 뻗었다.

터치는 검을 내려치다 말고 뒤로 몇 미터나 날아갔다. 퍼쿵은 이제 보이는 것이 없었다. 그의 눈에는 오로지 터치의 모습만 보였다. 벌떡 몸을 일으키며 이 미터가 넘는 퍼쿵의 검이 수직으로 세워졌다. 그 서슬에 터치의 앞을 가로막던 들개 병사 두 명이 검과 함께 들어 올려지며 뒤로 날아갔다.

퍼쿵은 그대로 돌진해 나갔다. 저만치 날아가 나뒹구는 터치를 향해 달려갔다. 다급해진 들개족들이 한꺼번에 서너 명이나 가로막았지만 단 한 번의 좌로 베기에 모두 두 동강이 났다. 퍼쿵은 그대로 전진하며 예비 동작도 없이 우로 베기를 해 들어갔다.

혼비백산한 터치가 재빨리 기어서 아름드리 굵기의 나무 뒤로 몸을 숨겼다.

"아아악!"

쿠우웅!

주변에 있던 서너 명 들개족의 허리를 그대로 베고 지나간 퍼쿵의 검이 나무의 굵은 줄기에 깊숙이 박혔다.

퍼쿵의 거대한 검은 나무의 반 이상을 베고 들어가 멎었다. 그 큰 나무가 온몸을 떨며 둔탁한 떨림을 땅으로 전해주었다.

퍼쿵의 검이 멎자 터치가 급히 일어서 십여 미터나 도망을 갔다. 그리고 곧 이어 들개 병사들이 퍼쿵을 포위했다.

터치가 멀리서 외쳤다.

"죽여! 어서 놈을 죽여 버려!"

퍼쿵은 급하게 검을 뽑으려 했으나 아주 깊이 박힌 검은 쉽게 빠지지 않았다. 순간 바닥을 훑어본 퍼쿵은 시체가 쥐고 있던 보통 들개족의 검을 집어 들었다.

보통 검은 길이가 일 미터 정도에 두께도 훨씬 얇아서 그에게는 든 것 같지도 않았다. 퍼쿵이 열 살 때 이미 손에서 놓은 것이었지만 나무에 깊이 박힌 검을 빼기에는 너무 급하게 들개족들의 창, 칼이 날아오고 있어 어쩔 수 없었다.

퍼쿵은 제일 선두에서 철퇴를 내려치는 병사의 목을 가볍게 베어내고 그대로 그의 손에 들려져 있던 철퇴를 왼손으로 받아 들었다. 이제 오른손에는 장검을, 왼손에는 철퇴를 쥔 퍼쿵이 사방으로 마구 팔을 휘두르며 달려드는 병사들을 으깨고 베기 시작했다. 그런 상태로 부하들의 뒤로 달아난 터치를 향해 다시 달려가기 시작했다.

퍼쿵이 엄청난 속도로 달려오자 터치는 기겁을 하며 아예 뒤로 돌아 달리기 시작했다. 어느새 죽은 병사의 검을 들고 있었지만 싸울 엄두가 나지 않았던 것이다.

"막아! 저놈을 막아!"

도망가면서 터치가 마구 소리를 질러댔다.

하지만 불행히도 이미 남은 터치의 병사는 열 명도 되지 않았고 퍼쿵의 무지막지한 몸놀림에 그들은 낙엽처럼 쓰러졌다.

곧 터치의 앞을 퍼쿵이 막아섰다. 터치는 이제 검 하나를 들고 퍼쿵과 마주 서 있었다. 퍼쿵은 아무 말도 하지 않았다. 그대로 왼손의 철퇴를 들어 내려쳤다. 그러나 터치 역시 들개족에서 내로라하는 검사였다. 비록 퍼쿵에게 대거리할 실력은 못 되었으나 쉽게 철퇴에 맞지는 않았다.

터치는 급히 뒤로 무르며 계속 아슬아슬하게 빠져나갔다. 그러나 오래 도망가지는 못했다. 급기야 퍼쿵이 내려치는 철퇴를 막다가 검이 부러져 버렸고 터치는 그 서슬에 뒤로 넘어지고 말았다. 퍼쿵은 오른손은 쓰지도 않고 있었다. 그냥 검을 쥔 채 왼손의 철퇴만을 사용하고 있었다.

넘어진 채 퍼쿵의 돌아버린 눈을 마주 보는 터치의 바짓가랑이에서 물이 배어 나오고 있었다.

터치가 비명을 질렀다.

"아, 안 돼! 살려줘!"

퍼쿵은 그대로 철퇴를 들어 올렸다. 이제 내려치기만 하면 터치의 얼굴은 흔적도 없이 사라져 버릴 순간이었다.

"헉!"

갑자기 퍼쿵이 숨을 내쉬었다.

그의 어깨와 다리에 서너 개의 화살이 박혔기 때문이다. 화살은 그 뒤로도 멎지 않고 계속 날아왔다. 퍼쿵은 급히 몸을 숙이며 주위를 살폈다. 멀리 성문 쪽에서 푸치의 주력군이 산을 거슬러 올라오는 중이었다. 아마도 성문을 잠시 점령했던 하커의 병사들이 전멸한 모양이었다.

그들이 올라오면서 퍼쿵을 향해 화살을 쏘아대고 있었다. 퍼쿵은 등 뒤의 피코가 맞지 않도록 하기 위해 납작 바닥에 엎드렸다. 그러자 그 틈을 놓치지 않고 터치가 급히 도망가기 시작했다.

그를 베려고 몸을 약간 일으킨 퍼쿵의 어깨에 또 화살이 박혔다. 기어가는 터치의 허벅지와 어깨에도 화살이 박히고 있었지만 터치는 퍼쿵으로부터 도망치는 데만 급급해서 화살의 아픔은 느껴지지도 않는 모양이었다.

퍼쿵은 두 눈을 시퍼렇게 뜨고 터치가 도망가는 것을 바라볼 수밖에 없었다. 울분에 일그러진 얼굴로 한참을 바라보다가 오른손에 든 장검을 터치를 향해서 힘껏 던졌다.

"악!"

장검은 정확히 날아가 기어가는 터치의 오른팔에 깊이 박혔다. 터치는 그대로 팔을 구부리며 엎어졌지만 다시 꿈틀거리며 왼팔을 사용해 활을 쏘는 제 편 쪽으로 열심히, 열심히 기어가고 있었다. 삶에 대한 집착이 엄청난 놈이었다.

퍼쿵은 이를 뿌드득 갈았다. 그러나 화살이 쉬지 않고 날아오는 통에 어쩔 도리가 없었다.

그때 피코가 다시 울음을 터뜨렸다.

"앙!"

"피코!"

"아앙, 오빠! 아파!"

급히 고개를 돌려보니 피코의 허리에 기다란 화살이 또 하나 박혀 있었다.

'아, 안 되겠다. 이러다간 피코마저 죽고 말겠어.'

퍼쿵은 급히 등 뒤에 업었던 피코를 앞으로 돌려 안았다. 그리고 피코의 몸에서 화살들을 뽑아낸 다음 납작 엎드려서 기어가기 시작했다. 귓가를 스치는 화살의 바람 가르는 소리를 들으며 사력을 다해서 우거진 숲을 향해 기어갔다. 다행히 구름이 몰려들며 달을 가리고 있었다. 어둠 속으로 완전히 몸을 숨긴 퍼쿵은 벌떡 일어서 달리기 시작했다.

그는 오른손으로 피코를 꼭 안고 왼손에는 철퇴를 든 채 죽어라고 달렸다. 멀리서 들개족의 외침 소리가 들려왔지만 뒤도 돌아보지 않고 계속 달렸다.

자신이 어디로 가고 있는지도 몰랐다. 십 년 만에 성문 밖으로 나온 퍼쿵이 지리를 알 리가 없었다. 그저 들개족의 성이 있는 반대 편으로 달릴 뿐이었다.

그는 달리면서 마음속으로 외치고 있었다.

'엄마… 죄송해요. 아버지… 죄송해요. 이 원수를 꼭 갚아드릴게요. 우선은 피코를 구하고 나서 반드시 원수를 갚고 말겠어요.'

어둠 속에 무엇이 기다리고 있는지도 몰랐다. 그러나 뒤를 쫓는 들개족 군대만 아니라면 그 무엇을 만나도 좋았다. 터치를 죽이기 전에는 절대로 죽지 않을 것이기 때문이었다.

퍼쿵은 피코를 안은 채 그렇게, 그렇게 어둠 속으로 사라지고 있었다.

제4장 들개족과의 생활

퍼쿵의 얘기가 끝났다. 꼬치와 피코는 묵묵히 퍼쿵의 얘기를 듣고
있었다.

꼬치가 물었다.

"그랬구나. 그렇게 된 일이었구나."

"이게 내가 기억하는 전부야. 아버지와 엄마는 그렇게 생을 마감하
셨어."

"……."

"그때 아버지는 마흔, 엄마는 서른둘이셨지."

꼬치가 다시 말했다.

"정말 미안하게 됐다. 터치라는 놈, 그렇게 잔인하게 너희 부모님을
살해했구나."

"형이 미안해할 필요는 없어. 그리고 난 이미 다 잊어가고 있어."

그러자 묵묵히 고개를 숙이고 있던 피코가 퍼쿵을 바라보며 불쑥 말했다. 그녀의 음성은 매우 낮게 가라앉아 있었다.

"오빠, 그 말이 사실이야?"

"응?"

퍼쿵은 깜짝 놀라서 피코를 바라보았다. 피코가 자신을 오빠라고 부른 것이다.

피코는 인간의 마을에 가죽을 팔러 처음 들어갔던 구 년 전부터 오빠라는 말을 하지 않았었다. 강간에 대한 엄청난 공포가 마음 저 밑바닥부터 뿌리 깊게 쌓여 있던 퍼쿵이 피코에게 그 단어를 사용하지 못하도록 했기 때문이었다.

그는 피코가 여자애라는 것을 아예 숨기기 위해서 그냥 이름을 부르든가 형이라고 부르도록 시켰고, 피코는 남자처럼 되는 게 싫다고 형이라는 호칭 대신에 이름을 불러왔었다.

퍼쿵은 놀란 표정으로 멍하니 피코를 바라보며 물었다.

"뭐, 뭐가?"

"터치가 예전에 엄마를 그렇게 했었다는 거… 말야. 사실이야?"

"피코……."

"사실대로 말해 줘. 부탁이야."

"……."

퍼쿵과 꼬치가 걱정스런 표정으로 피코를 바라보았다.

피코가 말했다.

"나도 이제 다 컸어. 이젠 사실을 말해 줘도 된다고 생각해."

잠시 고민하던 퍼쿵이 무겁게 고개를 끄덕였다.

"그래, 사실이다. 네가 태어나기 일 년 전의 일이었어. 그동안 숨겨

왔던 것은……."

피코가 고개를 끄덕였다. 그리고 다시 말했다.

"아니, 오빠 마음 알 것 같아. 나라도 숨겼을 거야. 그런 일이 있었다면……. 그랬구나, 내게 오빠라는 말을 쓰지 못하게 했던 까닭도 이해가 갈 것 같아."

"미안해."

꼬치가 물었다.

"피코는 전혀 몰랐었구나?"

이번에는 꼬치를 바라보았다.

"꼬치 오빠도 알고 있었어?"

"그래, 네 아버지가 히로코 숙모님과 결혼을 하겠다고 하면서 상의를 해오셨지. 내 생각은 어떠냐고. 그때 그 말씀을 하셨다. 난 그때 알았다."

퍼쿵도 의외라는 듯이 꼬치를 바라봤다.

'아버지는 꼬치 형을 그 정도로 신뢰했었구나…….'

꼬치의 말이 이어졌다.

"물론 나는 찬성이었다. 난 너희 엄마가 노예로 있던 시절부터 좋아했으니까. 네 엄마는 정말 아름다운 사람이었지. 모습도, 마음씨도 말이야. 난 여태까지, 아니, 지금도 그런 여자를 본 적이 없어. 작은아버지만 아니었다면 내가 결혼하고 말았을 거야."

퍼쿵이 물었다.

"터치의 일을 알고 있었다면서?"

"불가항력이었으니까. 숙모님이 어쩔 수 있었겠냐. 안 그러면 죽었을 텐데."

퍼쿵이 의문이라는 듯이 물었다.

"그럼 아버지는 그걸 알고 있었으면서 터치에게 아무 조치도 하지 않았던 거야?"

"휴, 잘 알고 있잖아? 아무 조치를 안 한 게 아니라 못한 거라는 거 말야. 그 일을 문제 삼았다면 아마 네 아버지가 죽었을 거야. 너와 네 어머니도 함께 죽었거나 내 아버지인 푸치 장군의 노예로 넘어가게 되었겠지."

"그런……."

"이해해라, 네 아버지의 입장을. 너희 모자가 푸치 장군의 노예로 넘겨지면 그 다음은 뻔하지. 네 엄마는 매일 터치와 그 일당에게 강간당하다가 자살을 했거나 죽었겠지. 그분은 그렇게 모진 사람이 아니었어."

퍼쿵이 고개를 끄덕였다.

"그래, 엄마는 늘 떨고 계셨지. 항상 불안해하고……."

꼬치가 피코를 바라보았다.

"그리고 피코도 태어나지 못했을 테고… 이렇게 예쁜 피코가 말야. 피코, 너 알고 있니? 넌 네 엄마를 쏙 빼닮았어. 후후."

꼬치의 얼굴에 그리움의 미소가 잔잔히 흘렀다. 그러자 피코의 얼굴이 약간 펴지며 입가에 작은 미소까지 어렸다.

"정말? 내가 엄마와 닮았어?"

"그럼. 아주 똑같아."

퍼쿵도 미소 지으며 고개를 끄덕였다. 감상에 젖은 표정이었다.

피코가 좀 부끄러운 듯이 얼굴을 붉히며 고개를 저었다.

"에이~ 그럴 리가 없어. 엄마는 아주 여성스러웠다면서? 난 늘 남자로 오해를 받는걸. 성질도 급하고."

꼬치가 크게 웃었다.

"하하하, 그거야 지금 네 몸이 근육덩어리니까 그렇지. 네 엄마는 아주 가냘픈 체격이었지. 키는 너만큼 크셨지만 말야."

퍼쿵도 미소 지으며 말했다.

"하지만 얼굴은 너와 꼭 닮았어. 난 가끔 널 보며 엄마의 모습을 보는걸. 너야 남자처럼 옷을 입은 데다 짧은 머리를 뒤로 질끈 묶고 다니지만 엄마는 긴 갈색 머리가 어깨와 등까지 덮었지. 항상 치마를 입었고, 또 웃는 얼굴이었고."

퍼쿵은 허공을 바라보며 엄마의 모습을 떠올리고 있는 모양이었다. 그의 눈에 물기가 젖어오는 것이 보였다. 퍼쿵은 갑자기 떠오른 엄마의 추억에 잠겨서 마음이 너무 따뜻해지고 있었다. 추억은 끝이 없었다.

그러다가 터치의 칼에 엄마의 머리가 두 쪽으로 갈라지던 모습이 떠올랐다. 그때 엄마가 얼마나 고통스러웠을지 느껴지는 것 같았다.

갑자기 퍼쿵의 눈에 눈물이 살짝 고였다.

피코가 급히 물었다.

"퍼쿵? 왜 그래?"

퍼쿵은 가만히 손으로 눈물을 닦았다.

"아냐, 괜찮아. 후후, 미안해. 엄마 생각이 너무 나서 갑자기……."

꼬치가 잔에 술을 채우며 말했다.

"미안하다. 내가 괜히 그 얘기를 꺼내서……. 한잔 더 하자."

"그래."

세 사람은 다시 술을 들이켰다.

"이제 슬슬 취기가 오르는걸."

"그러게 말야. 난 그만 마셔야겠어."

꼬치가 말했다.

"뭐야, 이제 시작인데… 조금만 더 놀자."

"형은 더 마셔. 난 그만 할래."

피코도 말했다.

"나도."

피코가 말했다.

"그런데 꼬치 오빠, 그거 알아? 지난번에 전쟁이 있었어."

꼬치가 고개를 끄덕였다.

"아, 그거? 알아."

퍼쿵과 피코가 놀라며 물었다.

"알아? 어떻게?"

"실은 얼마 전에 아버지에게서 편지가 왔었어."

"푸치 장군이? 아, 지금은 왕이 되었지?"

"그래, 지금은 왕이지. 껍데기뿐이지만."

"껍데기라니? 도대체 그게 무슨 말이야?"

"응, 지금 들개족은 터치 녀석이 군대를 거의 장악해서 정권을 좌지우지한다더군."

"그래? 그러면 계속 연락을 하고 살았던 거야?"

"아니, 전혀. 절대로 터치가 찾지 못하도록 숨어 살았었지. 그런데 두 달쯤 전에 갑자기 한 청년이 찾아왔더구나. 터치 몰래 왔다고 했어. 용케도 우릴 찾아냈지 뭐냐?"

궁금한 것이 많기는 꼬치도 마찬가지인 모양이었다. 그도 동생들에게 물었다.

"그런데 너희는 그 일을 어떻게 알아? 전쟁 말야."

퍼쿵과 피코가 잠시 마주 보았다. 그리고 이내 말했다.

"실은 전쟁이 있을 때 우린 인간족의 성에 있었어."

"너희들, 동족에게 돌아간 거니?"

"아니, 그런 건 아니고 가끔 물건을 구하러 들르거든."

"아아, 그렇구나. 난 또……."

꼬치가 말을 이었다.

"그 전쟁으로 터치가 전 군의 반을 잃었다더군. 인간족이 언제 그렇게 강해졌는지 모르겠어."

"글쎄, 우린 가죽을 팔러 갔을 뿐이니까."

퍼쿵과 피코는 시치미를 뗐다. 자신들이 그 전쟁에 관여했다는 말을 할 수는 없었다. 아무리 꼬치라도 말이다.

꼬치가 물었다.

"전투 장면을 봤니?"

"조금… 멀리서 얼핏……. 자세히는 못 봤어."

"혹시 터치를 봤니?"

피코가 툭 내뱉었다.

"아니, 봤으면 가만두었겠어? 죽여 버렸을 거야."

퍼쿵이 고개를 저었다.

"아니, 얘 말은 그러고 싶다는 거지 뭐. 봤더라도 죽일 수는 없었을 거야."

"그렇겠지. 터치가 혼자 있지는 않을 테니까. 게다가 지금 터치는 들개족의 최고 권력자인데… 옛날과는 다르지."

피코가 이를 부드득 갈았다.

"그래도 죽였을 거야."

그러자 퍼쿵과 꼬치는 한숨을 푹 내쉬었다. 그러더니 꼬치가 말했다.

"휴… 그래, 그랬을 거야."

퍼쿵이 그건 아니라는 듯이 꼬치를 바라봤다. 그러자 꼬치가 다시 말했다.

"아니, 피코 말이 맞아. 나라도 죽이고 싶었을 테니까."

그리고 눈을 깜박하며 신호를 보냈다. 지금 한 말은 그저 흥분해 있는 피코를 달래기 위한 말이라는 뜻이었다. 퍼쿵도 곧 알아듣고 입을 다물었다.

갑자기 피코가 고개를 숙이더니 소매로 눈을 훔쳤다. 울고 있는 모양이었다. 퍼쿵과 꼬치는 아무 말도 하지 않았다.

퍼쿵은 울고 있는 피코를 보자 마음이 아파왔다.

'그래, 울고 싶을 거야. 피코가 우는 것을 본 지도 벌써 십 년이나 되었구나. 한창 예민할 나이인데 한 번도 여자로 살아보지도 못하고……. 가엾은 것.'

그랬다. 피코는 들개족의 성에서 도망쳐 나온 후로 울지 않았다. 처음 며칠을 소리없이 울더니 그걸 그친 이후로는 한 번도 우는 모습을 본 적이 없었다. 오히려 감상적인 퍼쿵이 가끔씩 하늘을 보며 눈물을 찍어내곤 했었다. 그럴 때마다 울지 말라고 위로를 하는 것은 피코였던 것이다.

그런 피코가 어깨를 들썩이며 소리없이 울고 있었다. 퍼쿵은 가슴이 미어지는 것 같았다.

퍼쿵은 가만히 피코를 안아 그녀의 어깨를 두드려 주었다. 그러자 피코는 오빠의 대문짝같이 넓은 가슴에 얼굴을 묻더니 잠시 흐느꼈다. 퍼쿵의 눈에도 살짝 눈물이 맺히고 있었다.

꼬치도 외면을 하며 시선을 내렸다.

잠시 후 피코가 눈물을 닦고 얼굴을 들었다. 퍼쿵의 가슴을 살짝 밀어서 떼어내더니 말했다.

"술 때문에 그래. 술 때문에 감정이 격해졌나 봐."

"그래, 우리 피코가 얼마나 용감하고 강한데……."

퍼쿵은 그녀의 어깨를 두드리며 웃어주었다. 아무 일 없었다는 듯이. 때로는 모르는 척해주는 것이 더 위로가 될 때가 있는 법이었다.

시간이 조금 더 지났다. 밤이 아주 깊어진 것 같았다. 꼬치는 술을 두어 잔 더 마셨다. 그리고 말했다.

"이만 잘까?"

"그래, 너무 늦은 것 같아."

"피곤하지?"

"뭐 그렇지. 형도 피곤하잖아."

"그래, 이제 늙어서 그런지 옛날 같지 않아."

"잘 자."

"잘 자라."

그리고 모두 잠이 들었다.

새벽까지 술을 마시던 퍼쿵과 피코, 꼬치는 좀 늦잠을 잤다. 그들이 늦은 잠을 자는 사이 먼저 일어난 다른 네 사람은 우레를 데리고 반대편 동굴 밖으로 구경을 나갔다. 꼬치에게는 유코만한 키의 딸과 그보다 좀 작은 아들이 있었는데 그 아이들이 안내해 주겠다며 따라나섰다. 그 아이들도 들개족인지라 몸에 털이 많았고 어른들처럼 흉측하지는 않았지만 작은 송곳니가 입을 벌릴 때마다 뚜렷이 보였다.

유코가 반색을 하며 말했다.

"호호, 고마워. 너희들, 생긴 것 답지 않게 착하… 읍!"

"헉! 그, 그런 말을……. 유코!"

보보가 펄쩍 뛰며 유코의 입을 막았다. 자리코와 치요도 당황하며 들개 아이들의 표정을 살폈다. 그러나 아이들이 순진하여 무슨 말뜻인지 잘 모르는 모양이었다.

들개 여자애가 물었다.

"뭐라구?"

보보가 버둥거리는 유코의 입을 막고 있는 사이에 치요가 설명을 해주었다.

"아하하, 그거 말이야? 너희들이 착하고 고맙다는 뜻이야. 하하하."

"아, 그래? 고맙긴, 너희들은 아빠의 손님이잖아? 이렇게 해주는 것이 당연하지."

"정말 고마워. 그런데 그건 뭐니?"

들개 아이들은 나무를 겹쳐 만든 작은 동이를 두 개씩 들고 있었다.

"이거? 물통이야. 좀 내려가면 샘이 있어. 거기서 물을 길어 오려고."

그러자 하룻밤 사이에 조금 마음이 놓이게 된 자리코가 빙긋이 웃으며 말했다.

"아, 집안일을 돕는구나? 정말 착하네. 가만……."

얘기하던 자리코가 뒤에서 툭탁거리는 유코와 보보를 돌아보았다.

"얘들아, 고만 싸우고 내 말 좀 들어봐."

"싸우긴, 누가…… . 유코 좀 말려줘."

유코가 보보의 머리를 툭툭 치며 화내고 있었다. 갑자기 입을 막았다고 화내는 것이었다.

"네가 먼저 시비 걸었잖아? 왜 그래? 너, 왜 말도 못하게 하고 그래?"

"하지만 할 말이 있고 못할 말이 있는 거야."

"그래, 너 잘났다. 너, 똑똑하고 착하다."

치요가 한숨을 푹 쉬더니 말했다.

"유코, 너는 열다섯 살이나 된 애가… 자꾸 그럴래? 어린애들 앞에서…… ."

그러자 유코가 좀 민망한 얼굴로 입을 다물더니 치요를 바라봤다.

"어린애들이라니?"

"여기 우리 길 안내해 준다는 애들이 몇 살인 줄 알아?"

"글쎄? 우리 또래 아닌가?"

"얘들은 열 살도 안 됐어!"

"설마…… ."

그러자 그 아이들이 웃었다.

"정말인데? 난 아홉 살, 내 동생은 일곱 살인데…… ."

"그, 그러니? 호홋, 미안해. 언니, 오빠가 추태를 부렸구나. 어린 동생들 앞에서…… . 호호호."

그러면서 슬쩍 다가와 들개 소녀의 옆에 서더니 자신과 키를 비교해 보았다. 유코보다 약 삼 센티미터 정도 작았다. 일곱 살이라는 소년도 치요보다 큰 것이 인간으로 치면 열한 살은 되어 보였다.

"어머, 너희들, 정말 키가 크구나. 호홋, 좋겠다."

그러자 보보가 속으로 투덜거렸다.

'추태는 혼자 다 부려놓고서……'

민망해서 혼자 주절거리던 유코가 갑자기 정색을 하며 양손을 허리에 척 얹더니 치요에게 말했다.

"잠깐, 치요. 너 뭐라 그랬니? 내가 왜 열다섯 살이야? 난 열여덟 살이라고!"

치요는 전혀 믿지 않는 표정으로 대답했다.

"어쨌든 어린애들 앞에서 그런 모습 보이지 말아야지. 애들 집안일 돕는다고 물통 들고 있는 거 안 보여?"

"어머, 그랬어? 아유, 착하기도 하지."

그러자 자리코가 아이들의 말다툼을 말리며 얘기했다.

"호호, 그만들 해. 별일도 아닌 걸 가지고……. 저기… 우리도 이왕 나가는 길에 도와주자. 물통 더 없니?"

자리코가 들개족 소녀에게 물었다. 그러자 보보도 환히 웃으며 말했다.

"그래, 우리도 도와줄게. 물통 더 있으면 줘."

그 소녀가 부끄러워하며 말했다.

"그러지 않아도 되는데……"

"괜찮아. 어서 물통 줘."

자리코와 보보는 박박 우겨서 물통을 더 구해오게 했다. 결국 네 사람도 물통을 두 개씩 들고 동굴을 나섰다.

동굴의 입구에는 나뭇가지를 잔뜩 엮어서 만든 문이 있었다. 그걸 조금 열고 밖으로 나갔는데 돌아서서 보니 밖에서는 동굴이 있는지 알 수 없도록 되어 있었다. 입구를 덮고 있는 마른풀숲만 보여서 그 뒤에 거대한 동굴이 있으리라고는 전혀 생각할 수 없었다.

밖에는 눈이 펑펑 쏟아지고 있었다.

유코가 마구 좋아하며 깡총깡총 뛰었다. 눈은 벌써 무릎까지 덮이도록 쌓여 있었다.

"어머, 눈이야! 온 세상이 하얗게 변했어."

눈이 많이 와서 그런지 날은 그리 춥지 않았다. 오래간만에 포근한 기분이 들어 아이들도 어제와는 달리 불안해하지 않았다. 하룻밤을 보내면서 들개족이 생각처럼 무조건 위험한 종족이 아니라는 것을 알게 된 것이다.

들개족 아이들과 유코, 우레가 신이 나서 앞서 달려나가자 치요가 보보에게 말했다.

"이곳 생각보다 평화로운 마을인 것 같아."

"그래, 인간족이 하도 들개족을 나쁘게 말해서 무조건 위험하고 싸움만 하는 종족인 줄 알았는데 그렇지 않은 것 같아."

치요는 이곳 사람들이 마음에 드는 모양이었다. 보보도 마찬가지였다.

"그렇겠지. 모든 게 상대적인 것 같아. 서로 자기 입장만 얘기하니까. 들개족이 보기에는 인간족이 더 위험한 종족일 수도 있을 거야."

"그럴지도 모르지. 적대 관계에 있으면 필요없는 증오심까지 생기는 거니까."

치요가 걸음을 멈췄다. 그리고 물었다.

"너, 전에 인간의 마을에서 그 상황이 낯설지 않다고 했었지? 전쟁을 하고 있는 상황 말야."

그러자 보보가 잠시 생각하다가 말했다.

"확실히 눈에 익었었어. 사람들이 피 흘리며 쓰러져 있는 모습, 시체들을 보는 것도 눈에 낯설지 않았고."

치요가 가만히 보보를 바라봤다.

"난 아직 전쟁을 겪어보지 않았어. 두 달 전 인간족의 마을에서 처음 봤지. 넌 잃어버린 기억 속에서 아마도 전쟁을 겪어본 것 같구나."

"그런 것 같아. 생각이 날 듯 말 듯한 걸 보면……. 그런데 도무지 생각이 안 나. 내가 폭약을 만들 줄 아는 것을 봐도 좀 이상하지?"

치요가 웃었다.

"후후, 그거야 네가 똑똑하니까 그런 거지."

보보가 부끄러워했다.

"에이, 똑똑하긴……."

"정말이야. 넌 폭탄 말고도 모르는 게 없잖아. 아무리 봐도 네 성격에 군인은 아니었을 것 같던데."

"하하, 나처럼 어린아이가 무슨 군인이야?"

그러자 가만히 듣고 있던 자리코가 말했다.

"그건 모르는 소리야. 지난번 우리 마을에서 못 봤니? 인간족은 너희들만한 소년들도 전쟁에 나가."

"하긴 그랬지. 맞아."

벌써 저만치 앞에서 먼저 간 아이들이 부르고 있었다.

"모두 빨리 와. 여기 샘물이 있어."

"그래."

두 소년과 자리코가 다시 걷기 시작했고 잠시 후 치요가 다시 물었다.

"보보, 사람들은 왜 서로 증오하고 싸울까?"

"글쎄, 아마 공포심 때문이겠지."

"공포?"

"응. 상대가 나를 죽일지도 모른다는 공포심이 발전해서 상대를 먼저 죽여야 한다는 증오심으로 바뀌는 것 같아. 증오심은 더 발전해서 적대감으로 굳어지는 것일 테고……."

치요가 고개를 끄덕였다.

"네 말을 듣고 보니 그런 것도 같다. 우리 마족은 전쟁을 하지 않으니까 그런 생각 해보지 못했는데."

"마족은 전혀 싸움을 하지 않니?"

"내가 듣기로는 전쟁을 해본 적이 없다고 했어. 옛날에 침략을 받아본 일은 있다고 하던데……."

"그래? 누구에게?"

"잘 몰라. 책에만 나와 있는 기록이니까. 상대는 인간이라고 쓰여 있었어."

"인간?"

"당시에는 인간이 무척 많았대. 세상이 온통 인간으로 가득했다고 쓰여져 있었어. 들개족에 대한 기록은 전혀 없고 인간들이 우리 마법을 가진 사람들을 두려워해서 잡아들이기 시작했다고 적혀 있더군. 그리고 태워 죽였대."

"마녀 화형을 얘기하는구나?"

"너도 알고 있니? 마녀 재판을 했다고 하던데……."

"나도 책에서 읽었던 것 같아. 종교 재판에서 마녀로 판정받은 사람들을 태워 죽였다고 했지?"

자리코가 얼굴을 찌푸렸다.

"어머, 사람을 태워 죽였다고? 너무 끔찍하다."

"워낙 오래된 책이야. 언제 쓰여진 것인지도 몰라."

"왜 마족들은 가만히 있었니? 싸우지 않고. 마법을 사용하면 최소한 도망은 갈 수 있었을 텐데……."

"알 수 없지. 워낙 인간이 많았던가, 아니면 정말 싸우기 싫어했나 봐."

"말도 안 돼. 그래도 자신을 죽이려 하는데……."

"후후, 지금도 우리 종족은 싸우기 싫어서 숨어 살잖아."

세 사람은 먼저 가서 기다리는 유코와 들개 아이들의 곁으로 도착했다.

유코가 물을 마시며 말했다.

"여기 물은 너무 맑아. 맛도 좋고."

자릭코가 맑은 샘을 보자 반색하며 좋아했다.

"정말. 얼지도 않았네?"

보보가 말했다.

"지하수니까. 지하수는 일정한 온도를 유지하고 있거든. 그래서 여름에는 차고 겨울에는 따뜻하게 느껴지지."

"호호, 보보 박사께서 왜 설명을 안 하나 했다."

유코의 말에 보보가 얼굴을 붉히며 입을 다물었다.

치요가 들개 소녀에게 물었다.

"이름이 뭐니?"

"해바라기야."

"해바라기?"

"아빠가 지어주셨어. 내 동생은 대나무야."

자리코가 감동하는 듯한 표정을 지었다.

"어머, 정말 예쁜 이름을 지어주셨구나!"

그러나 유코는 갑자기 눈이 세모꼴―∧∧―이 되며 두 손으로 입을 가렸다.

"풋, 조, 좋은 이름이다. 해바라기와 대나무라고? 쿡쿡."

상대가 어린애라는 것을 알고 그나마 헛소리를 자제하는 중인 것 같았다. 다행스럽게도.

보보가 얼른 유코의 앞을 가로막으며 말했다.

"정말 예쁜 이름이야. 너희랑 잘 어울려."

그러자 해바라기가 기뻐하며 자랑스럽게 말했다.

"그렇지? 해바라기처럼 밝게 자라라는 뜻이래. 이 애는 대나무처럼 곧게 자라라는 뜻이고."

치요와 보보, 자리코가 고개를 끄덕였다. 정말 예쁜 뜻을 가진 이름이라고 생각되었다. 뒤에서는 유코가 웃음을 참다가 사래가 들렸는지 콜록거리고 있었다. 그러다가 치요와 보보가 힐책하듯이 바라보자 얼른 표정을 바꾸며 말했다.

"흠흠, 그래. 정말 좋은 이름이야. 언니도 그런 이름이었으면 좋겠는데 애석하게도 그렇지가 못하구나."

그러자 해바라기가 물었다.

"언니는 이름이 뭔데?"

"내 이름은 유코야. 앞으로 잘 지내자. 뭐 갖고 싶은 거 없니?"

"왜? 뭐 주려고?"

"이 언니가 만난 기념으로 선물을 줄게."

해바라기는 무척 기뻐하며 활짝 웃었다. 어린애라는 것이 확실히 표가 났다.

"아이, 좋아라. 뭐가 좋을까? 뭘 줄 건데?"

그러자 유코가 주머니에서 뭔가 달그락거리는 것을 꺼내 해바라기와 대나무의 손에 쥐어주었다.

"우선은 언니가 지니고 있는 게 이것밖에 없으니까 이걸 줄게. 그리고 다음에 더 좋은 것을 줄게."

두 아이는 손바닥을 펴 보며 좋아했다.

"와아, 신난다."

"고마워, 누나."

두 아이가 하도 좋아해서 다른 사람들이 손바닥을 들여다보았다. 무엇을 주었나 궁금해서였다.

그것은 돌멩이였다. 유코는 부싯돌을 두 아이에게 하나씩 주었던 것이다. 해바라기와 대나무는 하나씩이면 쓰지도 못하는 것을 바라보며 좋아하고 있었다.

그런 아이들을 보며 유코가 의기양양하게 말했다.

"너희들, 그게 뭔지 알아?"

아이들은 눈을 반짝반짝 빛내며 대답했다.

"몰라. 예쁜 돌멩이?"

"아냐, 이건 보석일 거야."

그러자 유코가 설명을 했다.

"그건 부싯돌이라고 하는데 불을 일으킬 수 있어. 아주 신기한 물건이지."

"정말? 어떻게 하면 불이 나는데?"

그러자 유코가 보보를 바라보며 말했다.

"야, 뭐 해? 시범 보여야지."

"으, 응. 알았어."

보보는 얼떨결에 대답하며 제 주머니 속의 부싯돌을 꺼냈다. 그리고 옷의 귀퉁이에서 솜을 조금 꺼내 보풀렸다.

탁, 탁.

보보가 몇 번 두 개의 돌을 튀기자 불꽃이 튀며 솜에 불이 붙었다. 작지만 빨간 불꽃을 내며 솜이 까맣게 타 들어가는 모습을 보고 들개 아이들이 환성을 질렀다.

"야아~ 정말 불이 붙었다."

그러자 보보가 손바닥 위에 놓인 불을 털어내며 말했다.

"하지만 부싯돌은 하나만 가지고는 소용이 없어. 두 개가 있어야 서로 부딪쳐 불을 낼 수 있는 거야."

그러면서 제 부싯돌마저 아이들에게 주며 짝을 맞추어주었다. 해바라기와 대나무는 이제 두 개씩의 작은 돌멩이를 쥐고 있었다.

"맞아, 어른들이 하는 것을 봤어. 두 개가 있어야 해."

유코가 웃었다.

"언니가 그것밖에 없어서 그랬어. 하지만 보보가 또 하나씩 주었으니까 됐지?"

"응. 언니, 오빠, 고마워."

"나도."

"어서 우리도 불을 붙여보자. 솜이 있어야 되는데……."

그러면서 두 아이는 부싯돌을 만지작거리며 떠들어댔다.

치요가 말했다.

"여긴 솜이 없으니까 동굴에 돌아가서 해보자. 돌아가서 가르쳐 줄게."

"알았어."

두 아이는 물통에 물을 떴다. 그러자 나머지 네 사람도 물을 통에 채 웠다.

"여기 잠시 놓고 구경 좀 하다 가자."

"그래."

그들은 주변을 돌아다니며 관찰하기 시작했다. 산은 아주 깊었다. 그리고 울창한 숲으로 둘러싸여 외부에서는 잘 보이지 않을 것 같았다.

치요와 자리코가 들개 아이들을 데리고 멀리 떨어지자 보보가 멀리 동굴의 입구를 바라보았다. 그리고 말했다.

"유코, 저기 좀 봐. 저 언덕을……. 동굴 입구에서부터 평평하게 쭉 뻗어 내려오고 있지?"

"그런데?"

"잘 봐. 평평한 경사가 산 아래까지 쭉 이어지고 있잖아."

"그래? 정말 그러네."

주변에 숲이 자라서 많이 훼손되어 있었지만 과연 평탄한 경사가 이 어지는 것이 보였다.

유코가 물었다.

"그게 뭐 어떻다고?"

"아니, 그저 저 동굴이 자연 굴이 아니라는 걸 증명하는 것 같지 않 니?"

유코가 다시 물었다. 장난하는 것이 아닌 진지한 표정이었다.

"그게 왜 자연 굴이 아니라는 것과 연관이 있다는 거야? 그러니까,

그게 무슨 의미인데?"

그러자 보보가 답답하다는 듯이 말했다.

"어휴, 마치 길을 내놓은 것 같잖아. 보고도 모르겠어?"

유코가 쏘아붙였다.

"왜? 들개족은 길을 닦으면 안 되니? 너, 나를 바보 취급하는 거지?"

그러자 보보가 순간 손을 내저으며 변명을 했다.

"아니, 그게 아니고… 유코, 너는 여태까지 이상하다는 생각 안 해봤어? 난 계속 의문이었는데……."

"좀 구체적으로 말해 봐. 무슨 말인지 잘 모르겠어. 도대체 뭐가 의문이냐고?"

"이상하잖아. 잘 생각해 봐. 우리가 처음 동굴에서 나온 뒤로 본 것은 모두 낯선 것들뿐이었잖아? 나무도, 풀도, 짐승들도, 사람들도 모두 정상이 아니었어. 마치 원시 시대나 되는 듯한 그런 모습이었어. 게다가 우리가 만난 사람들, 모르는 게 너무 많잖아?"

"모르는 건 내가 제일 많은데……."

유코의 대답에 보보는 하마터면 웃을 뻔했다.

겨우 얼굴 표정을 진지하게 바꾸고 보보가 말했다.

"그래서 난 처음에 우리가 과거로 돌아간 것이 아닌가 했었거든. 타임머신이라든지 그런 거 타고 말야. 영화에 많이 나오잖아."

"그런가? 하지만 우리가 이상한 건지도 모르잖아."

유코의 말에 결국 보보가 웃고 말았다.

"하하, 넌 참 아무 생각도 안 해서 좋겠다. 걱정도 없을 거 아냐?"

유코의 눈꼬리가 확 올라갔다.

"뭐야? 너, 지금 나보고 바보라고 하는 거지?"

보보는 얼른 표정을 바꾸어 말했다.

"아, 아냐. 그런 게 아니라 생각을 좀 해봐. 우리가 사는 시대에 공룡이 나올 수가 있니? 게다가 들개족이나 마족이라니… 뭔가 이상하잖아? 게다가 네 치마 끝을 잡고 있는 저놈을 봐. 저게 어디 정상적인 생물이냐?"

보보는 우레를 가리키고 있었다.

"비비비? 비비비비?"

우레는 보보의 말을 알아듣지는 못했지만 뭔가 나쁜 얘기를 하는 거라고 짐작하고 유코의 치마를 툭툭 치며 묻고 있었다.

'쟤 뭐라고 하는 거야? 내 욕하지, 지금?'

아마 이런 뜻이었을 것이다. 뭔가 의심과 불만이 가득한 표정을 보면 틀림없었다.

유코는 고개를 끄덕였다.

"하긴 우레가 이상한 놈이긴 해."

"그러니까. 그래서 난 혹시 우리가 과거로 온 것이 아닌가 했었다니까. 물론 그것도 불가능한 일이긴 하지만 말야. 그런데 여기 이 굴을 관찰해 보고, 또 치요의 말을 듣고 깨달았어."

유코가 진지하게 물었다.

"치요의 말? 치요가 뭐라고 했는데?"

"마족에게 아주 오래된 옛날 책이 있는데 거기에 마녀 재판에 대해서 적혀 있대."

"마녀 재판?"

"중세에 있었던 마녀 재판 말야!"

보보가 잠시 말을 끊었다가 목소리를 낮추어 말했다.

"그래서 말인데… 모든 걸 종합해 본 결과 내 생각에 여긴 미래야. 미래인 것 같아."

유코도 심각한 표정으로 귀를 갖다 대고 보보의 말을 듣고 있었다. 그리고 보보의 마지막 말에 놀라는 듯 눈을 크게 떴다.

두 아이가 입을 다물고 진지한 표정으로 마주 보았다.

"……?"

"……!"

잠시 심각하게 보보를 바라보던 유코가 웃음을 터뜨렸다.

"호호, 그래. 그게 맞는 것 같다. 호호호호."

유코가 웃기 시작하자 매우 진지한 태도로 은밀히 말했던 보보가 민망해서 어쩔 줄을 몰랐다.

"우, 웃지 마. 정말 그런 것 같다니까."

"아하하하, 깔깔깔깔. 그래, 그런 것 같아. 오호호홋~!"

유코는 마구 웃으며 우레를 데리고 치요가 있는 쪽으로 걸어가 버렸다. 유코의 치마를 잡고 따라가는 우레가 인상을 구기고 돌아보며 중얼거렸다.

"삐비비, 삐비비비."

'바보는 너야, 보보.'

아마 이랬을 것이었다.

"……."

보보는 멍청히 유코의 뒷모습을 바라보다가 터벅터벅 뒤따르기 시작했다.

동굴로 돌아오니 모두 일어나 부산을 떨고 있었다. 밧줄을 하나씩 들고서 퍼쿵이 준 고기를 가지러 간다는 것이었다. 그래서 건너편으로 뚫린 굴을 넓힌다 어쩐다 하며 연장을 챙기고 사람을 뽑고 난리가 났다.

가만히 보니 그 일을 할 만한 어른 들개족은 스무 명이 채 안 되었다. 그 인원이, 그 많은 양의 말리지도 않은 고기를 가져오려면 큰일이 아닐 수 없었다. 거리가 천 미터도 넘는데 적어도 육 톤은 넘어 보이는 양을 나누어 등에 지고 네 번 이상 왕복해야 한다는 계산이었다.

퍼쿵도 도와주겠다고 나섰고 피코도 나섰지만 꼬치가 부득부득 우겨서 말렸다. 꼬치의 말로는 그들이 손님인데다가 선물까지 주었는데 일을 시킬 수는 없다고 했다.

할 수 없이 뒤로 물러난 피코가 말했다.

"줘도 문제로군. 워낙 많은 양이라……."

치요가 말했다.

"그냥 거기에 두고 조금씩 가져다 먹어도 되잖아?"

"그러라고 할까?"

그러자 보보가 고개를 저으며 말했다.

"그럴 필요 없는데……. 한 번에 가져올 수 있는데 왜?"

치요가 고개를 저었다.

"뭐? 저걸 한 번에? 말도 안 돼."

피코도 고개를 저으며 말했다.

"안 돼. 퍼쿵 같은 사람이 대여섯은 붙어야 할걸? 보통 들개족은 퍼쿵보다 힘이 훨씬 약하다고."

모두가 말도 안 된다는 반응이었다. 그러자 보보가 웃었다.

"왜 그걸 등에 지고 오려고만 생각해? 얼마나 힘이 들겠어? 수레를 만들어 한 번에 싣고 밀고 오면 되잖아? 오면서 봤잖아. 바닥이 아주

평평하던 거. 바닥의 돌 몇 개만 치우면 그냥 밀고 올 수 있는데 굳이 힘들게 왜 지고 다녀?'

그 말에 모두 얼굴이 확 펴졌다.

"아, 그렇구나. 그러면 되겠구나. 알았어. 내가 피쿵을 불러올게."

피코가 급히 달려갔다. 사람들을 모두 부르고 한참 법석을 떨더니 모든 사람이 보보를 중심으로 모였다.

보보가 설명을 시작했다.

"여긴 나무가 엄청나게 많으니까 수레를 만드는 편이 쉬울 거예요. 게다가 수레는 두고두고 사용하면 되니까요."

보보는 적당히 바닥에다가 설계도를 그리기 시작했다.

"우선 나무를 베어야 해요. 고기의 무게가 육 톤가량 되니까 계산해 보면 이 정도 크기로 열 개만 만들면 될 거예요. 물론 견고하게 만들어 야지요."

잠시 후 보보의 설명이 끝나자 들개족 장정들은 도끼를 들고 나무를 베러 갔다. 주변에 아름드리 나무가 널려 있다 못해 빽빽히 들어차 있어서 고를 것도 없었다. 몇 그루에 하나씩 솎아서 베어 넘기기만 하면 되었다.

그날은 그렇게 수레를 만드는 데 시간을 다 보냈다. 저녁이 되자 멋진 수레들이 완성되었다.

꼬치가 말했다.

"이런 물건을 만들 생각을 하다니, 보보는 머리가 아주 좋구나."

"뭘요, 별것도 아닌데요 뭐. 저보다 만드는 분들이 정말 수고하셨어요."

수레는 모두 열다섯 개였다. 하나의 수레에 바퀴가 두 개씩 달려 있었고 손잡이가 달려 있어서 한 사람이 끌고 또 한 사람이 밀게 되어 있었다. 하나의 수레에 약 사오백 킬로그램 정도는 실을 수 있었다.

보보의 지시에 따라 남자 한 명에 여자와 아이들이 뒤에서 밀도록 했다.

"자, 출발해요. 서두르면 오늘 밤 안으로 끝낼 수 있을 거예요."

꼬치가 흐뭇한 표정으로 수레를 바라보며 고개를 저었다.

"아니, 오늘은 모두 지쳤으니 내일 아침에 다시 시작하기로 하지."

꼬치의 말에 저녁을 먹고 모두 잠자리에 들었다.

다음날 아침에는 일어나자마자 서둘러 아침을 먹었다. 그 다음 수레 위에 밧줄과 삽, 도끼를 얹어놓고 출발했다. 온 마을 사람들이 고기를 옮기기 위해서 동굴 건너편으로 출발했다. 가는 길에 아이들이 수레에 올라타고는 좋아라 떠들어댔다. 무슨 소풍을 가는 것처럼 모두 신이 나 있었다.

성인 남자들이 앞에서 수레를 끌고 그들의 앞에는 여자와 아이들이 길에 떨어진 돌을 치워가며 수레가 잘 굴러가도록 하고 있었다.

들개족들은 모두 신기해서 감탄을 했다.

"정말 신기하군요. 사람과 짐을 싣고 다닐 수 있다니……."

그러나 보보는 어딘지 마음에 들지 않는 모양이었다.

퍼쿵이 물었다.

"왜 그러니? 뭔가 잘못됐어?"

"아, 아니요, 그냥……."

말은 그렇게 했으나 보보는 속으로 뭔가 부족하다는 생각을 하고 있었던 것이다.

'할 수 없지. 엔진이 없으니까……. 말이나 소라도 있으면 좋을 텐

데…….'

어쨌든 반 시간 정도 가니 막힌 곳까지 도착했고 모두 달려들어 돌을 치우고 구멍을 넓히기 시작했다. 다시 반 시간이 지나자 수레가 지나갈 만한 통로가 생겼다. 그대로 백여 미터만 더 가면 반대 편 입구가 나올 것이다.

앞에서 먼저 걸어가던 들개족 여자들과 아이들은 엄청난 양의 고기를 보고 환호성을 질렀다. 그렇게 많은 줄은 몰랐던 모양이었다.

"와아~ 엄청나군요."

"어머, 정말 굉장한 양이에요. 올 겨울을 그냥 나겠어요."

"저게 육식 용 한 마리에서 나온 거란 말이지?"

그들은 마구 떠들면서 고기를 수레로 운반했다. 퍼쿵 일행이 겨울을 날 정도만 남기고 모두 수레에 실었다. 그리고 밧줄로 꽁꽁 묶었다. 수레는 단순하게 생겼지만 워낙 튼튼하게 만들어져서 산더미 같은 짐을 잘 견뎌줄 것 같았다.

퍼쿵이 남는 자리에 가죽의 일부를 실어주려고 했으나 들개족들은 극구 사양했다.

어차피 들개족은 저장을 좋아하지 않는 종족이었다. 필요할 때마다 그때그때 사냥을 해서 쓰는 것을 더 좋아했다. 인간족과는 다른 습성이었다.

짐을 다 싣고 나자 꼬치가 말했다.

"아직도 맘이 변하지 않았니? 우리와 같이 살자는 것 말이야."

그러자 퍼쿵이 웃으며 고개를 저었다.

"아니, 우린 여기서 살래. 그리고 언제 떠날지도 몰라. 한곳에 오래 머물지 않으니까."

"하지만 우리와 같이 살아도 되잖아. 굳이 너희끼리 외롭게 살 필요가 있어?"

"아냐, 형. 우린 그게 좋아. 이제 형이 어디에 사는지 알았으니 자주 놀러 올 수 있잖아? 봄이 되면 우린 떠날 거야."

"섭섭하구나. 정말 오랜만에 만났는데."

"나도 그래. 하지만 겨울 내내 왔다 갔다 할 수 있는걸 뭐."

"그래, 너희들 편한 대로 해야지."

"형, 오늘 점심은 여기서 먹고 가. 우리가 대접할게. 그렇게 맛있는 요리는 못하지만 말야."

"그래, 짐이랑 사람들 안전하게 보내고 다시 올게."

"그래."

사람들은 작별 인사를 하고 수레를 끌고 반대 편으로 떠났다.

"또 와요."

"자주 놀러 와요."

순박한 들개족의 모습에 모두 미소 지으며 손을 흔들었다.

제5장 들개족으로부터의 전갈

어느새 겨울이 다 가고 있었다. 살을 에는 듯하던 바람은 한풀 꺾인 듯 많이 부드러워졌고 동굴 밖의 두껍게 쌓여 있던 눈도 많이 얇아진 채 반쯤 녹아서 투명한 얼음이 되어 있었다.

겨우내 거의 동굴 주위에서만 생활했던 퍼쿵 일행은 사냥도 하지 않은 데다가 저장해 놓은 충분한 고기로 잘 먹고 지내서 살이 퉁퉁하게 올라 있었다.

이날 아침도 햇살이 아주 따스했다. 하지만 아직 강에는 얼음이 두껍게 끼어 있었다. 배는 지난 초겨울 육식 용을 잡은 후로 모래사장 위로 끌어 올려 잘 말려두었으니 해동이 되고 나서 물에 띄우는 데는 아무 염려가 없다.

바로 그 배의 갑판 위에 일곱 개의 크고 작은 덩어리들이 모여 있는 것이 보였다. 퍼쿵 일행이 모두 쪼르르 앉아서 볕을 쬐고 있는 중이었다.

퍼쿵이 입을 열었다.

"어휴~ 따뜻해. 햇살이 정말 좋지?"

피코도 말했다.

"정말 해가 없었더라면 어떻게 살았을까 싶어."

보보가 몸을 웅크리며 말했다.

"하지만 난 추운걸. 이 바람만 안 불면 얼마나 좋을까?"

치요도 새우처럼 구부린 채 말했다.

"그래, 동굴 안 모닥불가가 훨씬 따뜻하다."

자리코도 잔뜩 웅크리고 앉아서 퍼쿵을 올려다보았다.

"오빠, 나 들어가면 안 돼? 추워 죽겠어."

그러자 퍼쿵이 웃었다.

"이 녀석들, 뭐가 춥다고 그래? 이제 바람도 따뜻한 기운이 도는데……. 그리고 해를 너무 못 보면 병에 걸린단 말야. 자주 해를 봐야해."

치요가 벌벌 떨며 말했다.

"우리 마족은 평생을 동굴 속에 살아도 병 안 걸리더라."

피코가 웃었다.

"하하, 그야 마족은 어둠에 적응이 되었으니까 그렇지."

유코는 우레를 꼭 껴안고 있었는데 갑자기 몸을 쫙 펴며 일어섰다.

"아유, 나 어떡해? 살이 이렇게 올랐어. 아우, 허리에 살 붙으면 안되는데……."

그러면서 제 허리를 손으로 꾹꾹 눌렀다.

그러자 피코가 한마디 했다.

"유코, 무슨 소리야? 너 허리가 어디 있다고 그래? 지금 누르는 곳이 혹시 배 아니니? 아니면 엉덩이인가?"

유코가 몸을 웅크려 배를 가리며 말했다.

"뭐예요? 여기가 허리가 아니면 뭐란 말이에요?"

"그래? 하도 통짜라서 난 또 배인 줄 알았지. 킥킥."

유코가 피코에게 눈을 흘기고 휙 돌아앉았다.

"어유, 얄미워. 나 오늘부터 밥 안 먹을 거야. 살을 빼야지."

그 말에 모두 소리 내어 웃었다.

피코가 다시 한마디 하며 놀렸다.

"어디 밥 안 먹나 보자. 맛있는 것은 혼자 다 골라 먹으면서. 킥킥."

"뭐라구요? 내가 언제 맛있는 것만 골라 먹었어요?"

"비비비, 비비비비."

우레가 하품을 하며 중얼거렸다.

"뭐야? 너, 죽을래?"

"깨객!"

유코가 우레를 쥐어박았다.

보보가 치요에게 물었다.

"우레가 뭐라고 하니?"

"유코는 살찔 것만 골라 먹는대. 운동도 안 하면서."

보보가 유코 몰래 돌아서서 씩 웃었다.

'맞아, 유코는 맛있고 기름진 것만 좋아해.'

그들이 그렇게 잡담을 하고 있는데 동굴 입구에서 부르는 소리가 났다.

"퍼쿵, 어디 있어?"

모두 돌아보았다.

"어? 꼬치 아저씨다."

"그러게 오래간만이네?"

퍼쿵이 일어서며 손을 흔들었다.

"형, 여기야. 왜 그래?"

"잠깐 보자. 상의할 것이 있어."

그리 다급한 목소리는 아니었지만 뭔지 심각한 표정이었다.

"가보고 올게. 잠깐 기다려."

"아냐, 우리도 들어가야지. 같이 가."

"그래."

일행은 자리를 털고 일어났다. 동굴 입구에는 꼬치와 그의 친한 친구가 서 있었다. 그리고 한 사람이 더 있었는데 못 보던 들개족이었다.

먼 길을 온 듯 먼지투성이에 커다란 자루를 어깨에 가로 메고 있는 그는 혼혈 들개족이었다.

그들이 다가오자 꼬치가 심각한 표정으로 퍼쿵에게 말했다.

"미안하다. 쉬고 있는데……."

"아니, 괜찮아. 오래간만이네? 이분은 누구야?"

"인사해라. 이 사람은 본 성에서 아버지의 편지를 가지고 온 사람이야."

"아, 푸치, 아니, 큰아버지가 보냈다는 그 편지?"

"그래."

그들은 안으로 들어가며 얘기를 시작했다.

"너에게 좀 물어볼 것이 있어서."

"뭔데?"

"들어가서 얘기하자. 길어질 것 같으니까."

동굴 안으로 들어가서 모닥불을 피우고 둘러앉았다. 그 혼혈 들개족은 좀 경계하는 듯이 퍼쿵들을 바라보고 있었다. 나이는 퍼쿵 또래쯤 되었는데 키가 작고 왜소한 체격이었으나 기지가 넘치는 듯한 반짝이는 눈을 가진 청년이었다.

푸치가 그에게 말했다.

"아, 안심해도 돼. 이 친구들은 인간족이 아니니까. 적이 아니니 걱정 말아."

그제야 그 혼혈 청년이 인사를 건넸다.

"반갑습니다. 저는 왕의 심부름을 온 '나리' 라고 합니다."

"예, 퍼쿵입니다. 얘들은 내 동생들이고요."

두 사람은 모닥불을 사이에 두고 가볍게 목례를 나눴다.

나리라고 하는 청년은 퍼쿵의 무식하게 큰 검을 바라보았다.

"저 검은 당신이 사용하는 건가요?"

"예, 그렇습니다만… 왜 그러시죠?"

그러자 검에서 시선을 뗀 나리가 말했다.

"아, 별일 아닙니다. 우리 왕궁에도 저 큰 검과 비슷한 검이 보관되어 있거든요. 사용하는 사람은 없지만."

그러자 퍼쿵이 물었다.

"혹시 저것보다 좀 작지 않던가요? 한 삼 분의 이 정도?"

"어떻게 아십니까?"

"손잡이에 하커의 문양이 있고요."

그러자 나리가 놀라며 물었다.

"하커 장군을 아십니까?"

"예, 좀 압니다."

"그 검에 대해서는 어떻게 아시죠?"

그러자 꼬치가 말했다.

"그 검의 임자가 바로 저 퍼쿵이라네."

"예? 그렇다면?"

"혹시 들어봤나? 십 년쯤 전에 사라졌다는 인간의 얘기 말일세."

"하커 장군의 양아들이라는……."

"저 친구가 그 친구야."

나리라는 청년의 눈이 놀라움으로 크게 떠졌다.

"아, 그랬군요. 바로 전설의 그 사람이군요."

그러자 유코가 눈을 반짝이며 중얼거렸다.

"전설의?"

"하나의 전설이 되어버렸지요. 당시 터치 장군이 눈이 뒤집혀서 그 검의 임자를 찾아다녔었죠. 전 그때 어려서 군인이 아니었지만 그 얘기는 들개족 모두가 알고 있어요. 터치 장군은 그 인간 청년에게 다친 상처로 일 년이나 칼을 못 들었고요. 지금도 왼손을 사용하는 걸로 알고 있어요. 오른손은 큰 힘을 못 쓰거든요."

피코가 작게 웃었다.

"잘됐군. 아예 목을 끊어놨어야 하는 건데……."

그러자 퍼쿵이 피코에게 손짓을 해서 입을 막았다. 그리고 꼬치에게 물었다.

"형, 이런 얘기를 해줘도 괜찮아? 우린 터치와는 철천지원수지간인데."

그 말에 피코도 걱정이 되기 시작한 모양이었다.

"저 사람이 돌아가면 터치가 우릴 잡으러 군대를 몰고 오지 않겠어?"

그러자 꼬치가 고개를 저었다.

"안심해. 이 사람은 터치의 편이 아니야. 아버지가 보낸 밀정이니까. 그리고 이미 아버지도 옛날의 아버지가 아니라더군."

나리가 말했다.

"맞습니다. 저는 터치 장군의 편이 아닙니다. 그리고 폐하께서도 이제 전쟁을 할 마음이 없으십니다. 지난번 전쟁도 터치 장군이 독단적으로 벌인 일이었습니다. 폐하는 터치의 협박에 할 수 없이 병사를 내준 것입니다."

치요가 고개를 흔들었다.

"사실일까요?"

꼬치가 말했다.

"사실인 것 같아. 터치의 성격을 생각하면 능히 그럴 것 같아. 그놈이라면… 만일 제 앞길에 방해가 된다면 아버지라도 살려두지 않을 놈이거든. 이제 서른여섯밖에 안 되었지만 제 두 형을 죽이고 쫓아낸 놈인데 아버지라고 놔두겠어? 아마 곧 무슨 일을 벌일 거야."

퍼쿵도 고개를 끄덕였다.

"그럴 것도 같군. 그런데 우릴 부른 이유는? 우리가 뭘 안다고 상의를 한다는 거야?"

그러자 나리가 꼬깃꼬깃한 작은 쪽지를 꺼내더니 조심스레 펼쳤다. 어찌나 작게 접었는지 찢어질까 봐 펼치기도 겁이 났다. 한참 만에 종이가 퍼지자 두 손바닥 정도의 크기가 되었다.

그 위에 먹물로 깨알같이 쓴 편지였다. 군데군데 얼룩이 져서 잘 보이지도 않았다.

아이들은 한꺼번에 고개를 들이밀고 그 작은 쪽지를 보았다.

유코가 투덜거리며 고개를 뺐다.

"어휴, 이런 걸레를 어떻게 보라는 거예요? 좀 깨끗하게 해서 가져 오시지."

나리가 머리를 긁적이며 변명을 했다.

"워낙 비밀스런 내용이라서요. 터치의 귀에 들어가면 저 같은 사람들은 물론이고 폐하까지도 위험에 처하게 되니까요. 터치는 아마 폐하를 죽이고 폐하께 동조하던 신하들까지 다 죽일 겁니다."

보보가 이해할 수 없다는 표정으로 말했다.

"들개족의 왕은 터치의 아버지라면서요? 아버지를 어떻게 죽여요?"

아이들은 그들의 전후 사정을 전혀 알지 못하고 있었기 때문에 이해가 가지 않는 것이 당연했다. 그에 대해서 꼬치가 간략하게 설명해 주었다.

"자세한 얘기는 길어서 못해주겠는데 터치는 왕이 되려고 제 큰형과 그 가족을 죽이고, 또 둘째 형은 쫓아내 버렸단다. 아버지라고 해서 봐줄 놈이 아니야."

"꼬치 아저씨가 그걸 어떻게 아세요?"

"내가 바로 터치의 둘째 형이니까."

아이들이 그제야 이해가 간다는 표정으로 고개를 끄덕였다.

퍼쿵과 피코는 아직도 그 쪽지를 읽고 있었다. 워낙 깨알같이 작은 글씨로 써놓은 데다가 종이가 접힌 부분은 뭉개져 있어서 읽기가 매우 힘들었다.

한참 후 퍼쿵이 그 쪽지를 도로 나리에게 건네주었다.

"다 읽었습니까?"

"읽긴 다 읽었는데 무슨 말인지는 잘 모르겠소. 설명을 좀 해주셔야 되겠는데요."

나리의 설명이 시작되었다. 꼬치도 심각한 표정으로 앉아 있었다.

표정으로 보아 꼬치는 이미 얘기를 들은 모양이었다.

한참 동안 나리의 설명이 계속됐다.

"그래서 이번 해동이 되는 대로 터치 장군이 몇 개의 조를 만들어 사방으로 원정을 내보낸다고 합니다. 그 인간족의 고대 도시를 찾으러 말입니다."

"고대 도시라니요? 그게 뭡니까?"

퍼쿵이 물었다.

그러자 꼬치가 실망하는 표정이었다.

"너도 모르냐? 너는 알 줄 알았는데……. 그래서 너와 상의를 하러 온 거야."

퍼쿵이 피코를 바라보았다. 그래도 피코와 퍼쿵이 인간의 성에 가장 많이 들락거린 사람이었으니까 말이다.

그러나 피코의 대답도 같았다.

"나도 모르겠는데……. 퍼쿵이 모르는 걸 내가 알 리가 없잖아?"

그럴 수밖에 없었다. 인간의 마을에서 사람 상대는 늘 퍼쿵이 했으니까. 피코는 낯선 사람과는 말을 잘 하지 않았다. 아주 친해져야 겨우 조금 대화를 나눌 정도였다.

꼬치는 나머지 아이들에게는 물어볼 생각도 하지 않았다. 우레는 말할 것도 없고. 그가 보기에는 너무 어렸기 때문이다. 그러나 퍼쿵은 치요와 보보에게 시선을 돌렸다.

자리코는 가만히 입을 다물고 앉아 있었다.

"너희들, 뭐 아는 거 없어?"

치요가 고개를 저으며 대답했다.

"글쎄, 나리 아저씨가 좀 더 설명을 해주었으면 좋겠는데. 아는 대로 말야."

보보도 말했다.

"좀 자세히 설명해 주세요. 그렇게 막연하게 말하니까 무슨 말인지 통 모르겠어요."

그러자 퍼쿵이 고개를 크게 한 번 끄덕이더니 나리에게 말했다.

"우선 아는 대로 설명을 해줄 수 있겠습니까?"

나리와 꼬치는 잠시 마주 보았다. 퍼쿵이 어린아이들에게 묻는 것을 보고 그다지 기대가 되지 않는 표정이었다.

퍼쿵이 다시 말했다.

"어차피 저는 모르는 일입니다. 혹시 이 아이들이 알지도 모르는 일 아닙니까?"

나리가 고개를 끄덕이며 설명을 시작했다.

"알겠습니다. 저도 자세히는 모릅니다만 그 얘기는 이렇게 시작되었습니다."

한참 설명이 계속됐다. 질문을 하는 것은 치요와 보보였다. 정작 퍼쿵과 피코는 잠자코 듣고만 있었다.

"그러니까 터치 장군이 인간족 포로를 아홉 명이나 데리고 돌아갔다는 거죠? 지난 전쟁 때."

"예, 그 포로들을 심문했죠. 전쟁 때 인간들이 사용한 불벼락 무기에 대해서 알아내기 위해서요."

퍼쿵 일행이 생각했다.

'그건 보보가 만든 건데……. 들개족에게 그게 알려지면 보보는 또 쟁탈전에 휘말리겠군. 역시 절대로 남들에게 알려지면 안 돼.'

이미 전부터 보보의 기술이나 치요, 유코의 마법과 같은 능력에 대해서는 자신들 이외에는 절대로 말하면 안 된다고 누누히 강조해 왔기 때문에 모두 굳게 입을 다물고 있었다.

"그런데 포로들은 전혀 알지 못했어요. 그래서 아홉 중에 여덟이 죽었죠."

보보가 생각했다.

'모르는 게 당연하지. 그 포로들은 내가 그걸 만들기 전에 잡혀간 사람들이니까.'

"마지막 한 명을 죽이려는 순간 그자가 고대 도시에 대한 얘기를 했어요. '메카닉스'라고 했다고 적혀 있군요."

퍼쿵이 물었다.

"매카 뭐라고요?"

"메카닉스요."

"그게 뭔데요?"

"포로의 얘기로는 인간의 조상들이 만들어놓은 고대 도시라고 했어요. 가공할 위력의 파괴력을 지닌 요새라고 하다군요. 인간족도 십 년 전부터 그 도시를 찾기 위해 해마다 원정대를 보낸다고 했습니다. 그런데 지난 전쟁 때 그 일부를 들여온 것 같다는 거죠. 그 불벼락 무기 말입니다."

나리의 말은 계속되고 있었고 퍼쿵 일행은 속으로 고개를 저었다. 그 말은 사실과 다르다는 것을 잘 알고 있기 때문이었다.

보보가 물었다.

"그런 게 어디 있어요? 고대 도시라면 지금보다 못했겠지 어떻게 더 강하겠어요?"

나리는 한숨을 쉬었다.

"그건 저도 잘 모릅니다. 어쨌든 인간족은 무서운 무기를 사용했고 지금도 고대 도시로 사람을 보낼 준비를 한다고 합니다. 터치 장군이 인간의 성 주변에 있는 종족들을 다 정벌했죠. 그리고 각 마을에 첩자들을 심어놓았어요. 그들이 인간의 마을에서 정보를 가져다주는데 봄이 되면 또 원정대가 출발할 거랍니다."

"그럼 터치는요?"

"터치의 원정대도 인간의 원정대를 뒤쫓아갈 계획이죠. 고대 도시를 발견하게 되면 인간들을 죽이고 도시를 점령한답니다."

퍼쿵 일행은 고개를 들며 허리를 폈다. 별로 관심이 없다는 뜻이었다.

나리가 다급한 표정으로 다시 호소했다.

"제발 도와주십시오. 터치가 그 도시를 점령하는 것을 막아야 합니다."

그러자 꼬치도 말했다.

"그래, 퍼쿵. 뭐 아는 것 있으면 좀 알려줘. 터치가 그 도시를 점령하면 인간족을 다 죽여 버릴 거야. 그뿐 아니라 지금 자신과 적대 관계에 있는 것은 동족이고 뭐고 다 죽일걸."

퍼쿵이 보보와 치요를 바라보자 보보가 대답했다.

"몰라요, 처음 듣는 얘기예요."

치요도 고개를 저었다.

"나도 몰라. 그런 게 있을 리가 없어."

이번에는 자리코를 바라봤으나 자리코는 바닥만 바라보고 있었다.

퍼쿵이 생각했다.

'자리코라면 뭔가 알고 있을 텐데… 하지만 전혀 끼어들고 싶어하지 않는군. 하긴 무서울 테니까…….'

그들의 대답에 꼬치가 한숨을 쉬었다.

"정말 모르나 보구나. 그럼 할 수 없지."

"미안해요, 아저씨. 알면 도와드릴 텐데 정말 모르거든요."

"그래, 알겠다. 얘기 들어줘서 고맙다."

꼬치와 나리 등은 힘없이 돌아섰다. 그때 퍼쿵이 꼬치를 불렀다.

"형, 잠깐만."

"응?"

"물어보고 싶은 게 있는데……."

꼬치가 실망스런 미소를 지으며 돌아섰다.

"뭔데?"

"터치 말야. 터치가 정권을 잡으면 어떻게 될까? 지금도 주변 종족을 정벌하고 다닌다면서?"

꼬치가 고개를 끄덕였다.

"이 일대에 사는 종족은 모조리 터치의 칼날 아래 자유를 잃겠지. 이미 그런 종족도 많이 있고… 우리도 떠나야지. 인간족의 성까지 간 터치가 그보다 가까운 우리를 그냥 둘 리가 없잖아? 다행히 아직은 발견되지 않았지만 곧 우리도 찾아낼 거야."

피코가 말했다.

"터치가 왕이 되는 것은 무슨 일이 있더라도 막아야겠군."

꼬치가 고개를 끄덕였다가 다시 가로저었다.

"그렇긴 한데 무슨 힘으로? 지금 터치의 군대를 이길 수 있는 것은 아무도 없어. 혹시 모르지, 인간족이라면……. 그 고대 도시를 찾은 것 같다니까……."

그러자 퍼쿵이 말했다.

"아니, 인간족이 이 일대를 지배해서는 안 돼. 그들도 들개족, 아니,

터치와 다를 바 없거든."

꼬치와 들개족들이 무슨 말이냐는 듯이 바라봤다.

유코가 소리쳤다.

"맞아요. 인간들도 다를 바 없어요. 거짓말쟁이에다 들개족을 죽이는 걸 봤는데 잔혹하기가 그지없었어요."

"아, 너희는 그 전쟁을 봤다고 했지?"

"그래요. 그때도 우리가……."

갑자기 흥분해서 거기까지 쏟아 부은 유코가 슬쩍 입을 다물었다. 문득 얘기해서는 안 된다고 했던 퍼쿵의 말이 생각났기 때문이었다.

꼬치가 물었다.

"우리가? 너희가 뭐?"

"아, 아니에요. 우리가 다 봤다고요. 죽이는 거……. 얼마나 무서웠는데요."

퍼쿵이 조용히 말했다.

"형, 일단은 아는 게 없으니 도와주지 못하겠다. 하지만 뭐 생각나는 것이 있으면 바로 알려줄게. 미안해."

"괜찮아. 모르는 걸 어떻게 하겠니? 나중에 놀러 와라. 밥이나 같이 먹자."

"응. 잘 가, 형."

"잘 가, 오빠."

서로 인사를 하고 들개족들이 산 너머 굴로 돌아가자 퍼쿵이 말했다.

"큰일이군. 터치가 그런 생각을 하고 있다니……. 인간의 마을이 점령되는 것은 시간 문제인 것 같은데……."

피코가 대수롭지 않다는 듯이 말했다.

"하지만 지난번 폭탄 사건으로 겁먹어서 쉽게 공격하지는 못할 텐데?"

보보가 고개를 저었다.

"아니야, 피코. 첩자가 있다잖아. 폭탄의 비밀은 곧 새어 나갈 거야. 누군가의 입에서라도……."

치요가 말했다.

"그래도 만드는 방법까지는 모를걸. 인간들이 함부로 다른 종족에게 가르쳐 주겠어?"

보보가 또 고개를 저었다.

"기술을 가진 사람을 납치할 수도 있지. 내게 기술을 배운 사람들이 있잖아."

퍼쿵은 대단히 걱정이 되는 모양이었다.

"그것뿐이 아니야. 우리가 인간족 병사들을 얼마나 많이 죽이고 다치게 했냐? 아마 지금도 들개족과 전쟁을 하기에는 무리일 거야. 부상자들이 완쾌가 되었다고 해도……."

그제야 피코도 고개를 끄덕였다.

"하긴 군대의 거의 반을 죽이고 반을 불구로 만들었으니……. 아예 못 일어나는 사람도 꽤 있을 텐데……."

시사엔 별 관심이 없는 유코도 걱정을 하기 시작했다.

"그럼 어떡해요? 아무리 변태 마마보이가 왕인 인간족이지만 죽으면 안 되는데……. 우리와 원수가 지긴 했지만……."

일행은 잠시 말이 없었다. 아무리 자신들과 원수가 졌다고 해도 한 종족이 멸망하는 것은 있어서는 안 되는 일이었다.

피코가 피식 웃으며 입을 열었다.

"풋, 그리고 보니 우리는 들개족과도 원수가 졌잖아? 이거 어떻게 적대국의 양쪽으로 다 원수가 졌나? 들개족도 인간족도 다 우릴 미워하니…… 킥킥.”

자리코는 아까부터 아무 말도 하지 않고 있었으나 그녀의 얼굴에는 수심이 가득했다. 아무리 자신을 추방했다고는 하지만 동족이 멸망할지도 모른다는 사실이 그녀의 마음을 무겁게 누르고 있었다.

보보가 자리코에게 물었다.

“자리코, 어떻게 생각해? 자리코라면 그 고대 도시에 대해서 좀 자세히 알고 있을 것 같은데…….”

자리코가 가만히 고개를 들었다.

“나도 잘은 몰라. 어려서부터 ‘메카닉스’에 대해서는 항상 듣고 자랐지만 우리에게도 그것은 전설에 불과한 얘기인걸. 왕조차도 시조인 부모에게서 들은 얘기일 뿐이라고 하던데?”

그 말에 모두 고개를 끄덕였다. 하긴 대부분의 인간족들은 성의 비밀 출구에 대해서도 전혀 모르고 있다고 했다. 그런 판국에 고대 도시 같은 중요한 비밀에 대해서는 모르고 있을 가능성이 더욱더 많았다.

문득 유코가 무슨 생각이라도 떠올랐는지 눈을 크게 떴다.

“언니, 시조라면 누구를 말하는 거야? 왕의 부모라니?”

“왕의 부모가 우리 인간족의 시조거든. 전에 얘기하지 않았니?”

“들은 적 있어. ‘요시코’라고 하는…….”

“맞아, 요시코가 왕의 엄마야.”

모두 고개를 끄덕였다. 전에 왕에게서 들었던 기억이 난 것이었다. 왕이 유코를 잡아두려 할 때 ‘요시코’라는 이름을 거론했었다.

유코가 고개를 갸웃거리며 물었다.

“그럼 혹시 말야, ‘부르노’라고 들어본 적 없어?”

그 말에 자리코가 의외라는 반응을 보였다.

"부르노? 그 이름을 어떻게 알아? 난 얘기한 적 없는데. 부르노는 왕의 아버지야. 바로 요시코와 부르노가 우리 종족의 시조야."

퍼쿵을 위시한 다른 아이들도 모두 놀라는 표정이었다.

"유코? 그걸 어떻게 알았니? 왕이 얘기했어?"

그러자 유코가 말했다.

"사실은 왕에게 들은 게 아니라 꿈을 꾸었는데 어떤 언니, 오빠가 나왔거든요. 그 사람들이 자신을 요시코와 부르노라고 했어요."

유코의 말에 모두들 놀라는 표정이었다.

보보가 말했다.

"꿈을 꾸었다고? 언제?"

"전에 약 먹고 잠들었을 때 있지? 그때 왕의 별궁에서 혼자 잡혀 있었을 때 꿈을 꾸었어. 그리고 나한테 뭐라고 불렀는데… 잘 기억이 안 나네?"

"뭐라고 불렀는데?"

"글쎄, 그게 기억이 안 나요. 그리고 누구를 찾아서 성을 빠져나가라고 했었던 것 같은데……."

퍼쿵이 물었다.

"누구를 찾으라고 했는데?"

"음… 잘 모르겠어요. 처음 듣는 이름은 아닌 것 같았는데… 아유, 왜 기억이 나지 않지?"

"삣삐비, 비비비?"

우레가 팔짱을 끼더니 고개를 도리도리 흔들며 중얼거렸다.

"뭐라구? 너, 죽을래?"

"깩!"

유코가 화를 버럭 냈고 우레가 화들짝 놀라 재빨리 도망쳤다.

"저 녀석, 잡히기만 해봐!"

보보가 물었다.

"우레가 뭐라고 했는데?"

유코가 보보에게 톡 쏘았다.

"몰라도 돼!"

그러자 보보가 치요를 바라봤다. 그러나 치요는 고개만 저을 뿐이었다.

유코가 자리코에게 물었다.

"혹시 '마르코'라고 알아요?"

"마르코? 그건… 우리 왕의 이름인 것 같은데? 맞아, 아마 그럴 거야. 왕의 이름이 마르코일 거야. 잘 쓰지는 않지만."

그러자 유코가 손뼉을 쳤다.

"맞아요! 요시코라는 사람이 그곳을 내 아들의 집이라고 했어요. 그리고 내 아들이 마르코라고… 그랬어요. 그건 확실히 기억이 나요."

피코가 물었다.

"그럼 너한테는 뭐라고 불렀는지 생각해 봐."

"그게… 뭐라고 했더라? 아유, 왜 그 기억만 안 나지?"

"누구를 찾으라고 했다고 그랬잖아?"

"그것도 기억이 안 나요. 나도 답답해 죽겠어요."

그러자 보보가 말했다.

"왜 그것들만 기억이 안 나냐? 정말 이상하다."

그때였다. 동굴 입구 쪽에서 우레가 뭐라고 외쳤다.

"삐비, 비잇, 삐비빅!"

"뭐야? 너, 거기 서! 안 서?!"

유코가 소리를 지르며 입구 쪽으로 달려갔다.

그 모습을 보는 일행의 표정이 멍해졌다. 잠시 후 자리코가 물었다.

"치요, 우레가 도대체 뭐라고 한 거니?"

"너는 역시 바보야… 라고 했어."

그러자 피코가 웃음을 참으며 물었다.

"풋, 그럼 아까는? 아까는 뭐라고 했는데?"

사실 아까부터 모두들 그게 궁금했었다.

"아까는 '너, 바보 아니니?' 라고 했었어."

그 말에 모두들 웃음을 터뜨리고 말았다.

그들은 그렇게 별 소득 없이 잡담을 하다가 점심을 먹었다. 곧 치요는 잠이 들고 나머지 아이들은 놀다가 저녁을 먹고 또 잡담을 하다가 해가 지자 잠자리에 들었다.

모두 잠이 들었고 치요만이 깨어나 모닥불을 뒤적이며 앉아 있었다. 그때 보보가 부스스 일어났다.

치요가 돌아보며 물었다.

"보보, 잠 안 자?"

"낮에 조금 잤어. 걱정이 돼서 그래."

"뭐가?"

"터치라는 사람 말야, 진짜 전쟁을 하고 말 것 같지 않아?"

치요가 고개를 끄덕였다.

"전쟁은 날 거야. 꼬치 아저씨의 표정 봤지? 모든 게 사실일 거야. 그리고 전에 내가 얼핏 들은 건데 터치라는 사람 아주 나쁜 사람이래."

보보가 가만히 치요를 바라보더니 물었다.

"치요, 혹시 그거 사실이 아닐까?"

"뭐 말야?"

"낮에 나리 아저씨가 말한 거, '메카닉스'라는 거 말야."

"글쎄? 그런 게 정말로 있을까?"

"점 한번 쳐봐. 나올지도 모르잖아?"

"그럴까? 될지 모르겠네."

치요는 자신의 배낭으로 가더니 두꺼운 책을 한 권 꺼내 왔다. 그리고 피시시 웃었다.

"헤헤, 점은 내 전공이 아니라서."

그리고 책을 열어 뒤적이며 찾기 시작했다.

"이런 경우에 어떤 주문을 외워야 하더라……."

보보가 물었다.

"이런 경우가 어떤 경우일까?"

"음… 도시나 물건을 찾는 경우가 되지 않을까 생각되는데……."

한참을 책을 뒤적이던 치요가 한숨을 쉬었다.

"힘들겠는데? 지금 이대로는……."

"왜?"

"점을 치려면 최소한 무슨 매개물이라도 있어야 하는데 그 고대 도시에 관련된 물건이 하나도 없잖아? 봐, 여기. 무엇을 찾으려면 그 물건과 관련된 물건이 있어야 한다고 쓰여 있잖아."

치요가 책의 중간쯤을 펼쳐 보보에게 보여주었다.

보보가 그 페이지를 읽어보더니 말했다.

"정말이네. 어떻게 다른 방법은 없어?"

"다른 방법으로는… 아, 여기 있다. 좀 약하긴 하지만… 찾는 물건에 대한 자세한 정보가 있어야 한다는데? 하지만 우린 전혀 아는 바가 없으니 그것도 곤란하고……."

"그냥 메카닉스라는 이름으로 점을 쳐볼 수 없어?"

"그건 곤란해. 내가 그 이름을 지어 주문을 걸어놓은 것도 아니고, 또 살아 있는 생명체가 아니니 스스로 그 이름을 인식하고 있는 것도 아니라서……."

보보가 실망스러운 듯한 표정을 지었다. 그러자 치요가 빙그레 웃으며 말했다.

"미안해, 보보. 내 능력 밖의 일이야."

"아니야, 내가 무리한 생각을 한 거지 뭐."

"그건 맞는 말이야. 그게 그렇게 쉽게 찾아지는 거라면 우리 마족의 예언술사들이 벌써 찾아냈겠지. 안 그래?"

"응."

보보가 고개를 끄덕였다.

치요가 보보를 보며 말했다.

"그만 고민하고 자. 피곤할 텐데……."

"아니, 잠도 안 온다. 걱정이 돼서."

"그래? 그럼 나랑 별이나 보자."

"그래."

두 사람은 나란히 동굴 입구의 모닥불가에 앉았다. 하늘에는 수많은 별이 떠 있었다.

한참 후 치요가 말했다.

"유코 말인데… 꿈을 꾸었다고 했잖아?"

"응."

"그 꿈에 대해서 어떻게 생각해?"

"뭘?"

치요가 보보를 향해 돌아앉았다.

"난 그 꿈이 어떤 의미를 가지고 있다고 생각하는데."

"무슨?"

"유코가 말하기를 요시코와 부르노라는 사람이 나타나서 마르코가 자기 아들이라고 했잖아? 거기가 아들의 집이고."

"그랬지."

"그 말이 허무맹랑한 얘기라면 모르지만 사실이라잖아. 자리코의 말이 왕의 이름이 마르코이고 그의 부모가 요시코와 부르노라고 했잖아?"

"맞아, 그랬지."

그러자 치요가 진지한 표정을 지었다.

"유코는 보통 사람이 아니야. 그 애는 정령술사인데다가 그 애를 가르치던 선생님의 말이 유코의 주위에는 일반 정령 이외에 사람이나 짐승, 식물의 영혼까지 모여든다고 했었어."

"그랬어?"

"그러니까 꿈에 본 사람들은 아마 영혼들이 아니었을까 생각되거든. 엄밀히 말해서 꿈을 꾼 것이 아니라 깨어난 상태에서 영혼들을 만났다고 봐야겠지."

보보가 몸을 움츠리며 물었다.

"귀, 귀신 말이야?"

"그렇다고 말할 수 있어."

"어째 좀 으스스한 생각이 드는데?"

"귀신이라고 해서 무서워할 필요는 없어. 어차피 우리 주위에는 수많은 귀신이 돌아다니고 있다니까. 어른들의 말에 귀신은 사람의 일에 별로 관심이 없대."

"그, 그래? 다행이군."

"그래서 말인데, 역시 너희 두 사람은 인간족과 깊은 관련이 있는 것 같아. 그들의 시조가 유코를 알아보았다니까."

"그럴까?"

"게다가 유코에게 누굴 찾아서 성을 떠나라고 했다잖아. 그건 너를 가리키는 것 같아."

보보가 무슨 뜻인지 알겠다는 듯이 말했다.

"그럴지도 모르지."

치요도 고개를 끄덕였다.

"그래, 아마 너를 지칭하는 이름이었을 거야. 너희 둘은 같은 날 동굴 속에서 깨어났다고 했지? 두 사람 다 기억을 완전히 잃어버렸고. 그러니 너희 둘은 같은 기억을 가지고 있을 가능성이 아주 높아."

치요가 가만히 생각하더니 입을 열었다.

"어쩌면 그 이름이 유코의 과거와 연관이 있을지도 모르겠구나. 유코는 기억을 까맣게 잃었잖아. 무엇인가 유코의 기억이 되살아나는 것을 방해하는 게 있는 것 같아. 그러니 자기 이름만 생각이 안 나지."

그러면서 보보를 바라봤다.

"너와 유코에게는 본명이 있는데 유코는 그걸 기억해 내지 못하는 거야."

두 아이는 생각에 잠겼다.

잠시 후 보보가 말했다.

"우리의 본명이 뭘까?"

"모르지. 보보나 유코가 아닌 것은 틀림없어. 그건 내가 주문을 걸기 위해서 붙인 이름이니까."

"기억이 나게 하는 방법이 없을까?"

"글쎄… 그것을 기억해 내면 너희들의 기억도 돌아올지 모르겠다."

"그럴까?"

"몰라 나도, 확실히는. 그럴 것 같다는 거지 뭐."

두 아이는 다시 생각에 잠겼다.

날이 밝자 다시 꼬치가 찾아왔다.

"잘 잤니?"

"어? 웬일이야, 아침부터?"

"실은 나 오늘 어디 좀 가거든. 오랫동안 못 볼 것 같아서……."

"그래? 어디 가는데?"

"고향에."

꼬치의 말에 퍼쿵과 피코의 눈이 동그래졌다.

"뭐?"

"오빠, 정말이야?"

"아무래도 나리와 함께 다녀와야겠어. 이대로 앉아서 터치가 세력을 잡는 것을 기다리고 있을 수만은 없잖아."

퍼쿵이 걱정스레 말했다.

"하지만 위험할 텐데……. 터치가 형을 보면 죽이려 할 것이 뻔하잖아."

"그렇긴 해도… 들키지 않도록 해야지. 나리가 왕궁으로 통하는 비밀 길을 안내해 줄 거야. 그 길은 터치도 모른대. 새로 만들어놓은 비밀 통로라니까."

피코도 걱정이 많이 되는 모양이었다.

"하지만 나리라는 사람 믿을 수 있겠어? 어쩌면 터치의 첩자인지도……."

꼬치가 고개를 저었다.

"아니, 그렇지 않아. 만약 터치의 첩자였다면 벌써 나를 잡으러 군대가 왔겠지. 게다가 나리는 벌써 세 번이나 다녀간걸. 이번까지 네 번째야."

보보가 물었다.

"꼬치 아저씨, 터치라는 사람이 세력을 잡으면 어떻게 돼요?"

그러자 꼬치가 우울하게 웃었다.

"음, 그렇게 되면 이 일대는 다시 전쟁에 휘말리게 될 거야. 터치가 모든 종족을 정벌해서 자기 발 아래 복종시키려 할 테니까. 그걸 보고만 있을 수는 없어. 더군다나 그 녀석은 우선 나부터 죽이려 할 테니까."

피코도 말했다.

"물론 퍼쿵과 나도 살려두지는 않겠지. 우린 그놈하고 아주 원수가 졌으니."

"하하, 맞다. 그럴 거야. 그러니 어차피 이대로 앉아 있어도 죽긴 마찬가지지. 아주 멀리 떠나지 않는다면. 하지만 떠난다고 해서 해결될 문제도 아니지."

"맞아요, 모두가 평화롭게 살 수 있는 길이 있을 거예요."

"그럼. 그래서 내가 가는 것이 아니냐. 내 힘으로 할 수 있을지는 모르겠지만 노력은 해봐야지."

꼬치의 말에 모두 숙연해져서 말을 못했다.

퍼쿵이 미안한 목소리로 말했다.

"미안해, 형. 도움을 주지 못해서."

그러자 꼬치가 웃었다.

"하하, 괜찮아. 할 수 없지. 네가 도와준다고 꼭 되는 일도 아니잖아? 나 없는 동안 동생들 잘 지내고. 바로 떠나지는 않을 거지?"

"봄이나 돼야지. 아직은 추워서 움직이기가 그렇잖아."

"그래, 다녀오마."

"조심해."

그들은 서로 걱정을 해주며 인사를 교환했고 꼬치는 바로 출발해야 한다며 굴 건너편으로 가버렸다.

퍼쿵이 말했다.

"괜찮을지 모르겠다. 터치라는 놈 아주 지독한 놈인데……."

피코도 걱정이 많이 되는 모양이었다.

"그래, 들개족도 이제 다 된 모양이야. 서로 죽이고 싸우고……."

"그게 하루 이틀 된 일이냐? 예전에 푸치도 제 동생을 죽이고 왕이 되었던 거잖아. 자업자득이지 뭐."

퍼쿵 일행도 막연한 불안감이 엄습해 오는 것을 어쩌지 못했다. 전쟁의 위협은 그렇게 이 일대를 우울하게 만들고 있었다.

제6장 독약

다시 며칠이 지났다. 해가 점점 길어지고 있었다. 건너편까지 꽁꽁 얼어붙었던 강도 거의 녹아가고 있었다. 양쪽 가장자리를 제외하고는 얼음도 다 녹아서 다시 물결을 출렁이며 서쪽으로 흐르기 시작했다.

퍼쿵과 피코는 겨우내 뭍으로 올려놓았던 배를 손질하기 시작했다. 가죽으로 잘 덮어놓았기 때문에 별로 상한 곳은 없었지만 그래도 물에 띄우려면 새는 곳이 없는지 또 뒤틀어진 곳은 없는지 꼼꼼히 살펴봐야 했다.

퍼쿵이 뱃전에 굵은 밧줄을 묶었다.

"자, 다 되었다. 이제 물에 띄우기만 하면 돼."

피코가 밧줄을 잡으며 말했다.

"아직 정오가 되려면 시간이 좀 있으니까 먼저 배를 물에 끌어다놓고 식사를 하자."

"그럴까?"

두 사람은 각각 밧줄을 잡고서 끌어당기기 시작했다. 오후에는 배를 띄우고 한 바퀴 돌아볼 예정이었다.

"우리도 도울게요."

보보와 자리코, 유코도 뒤에서 밀기 시작했다.

피코가 중얼거렸다.

"괜찮은데. 별로 도움도 안 될 거면서……."

그러자 유코가 톡 내뱉으며 손을 놓았다.

"어머! 도와준대도 그래요! 싫으면 말아요!"

퍼쿵이 크게 웃었다.

"하하, 어서 도와줘, 유코. 네가 손을 놓으니까 갑자기 너무 무거워졌어."

그 말에 모두가 웃음을 터뜨렸다.

"하하하, 유코가 손을 놓으니까 퍼쿵 형이 힘들대."

자리코도 말했다.

"호호호, 정말 유코가 도와줘야 되겠다. 나도 훨씬 힘이 더 드는 것 같아."

보보와 자리코의 말에 유코가 얼굴이 빨개지더니 다시 말했다.

"뭐야, 정말? 모두들 날 놀리는 거지?"

피코도 웃으며 말했다.

"뭐 해, 유코? 어서 밀어! 배가 안 나가잖아!"

다시 모두가 웃어대기 시작했다.

그러자 유코는 샐쭉해지며 뒤로 돌아서 동굴로 걸어가기 시작했다.

"몰라! 나 안 해! 우레야, 가자!"

그런데 우레마저 배를 밀면서 웃고 있었다.

"비비비비."

유코가 우레의 뒷덜미를 잡아당기며 소리쳤다.

"우레, 같이 가자니까!"

"꽥!"

유코가 삐친 것을 보고 퍼쿵이 다가와 유코의 손을 잡아끌었다.

"이리와, 유코. 한 사람이라도 도와주면 힘이 덜 드는 건 당연한 거야. 웃어서 미안한데 널 놀린 것은 아니니까 화내지 마."

"정말이에요?"

"그럼. 어서 와서 도와주렴."

"알았어요. 헤헤."

유코는 금세 헤헤거리며 돌아와 배를 밀기 시작했다.

모두가 열심히 배를 밀어서, 물론 퍼쿵과 피코 둘이서도 할 수 있는 일이었지만 곧 배는 강물 속으로 무사히 들어가 떠올랐다.

"됐다! 모두 수고했어."

"오빠도요."

말뚝에 배를 묶어두고 모두들 기분이 좋아져서 동굴로 돌아왔다. 이제 점심을 먹고 모두 배를 타고 한 바퀴 돌기만 하면 오늘 일정도 끝이 나는 것이다.

"어서 점심을 먹자. 그리고 오늘은 소풍이다."

"아아~ 신난다."

모두가 신이 나서 식사를 준비했다. 고기를 굽고 가을에 따 저장해 놓았던 나무 열매를 갈고 법석이었다.

유코가 말했다.

"우리 음식을 준비해서 배로 가져가서 먹어요. 그러면 더 맛있을 텐데."

"그럴까?"

"그래야 진짜 소풍이죠. 안 그래요?"

자리코도 무척 기뻐했다.

"와, 정말 재미있겠다. 그래요, 오빠. 그렇게 해요."

"자리코까지? 좋아, 그렇게 하자."

다들 서둘러 음식을 만들었다. 그리고 대충 싸서 배로 날랐다. 배에 돛을 달아 올리고 모두 올라탄 다음 퍼쿵이 장대로 바닥을 밀자 배는 유유히 강으로 진입하기 시작했다.

둥실둥실 흔들리는 배에 앉아서 음식을 펼치자 입맛이 살아나서 더욱 맛있어 보였다.

"정말 맛있구나."

"바람이 너무 시원해요."

막 잠을 깨워서 데리고 나온 치요가 몸을 움츠리며 말했다.

"시원하긴. 아직은 좀 추운데?"

"호호, 자다 일어났으니까 그렇지."

"그냥 자게 두지 왜 깨웠어?"

"그야 소풍을 나왔는데 너만 빼고 우리끼리 가서야 말이 되니?"

치요가 모자로 해를 가리며 빙긋 웃었다.

"그건 그래."

모두들 기분이 좋아져서 수다를 떨며 식사를 했다.

한참 식사를 하다가 퍼쿵이 말했다.

"유코, 소금 가져왔지?"

"예."

"좀 줄래? 난 싱겁구나."

"잠깐만요."

유코가 소금 자루를 집으려고 뒤로 돌았다.

자리코가 말했다.

"아까 유코가 소금 뿌린 건데? 오빤 좀 짜게 먹더라. 건강에 좋지 않아요."

보보와 피코도 말했다.

"난 괜찮은데… 형은 너무 짜게 먹는 거 아니에요?"

"그래, 퍼쿵은 소금이 없으면 그냥 먹는데 있을 때는 너무 많이 뿌리더라."

퍼쿵이 웃으며 손을 내밀었다.

"하하, 그래도 짠 게 더 맛있는 걸 어떻게 하냐? 유코야, 거기 소금 없어?"

"어? 여기 있었는데… 없어졌어요."

"그래? 잘 찾아봐."

"이상하네. 방금 소금 뿌리고 여기 뒤에다 뒀는데……."

"다른 사람이 가지고 있는 거 아냐?"

"우린 소금 안 만졌는데."

모두 두리번거리며 소금 자루를 찾기 시작했다. 그러자 우레가 슬금슬금 눈치를 보더니 배의 난간 한쪽을 몸으로 가렸다.

유코가 그 모습을 보고 말했다.

"우레, 너 저리 비켜봐. 뭘 가리는 거야?"

"삐? 삐비비비."

우레는 도리도리 고갯짓을 하며 더욱더 난간에 착 붙어 앉았다.

유코가 우레를 안아 들었다.

"비켜봐. 너 수상해."

"삐비비비!"

우레가 비명을 지르며 필사적으로 몸부림쳤으나 유코에 의해 번쩍 들어졌다.

"뭐야? 저거 소금 자루 아냐?"

다들 놀라서 쳐다봤다. 우레가 앉아 있던 자리 뒤쪽으로 소금 자루가 멀리 떠내려가고 있었다.

"어휴! 그렇게 왜 소금 자루를 가지고 장난을 쳐!"

"깨액!"

유코에게 알밤을 맞아가며 우레가 비명을 질렀다.

피코가 물었다.

"어떻게 된 거야?"

"소금 자루를 강물에 빠뜨렸어. 다 녹았겠네."

그러자 피코가 말했다.

"흥, 어째 한동안 말썽 안 부리고 조용히 있는가 했다. 할 수 없지. 당분간 소금 없이 식사해야지. 어차피 거의 다 떨어졌던 건데 뭐."

퍼쿵도 웃으며 말했다.

"그래, 괜찮아. 너무 혼내지 말아라, 유코. 어차피 조금밖에 남아 있지 않았다면서."

유코가 식식거리며 말했다.

"그래도 아깝잖아요. 마지막 남았던 건데. 이 근처에서는 소금을 구하지도 못한다면서요? 소금이 없으면 맛없단 말이에요."

피코가 관심없다는 듯이 말했다.

"그렇긴 해도 우리가 언제부터 맛있는 거 없는 거 따졌다고 그래? 너무 뭐라고 하지 마. 또 집 나갈라."

"알았어요."

제일 서운해하는 것은 유코 같았다. 정작 퍼쿵보다 더 싱거운 음식을 싫어하는 것은 유코였던 것이다.

치요는 별로 변화가 없었다. 그는 음식의 맛이나 간이나 그런 것을 별로 따지지 않았다. 먹는 양도 아주 적고 맛도 신경 쓰지 않는 그런 주의였기 때문에 소금이 떠내려가서 없어졌어도 그다지 관심이 없었다.

퍼쿵이 장대를 들어서 배를 소금 자루가 떠내려가는 쪽으로 밀었다. 그리고 가까이 다가가 장대 끝으로 소금 자루를 건져 올렸다.

자루는 납작하게 퍼져 있다가 장대 끝에 매달리자 묵직하게 부풀어 올랐다가 주르륵 소리를 내며 물을 쏟아냈다.

퍼쿵이 말했다.

"하하, 벌써 다 녹았네. 이젠 포기해. 소금은 없어."

"삐비비."

우레가 머리를 긁적이며 중얼거렸다. 아마 미안하다고 말하는 중인 것 같았다.

식사를 마치자 주위를 살피기 시작했다. 겨우내 걸어다니며 주위를 살피기는 했지만 사냥할 일도 없고 해서 멀리까지 간 적은 없었다. 이렇게 먼 곳까지 살피기는 근 석 달 만에 처음 있는 일이었다.

"곧 풀이 돋아나겠군."

"눈은 거의 다 녹았어."

아직은 황량한 벌판이었다. 잎도 없는 나무들이나 풀이 말라 버린 땅이나 누런 빛깔을 띠고 죽어 있는 것처럼 보였다. 그러나 곧 다시 생명이 싹을 틔우고 그 모습을 나타낼 것이다.

대자연을 바라보는 여섯 젊은이와 한 짐승의 눈도 그 장엄함에 감동한 듯 강물과 함께 물결치고 있었다.

"어? 움직이는 것이 있어."

"고라니다."

사슴처럼 생긴 두 마리의 짐승이 펄쩍펄쩍 뛰어다니고 있었다.

"한동안 보이지 않던 짐승들이 다시 돌아왔구나."

"다행이야. 이제 이곳에도 예전처럼 짐승들이 안심하고 살게 되겠지."

치요가 말했다.

"전쟁만 일어나지 않으면 좋을 텐데……."

"……."

치요의 말에 모두 제정신이 돌아온 듯 입을 다물었다.

그랬다. 평화로운 이곳에 언제 전쟁의 바람이 휘몰아칠지 모르는 일이었다. 터치의 들개족이 전쟁 준비를 하고 있었고 인간족도 마찬가지였다. 두 종족은 서로를 멸망시키기 위해 고대 도시를 찾아서 헤매 다니고 있지 않은가.

유코가 말했다.

"우리 아주 멀리 떠나 버리면 안 돼요? 들개족이나 인간족이 없는 아주 먼 곳으로 말이에요."

"글쎄……."

"그러면 이렇게 고민하지 않고 살아도 되잖아요."

유코의 말에 모두 입을 다물고 생각에 잠겼다.

보보가 한참 만에 입을 열었다.

"전쟁도 없고 고민도 없는 그런 곳이 있을까? 정말 인간족이나 들개족이 없는 곳에 가면 영원한 평화가 있을까?"

퍼쿵이 말했다.

"그건 모르지. 아니, 아닐 거야. 인간족이나 들개족이 없는 곳에는 또 다른 종족이 있을 거야. 그도 저도 없는 곳이라면 아무도 살 수 없는 땅이겠지."

피코가 고개를 끄덕였다.

"그래, 그럴 거야. 그런 곳에서는 우리도, 또 짐승들도 살 수 없을 거야."

자리코가 말했다.

"맞아. 그리고 난 이곳이 좋아. 아무리 위험해도 이곳은 우리 고향인걸. 난 이곳에서 살고 싶어. 가까이 동족들도 있고……."

유코가 물었다.

"동족이라구요? 언니를 쫓아낸 사람들인데도 동족이 좋아요?"

"그럼. 그래도 사람이 없는 곳에서 산다는 것은 너무 외로워. 너희들도 그렇지, 평생 우리끼리만 바라보고 살다가 늙어서 하나씩 하나씩 죽게 되면 그럼 그 다음에는? 그 다음에는 어떡할 거야?"

"우리 아기들이 있잖아요. 우리 아기들이 점점 커서 어른이 되어 있겠죠."

그러자 자리코가 웃었다.

"후후, 유코야, 생각해 봐. 우리 아기들이 커서 어른이 되면? 형제자매끼리 결혼하니? 오빠랑 여동생이랑, 누나랑 남동생이랑 결혼해서 또 아기를 낳고 살아? 설령 그렇게 산다고 하더라도 전부 아들만, 또는 딸만 낳으면 어떡하지?"

그 말에 유코의 얼굴이 새빨개졌다.

"어머! 그런 말은 아니에요. 망측하게……."

"그것 봐. 사람은 서로 어울리면서 살아야 해. 그래야 아기도 낳고 또 그 아기가 커서 아기를 낳고 끊어지지 않고 살아가지."

모두가 조용히 그 말을 듣고 있었다. 유코도 비로소 알아듣겠다는 듯이 고개를 끄덕였다.

자리코의 말이 이어졌다.

"난 멋진 사람과 결혼해서 예쁜 아기를 낳고 싶어. 그래서 그 아기가 커서 결혼하는 거 보고 싶어. 손자, 손녀가 태어나는 것도 보고 싶고… 우습지만 이게 내 꿈이야."

자리코의 표정이 정말 꿈에 잠긴 듯 아련해졌다.

치요가 멀리 산을 가리켰다.

"저기 봐. 고라니의 새끼들이 따라 나왔어."

"어머, 정말! 너무 예쁘다."

"너무 귀엽지? 저 엄마 뒤꽁무니만 따라다니는 것 좀 봐."

바람을 타고 강을 거슬러 올라가는 배 위에서 모두 자연을 바라보며 감상에 젖었다.

늦겨울 오후의 햇살이 따사롭게 모든 강과 산을, 그리고 그 위에 살고 있는 동물들에게 골고루 내려 비춰지고 있었다.

그들은 해질 녘이 되어서야 동굴로 돌아왔다. 배를 단단히 묶어놓고 저녁 식사를 준비했다.

고기를 잘라서 굽고 나무 열매도 갈았다. 매일 똑같은 식사였지만 그래도 배가 고프니 항상 맛있었다.

다만 소금이 다 떨어져서 좀 아쉬웠다. 모두가 무덤덤히 고기를 뜯어 먹었다.

유코가 말했다.

"아, 소금이 있었으면 좋겠다. 너무 싱거워."

다른 사람들도 얘기하지는 않았지만 같은 생각을 하고 있었다.

퍼쿵이 그리운 듯이 말했다.

"서쪽 바닷가에서 살 때는 소금 걱정을 할 필요가 없었지. 바다는 그야말로 소금 창고니까. 그냥 떠다가 말리면 소금이 생겼거든."

자리코가 신기한 듯이 물었다.

"정말? 그럼 바닷물이 짜단 말야? 왜?"

"몰라. 그냥 짜. 왜 그런지는 나도 모르겠어. 아무튼 소금 걱정은 안 하고 살았어. 소금 광산을 찾아다닐 필요도 없었고."

자리코가 부러운 듯이 말했다.

"그럼 소금 값도 싸겠다."

"싸고 뭐고가 어딨어? 팔지도 않았는데. 그냥 떠다가 말려서 먹으면 되는걸. 한마디로 살기 좋은 곳이었어. 바다에서 잡은 물고기는 맛도 좋아. 강의 고기와는 다르지."

자리코는 계속 놀라고 있었다.

"짠물에 고기가 살 수 있어?"

이번에는 보보가 대답했다.

"바다에는 강보다 더 고기가 많아, 훨씬 크고. 그리고 조개도 훨씬 많고, 게도 있고, 김도 있고, 미역도 있어."

유코도 맞장구를 쳤다.

"맞아. 게랑 조개랑 먹고 싶다. 생선회도 먹고 싶다. 되게 맛있는데……."

퍼쿵과 피코가 의외라는 듯이 보보를 바라보았다.

"보보, 너는 모르는 게 없구나? 너 혹시 바닷가에서 살았던 거 아닐까? 기억을 잃어버리기 전에 말야."

"글쎄요? 그런가? 왜 그런 기억이 생생하게 나죠?"

유코가 뾰로퉁해져서 말했다.

"오빠, 나도 알고 있는데 왜 보보만 자꾸 똑똑하다고 해요? 오빠는 날 바보라고 생각하는 거죠?"

그러자 모두 와 하고 웃었다.

"미안, 우리 유코도 똑똑하지. 미안해."

"흥, 몰라요!"

"하하하, 호호호."

얘기하는 사이에 이미 다 익은 고기들이 쩍쩍 갈라지며 끓어오르고 있었다. 그들은 이제 유쾌해져서 식사를 하기 시작했다.

한참 후, 모두가 식사를 마치고 배를 두드리며 앉았다. 먹는 양이 많은 퍼쿵만이 아직도 고기를 뜯어 먹는 중이었다.

"더 먹지 그러냐? 고기가 남았는데……."

그러자 피코가 말했다.

"됐어. 그만 먹을래. 배 생각도 해야지."

피코의 말에 유코가 갑자기 배를 움켜쥐었다.

"아참, 나 살 빼기로 했는데!"

보보가 유코의 배를 보며 말했다.

"어째 아침보다 더 나온 것 같다."

유코가 배를 두 손으로 가리며 보보를 흘겨봤다.

"뭐야? 쳐다보지 마!"

모두가 유코의 배만 쳐다보고 있었다.

자리코가 말했다.

"괜찮아, 유코. 그렇게 많이 나오지 않았어. 나도 그 정도는 되는걸?"

피코가 웃었다.

"그래도 자리코는 가슴이랑 허리랑 엉덩이가 구분은 가잖아. 유코는 요즘 아예 통짜가 됐어."

유코가 식식거리며 돌아앉았다.

"그, 그거야 자리코 언니는 왕가슴이니까 그렇죠!"

"어머! 쟤는……."

자리코가 가슴을 가리자 모두가 유쾌하게 웃었다.

퍼쿵이 뜯던 고기를 내려놓으며 말했다.

"나도 그만 먹어야겠다. 싱거워서 속이 느글거린다."

갑자기 자리코가 손뼉을 치며 일어섰다.

"아참, 나한테 소금이 좀 있어. 잊어버리고 있었네?"

모두 자리코를 바라봤다.

"웬 소금이 있어?"

"성에서 나올 때 조금 얻어온 게 있었는데 까맣게 잊고 있었지 뭐야? 잠깐 기다려. 가지고 올게."

자리코는 모닥불에서 불이 잘 붙은 장작을 하나 집어 들더니 동굴로 달려갔다.

어두운 구석에 놓아두었던 짐을 뒤지며 이것저것 꺼내던 자리코가 작은 병 하나를 들고 돌아왔다.

퍼쿵이 말했다.

"그게 뭐야?"

"소금이라니까."

자리코는 활짝 웃었다.

"아주 조금이지만 한 끼는 먹을 수 있을 거야."

모두가 반가운 듯이 자리코의 손에 든 작은 병을 바라봤다.

"아아, 그런 게 있었어?"

"진작 얘기하지, 식사하기 전에……."

"미안해. 지금 생각이 났어."

그러던 도중 치요가 물었다.

"웬 거야? 어떻게 그걸 가지고 나왔어? 당시엔 소금이 무척 귀했던 걸로 아는데……."

자리코가 빙그레 웃었다.

"그 사람이 줬어. 이름이 뭐였더라?"

보보가 물었다.

"누구?"

"너도 봤잖아. 키가 작고 잘 웃던 아저씨."

"부르크 대신?"

"아, 그래, 부르크 대신. 그 아저씨가 나중에 사용하라며 챙겨줬어."

부르크 대신의 이름을 들은 보보의 표정에 약간 의문의 빛이 떠올랐다.

"그 사람이 줬다고?"

"소금을 구하기 어려울 거라면서……. 왜?"

보보가 말했다.

"아니, 그냥……. 그런데 그 사람이 우리한테 호의적이었던가?"

자리코 역시 보보의 반응이 이해가 안 간다는 표정이었다.

"왜 그래? 그 사람이 어땠는데?"

"아니, 내가 기억하기로는 그 사람 어딘지 우리한테 반감을 가지고 있는 것처럼 보였거든."

"아닌데? 나한테 되게 친절하게 이것저것 챙겨줬었는데? 계속 웃는 얼굴이었고……."

"그래? 아무튼 내가 받은 인상은 그리 좋지 않았어."

"그럼 어때? 다 지나간 일인데. 어쨌든 소금이 있으니 좋잖아?"

"그야 그렇지만……."

다른 사람들도 자리코와 보보의 이야기를 주의 깊게 듣고 있었다.

치요가 말했다.

"그건 보보 말이 맞아. 나도 그 사람 마음에 들지 않더라. 어딘지 모르게 웃음 속에 뭔가를 잔뜩 감추고 있는 듯한 그런… 음흉해 보이는 인상이었어."

치요뿐이 아니었다. 퍼쿵과 피코도, 심지어 유코마저도 그런 인상을 받았다고 했다.

그러자 자리코의 표정이 머쓱해졌다.

"하지만 내게는 잘해줬는데……."

유코가 말했다.

"그건 언니가 예쁘기 때문이었을 거야. 남자들은 다 엉큼하잖아요? 그 아저씨가 언니한테 흑심을 품고 있었을지도 몰라요. 호호호."

유코의 말에 모두 웃음을 터뜨렸다.

퍼쿵이 말했다.

"하하하, 그런 건가? 자리코가 예쁘긴 하지. 하하하."

피코도 말했다.

"그래, 그 아저씨 음흉하게 생기긴 했더라. 얼굴이 하얀 게 비쩍 말라 가지고."

자리코의 뺨이 달아올랐다. 부끄러워서 얼굴을 가리며 말했다.

"몰라몰라. 그러지 마. 다들 왜 그래?"

퍼쿵이 놀리기 시작했다.

"어어, 얼굴 빨개졌어. 그건 인정한다는 뜻?"

치요도 농담을 했다.

"하하, 정말 그런가 본데? 자리코, 정말 그런 거야? 인정하는 거야?"

자리코는 부끄러워서 얼굴을 감싼 채 고개를 푹 숙였다.

"싫어. 그만 해. 나 화낸다."

그러자 피코가 한마디 했다.

"가만, 정작 흑심을 품은 사람이라면 그 사람 아냐? 그 늙은 왕 말야. 왕이 유코에게 흑심을 품었었잖아. 그… 뭐라고 했더라? 회춘이라고 했던가?"

이번에는 유코가 발끈 화를 냈다.

"어머, 피코! 갑자기 왜 그 얘긴! 하여튼 악취미야. 그 늙은이가 어디 나하고 어울릴 법이나 해요?"

피코가 킥킥거리며 말을 이었다.

"왜, 잘 어울리던데? 너보고 엄마라고 부를지 누가 알아?"

"관둬요! 이제 그 얘기 그만 해요. 언니, 어서 소금이나 줘요."

모두가 깔깔거리며 웃었고 유코는 자리코에게서 병을 받아서 뚜껑을 열더니 음식에 뿌리기 시작했다.

잘 익은 고기에 소금이 뿌려지자 모두들 입에 군침이 돌았다. 생각만 해도 맛있을 것 같았다.

하지만 모두가 배가 너무 불러 달려들지는 않았다. 멀찌감치 앉아서 구경만 하고 있었다.

"자요, 오빠."

유코가 퍼쿵에게 고깃덩이를 건네주고 자기도 한 덩이 집어 들어서 입에 물려는 순간이었다.

보보가 말렸다.

"너 살 뺀다며?"

"아, 그렇지. 나 살 빼야지?"

유코가 민망한 표정을 지으며 고기를 살짝 내려놓았다.

그 모습을 보고 퍼쿵이 말했다.

"괜찮아, 유코. 아직 날씬해. 조금 더 먹어도 돼."

"안 돼요. 안 먹을래요."

"조금 통통해도 예쁜데 뭘……."

"그, 그래요? 하긴 예쁜 게 어디 가진 않겠죠? 호홋!"

유코가 반색을 하며 또 잘난 체를 시작했다. 그리고 벌떡 일어나 손에 묻은 음식을 옷에 쓱쓱 닦더니 제 허리를 만져 보며 이리저리 걸어 다녔다. 운동을 하는 모양이었다.

"아마 조금 더 날씬해지면 더 이쁘겠죠? 호호."

퍼쿵이 웃으며 한입 베어 물었다.

"지금도 예뻐. 오빠는 유코가 언제나 예쁘게 보여."

"고마워요, 오빠. 역시 오빠는 좋은 남편감이야."

오랜만에 유코의 입에서 남편 얘기가 나왔다. 그 말에 퍼쿵이 머쓱해지며 다시 고기를 뜯어 먹었다.

다른 아이들은 배가 부른지라 잡담을 하고 있었다.

그때였다.

"컥!"

갑자기 퍼쿵이 씹던 고기를 울컥 토해냈다.

모두 깜짝 놀라서 퍼쿵을 바라봤다.

퍼쿵은 안색이 새파래져서 목을 쥔 채 엎어져 있었다.

"왜?! 왜 그래, 퍼쿵?!"

"꺄악! 오빠! 왜 그래요? 어디 아파요?"

"형?!"

모든 아이들이 순간 퍼쿵의 주위로 모여들었다.

퍼쿵은 목을 움켜쥔 채 신음했다.

"으으… 윽! 컥!"

퍼쿵의 입에서 먹었던 고기들이 게워져 나오고 있었다. 거의 의식이 없는 듯 보였다. 그대로 모닥불로 엎어지려는 것을 피코가 재빨리 달려들어 옆으로 비켜나게 했다.

"이상해. 퍼쿵이 왜 이러지?"

"퍼쿵! 정신 차려!"

보보가 소리쳤다.

"어서 퍼쿵을 토하게 해! 음식이 이상했나 봐!"

"음식이?"

피코가 퍼쿵을 부축한 채 연신 등을 두드려 댔고 자리코는 급히 손을 퍼쿵의 입 안에 쑤셔 넣었다. 자리코의 긴 손가락이 퍼쿵의 목 깊은 곳을 자극하자 아까 먹었던 음식들까지 울컥 쏟아져 나왔다.

치요는 급히 마법책을 가져와 뒤지기 시작했다.

"치유 마법… 치유 마법이 적혀 있었어. 잠깐만."

유코는 놀라서 안절부절못하며 어쩔 줄을 몰랐다.

"오빠! 오빠! 일어나요! 정신 차려요!"

보보가 이상하다는 듯이 말했다.

"같이 먹은 우리는 괜찮은데 왜 퍼쿵만?"

잠시 생각하던 보보가 소리쳤다.

"유코! 어서 나가서 손을 씻어! 옷도 다 벗어버리고 아예 목욕을 하고 와! 그 옷 다시 입으면 안 돼."

유코는 영문을 모르겠다는 듯이 물었다.

"왜? 이렇게 추운데 목욕을?"

보보가 소리쳤다.

"소금! 소금이야! 부르크가 주었다는 소금! 퍼쿵이 우리와 따로 먹은 것은 그 소금밖에 없어! 네 손과 옷에도 소금이 묻었어. 절대 입에 갖다 대지 말고 어서 씻고 와! 빨리!"

유코는 허둥대며 대답했다.

"아, 알았어! 퍼쿵 오빠는? 오빠는 어떡하지?"

"이미 먹었어. 어서 너부터 씻고 와!"

"알았어."

유코가 밖으로 달려나가자 우레도 유코의 뒤를 따라 뛰었다.

유코가 달려나가자마자 치요가 소리쳤다.

"찾았다! 여기 있어!"

퍼쿵은 먹은 것을 다 토하고 의식을 잃은 채 경련하고 있었다.

손발이 마구 뒤틀리며 눈은 하얗게 뒤집혔다. 숨을 쉬는 것마저 벅차 보였다.

보보가 먹으려고 떠놓았던 물동이를 들고 오며 말했다.

"물! 여기 물이 있어. 어서 퍼쿵의 입 안을 씻어내! 저대로 두면 숨이 막히겠어. 인공호흡을 해야 해!"

자리코가 얼른 물을 받아서 퍼쿵의 입에 손바닥으로 물을 부어가며 씻기 시작했다. 입 안과 목구멍에 걸린 음식물까지 다 씻어내고 나자 보보가 인공호흡을 하겠다고 달려들었다.

피코가 걱정스레 물었다.

"괜찮겠어? 너까지 중독되는 거 아냐?"

"깨끗이 씻어냈으니 괜찮을 거야. 지금으로써는 이 방법밖에 없어. 시간이 없어."

그러자 자리코가 막아섰다.

"아니, 내가 할게. 넌 해본 적 없잖아."

보보도 물러서지 않았다.

"아냐. 위험하니까 내가 할래."

자리코가 단호히 말했다.

"난 경험이 많아. 그러니 내가 하게 둬! 퍼쿵 오빠를 살려야지 않아?"

"아, 알았어."

자리코는 곧 퍼쿵의 코를 손가락으로 막더니 입을 밀착시켰다. 다년간 간호사로서 살아온 자리코는 능숙하게 퍼쿵의 입으로 숨을 불어 넣었다. 조그만 여자가 곰처럼 커다란 사내에게 숨을 불어 넣기란 여간 힘든 일이 아니었으나 그녀는 굉장히 능숙했다. 숨을 불어 넣을 때마다 퍼쿵의 가슴이 부풀어오르는 모습이 확연히 눈에 띄었다.

그렇게 숨을 불어 넣고 가슴을 누르는 동작을 끝없이 반복하며 퍼쿵의 숨이 간신히 이어지고 있었다.

"어떻게 됐어?"

유코가 달려들어 오며 소리쳤다. 상황이 어찌나 급한지 그 찬물에 목욕을 한 유코가 알몸으로 물을 뚝뚝 떨어뜨리며 달려오고 있었다. 창피한 것도 느껴지지 않는 모양이었다.

그랬다. 유코는 지금 아무것도 느끼지 못하고 퍼쿵만을 바라보며 뛰고 있었다. 보보의 말대로 급히 강으로 나가 옷을 모두 벗고 물속으로 뛰어들었다. 물이 얼음처럼 차가왔으나 급히 머리부터 발끝까지, 특히 손을 정성 들여 씻고 그대로 달려오는 참이었다. 벗어버린 옷은 그녀가 씻는 동안 바람에 날려가 사라져 버렸다.

새파랗게 얼어서 가슴을 감싼 채 부들부들 떨고 있는 유코에게 피코가 급히 달려가 수건으로 물기를 닦아주었다. 그리고 새옷을 가져다가 입는 것까지 도와주었다.

유코가 훌쩍거리며 물었다.

"어떡해! 어떡해! 퍼쿵 오빠 죽으면 안 돼요!"

치요는 책에 쓰여 있는 대로 주문을 외우고 있었다. 퍼쿵의 머리카락을 몇 가닥 뽑아서 매개물로 사용하면서 대상의 생명력을 높여주는 불을 일으키고 있었다.

그 모습을 본 우레가 얼른 치요의 머리 위로 올라가 앉았다. 그러자 금세 치요의 손바닥에 일던 불이 몇 배로 환하게 밝아지는 것이 보였다.

치요가 그 불을 퍼쿵의 심장을 향해서 보내기 시작하자 퍼쿵은 몸을 움찔움찔 떨더니 조금 경련이 진정되는 것처럼 보였다.

인공호흡을 하던 자리코가 입을 떼고 숨을 몰아쉬었다. 무척 힘든 모양이었다.

치요의 치유 마법 덕분인지 이제 퍼쿵은 약하게나마 스스로 숨을 쉬고 있었다.

자리코가 이마의 땀을 닦으며 퍼쿵의 옷을 벗기기 시작했다. 피코도 달려들어 퍼쿵의 옷을 벗겼다. 알몸이 된 퍼쿵의 온몸에 벌써 새파란 반점이 얼룩덜룩하게 돋아나 있었고 손발은 더욱 심했다.

보보가 중얼거렸다.

"심각한데? 소금에 뭘 집어넣었길래 금세 이렇게 심하게 중독이 되지? 유코, 소금을 얼마나 뿌렸어?"

"흑흑, 조금. 아주 조금밖에 안 뿌렸어. 많지가 않아서……."

"그나마 다행이군. 많이 먹지는 않은 것 같으니……."

치요가 주문을 멈추고 말했다.

"어때? 좀 나아졌어?"

"조금. 치유 마법이 효과가 있나 봐."

피코가 자리코에게 물었다.

"소금을 준 사람이 부르크라고 했지?"

"응. 그 사람이 소금이 귀할 거라면서 넣어준 거야."

보보가 말했다.

"그놈이 틀림없어. 그놈이 우릴 모두 죽이려고 독을 준 거야. 저 소금에는 분명히 독이 섞여 있어. 만일 식사 전에 소금을 뿌렸다면 우린 모두 죽었을 거야."

자리코가 소리쳤다.

"어머! 퍼쿵 오빠의 상태가 또 좋지 않아!"

모두가 돌아보았다. 퍼쿵은 다시 경련을 일으키며 숨을 쉬지 못하고 있었다.

치요가 급히 주문을 외웠다. 잠시 후 다시 퍼쿵의 숨소리가 들리기 시작했다.

보보가 말했다.

"이대로는 안 돼. 치요가 계속 주문을 외우고 있을 수만은 없잖아? 다른 방법을 생각해 봐야 해."

피코가 일어서며 말했다.

"건너편 굴에 다녀올게. 그쪽에 혹시 독에 대해서 잘 아는 사람이 있을지도 몰라."

"우선 그렇게라도 해봐야지. 어서 다녀와."

피코가 빠른 속도로 건너편으로 달려갔다. 치요는 계속 주문을 외우고 있었고 자리코는 퍼쿵의 온몸을 물수건으로 닦아내는 중이었다.

그렇게 반 시간 정도가 지나자 들개족 남자들과 함께 피코가 돌아왔다. 얼마나 서둘렀는지 피코의 이마에서는 땀이 줄줄 흘러내렸고 몸에서도 김이 폴폴 올라오고 있었다.

"어때? 좀 나아졌어?"

"아직도 그대로야."

들개족 남자들이 물었다.

"왜 이렇게 된 거야? 뭘 먹었어?"

"저거예요. 소금인 줄 알고 뿌렸는데 먹자마자 금세 쓰러졌어요."

들개족들은 가죽으로 병을 싸서 들더니 가만히 살펴보았다. 그리고 냄새도 맡아보았다.

"아무 냄새도 나지 않아. 보기에는 정말 소금인 것 같은데?"

"조심해요. 아주 조금 먹고 쓰러졌어요. 냄새 맡는 것도 위험해요."

들개족이 물었다.

"이거 어디서 났냐?"

"인간족이 준 거예요. 소금이라고 하면서……."

그러자 들개족들의 얼굴에 의문의 표정이 나타났다.

"인간족이? 왜? 너희들도 인간족이잖아? 왜 동족을 죽이려고 독을 소금이라고 주었을까?"

그 말에 잠시 모두가 입을 다물었다. 전쟁과 관련된 일은 절대로 말하지 않기로 했기 때문이다.

들개족이 다시 물었다.

"정말 인간족이 소금이라고 주었어? 어디 보자."

그가 품 안에서 조그만 은 조각을 꺼냈다. 그것을 막대기 끝에 매달아서 병 속에 집어넣었다가 뺐다.

"아무 변화도 없는데?"

"물에 녹여서 해봐요."

다시 물에 녹여서 은을 집어넣자 은은 곧 새까맣게 변색했다.

"역시 독이군. 소금에 독을 섞었어."

"무슨 독이에요?"

"그것까지는 우리도 잘 모르겠구나. 음… 어쩌지? 족장님도 안 계시니……."

그들의 족장인 꼬치는 고향으로 떠나고 없었다.

그렇게 아무 소득도 없이 모두 고민하면서 시간만 가고 있었다.

주문을 잠시 멈춘 치요가 말했다.

"알았어요. 아저씨들은 이제 돌아들가 보세요. 와주셔서 고맙습니다."

"미안하구나. 어떻게 손을 쓸 방법이 없어."

"할 수 없죠. 우리가 어떻게라도 해볼게요."

"미안하다. 가서 의논을 더 해보고 또 오마."

"예. 조심해서 가세요."

들개족들이 돌아가고 나자 치요는 다시 주문을 외워 생명의 불을 키워놓고 말했다.

"어떻게 하지? 이대로는 오래 버틸 수 없어. 저 불은 잠시 생명을 연장해 줄 뿐이지 해독을 하진 못해."

자리코가 말했다.

"인간족의 성으로 가봐야겠어. 거기서 우리 의원님을 모셔 오자."

보보가 물었다.

"의원님을? 자리코를 키워주었다던 그 아저씨?"

"응. 그분이라면 어떻게 할 수 있을지 몰라. 전에도 중독된 사람들을 많이 살려내셨어. 게다가 그분은 독에 대해서 잘 알아. 독을 사용해서 약을 만드시거든."

피코가 고개를 저었다.

"하지만 퍼쿵은 어떡하고? 이 상태로 인간의 성에 데리고 갈 수는 없잖아?"

보보도 말했다.

"맞아. 게다가 이 독을 준 사람이 우릴 보게 된다면 반드시 공격해 올 거야."

피코가 말했다.

"그거야 충분히 막아낼 수 있어. 안 되면 그들과 다시 싸움을 벌여서라도……. 하지만 저 상태로 퍼쿵을 이동시킨다는 것은 무리야. 가다가 죽고 말 거야."

다시 모두 침묵에 잠겼다.

갑자기 유코가 소리쳤다.

"이렇게 하자!"

"퍼쿵 오빠는 치요와 함께 여기에 놔두고 자리코와 내가 가서 그 의사 아저씨를 데리고 오는 거야."

"시간이 꽤 걸릴 텐데……."

"정령에게 부탁하면 돼. 정령이 빠른 속도로 우릴 데려다 줄 거야."

보보가 걱정스럽게 말했다.

"하지만 그러면 네 생명이 깎이잖아."

유코가 고개를 저었다.

"그렇다고 바로 죽는 것도 아니잖아. 지금은 내 생명이 조금 깎여도 어쩔 수 없어. 바로 이럴 때 쓰지 않으면 정령술이 다 무슨 소용이니?"

유코의 말에 모두가 입을 다물었다. 유코가 걱정이 되기 때문이었다. 그러나 유코는 고집을 꺾지 않았다.

"퍼쿵 오빠를 살리지 못하면 나도 죽어버릴 거야. 내가 오빠 없이 어떻게 살아? 생각해 봐. 오빠는 우리에게 얼마나 잘해줬니? 우린 오빠를 만나지 않았다면 벌써 죽었을걸?"

보보가 고개를 끄덕였다.

"그래, 맞는 말이야. 그럼 유코, 네게 맡길게. 나도 함께 가겠어. 너와 자리코만 보내는 것은 위험해."

그러자 피코가 보보의 어깨를 잡았다. 보보가 뒤를 돌아보자 피코가 일어섰다.

"그런 위험스러운 일이라면 내가 더 제격이지. 넌 여기서 치요를 도와서 퍼쿵을 보살펴. 죽지 않도록……. 치요도 곧 지치게 될 거야."

아닌 게 아니라 벌써 치요의 모습에는 피로가 역력해 보였다.

잠시 생각하던 보보가 대답했다.

"알았어, 피코. 부탁해!"

피코가 급히 검을 찾아서 허리에 맸다. 단검들도 모두 챙겨 넣은 후 말했다.

"지금 즉시 출발하자. 유코, 자리코, 준비됐지?"

"응."

세 여자는 즉시 입구 쪽으로 바삐 달려나갔고, 굴 안에는 퍼쿵과 보보, 치요, 우레만 남았다.

보보가 말했다.

"치요, 얼마나 버틸 수 있어?"

"아직은……. 하지만 저 상태로는 점점 나빠질 거야. 독이 온몸으로 퍼지고 있으니까."

"큰일인데……."

한참을 고민하던 보보가 입을 열었다.

"치요, 뭐 좀 물어볼게. 네 불 마법 말야."

"응."

"그걸 반대로 사용할 수 있겠어?"

"반대로?"

"열을 일으키는 것을 반대로 말야. 열을 빼앗을 수도 있느냐고……."

"가능하지. 그건 왜?"

"그럼 퍼쿵을 얼려 버릴 수도 있겠구나."

"물론! 마법을 거꾸로 발현시키면 되니까."

보보의 얼굴에 잠시 희색이 돌았다. 치요는 보보가 하는 말의 의도를 몰라서 어리둥절해 쳐다보았다.

그런 치요를 그대로 두고 보보가 어디론가 달려나갔다.

잠시 후 돌아온 보보의 등에는 커다란 용의 가죽이 한 두루마리 얹어져 있었다.

"그건 뭐 하려고?"

보보는 열심히 힘들여서 퍼쿵을 가죽 위로 옮기기 시작했다. 어찌나 무거운지 보보도 금세 숨이 넘어갈 것 같아 보였다. 그러나 좀처럼 퍼쿵은 들려지지 않았다.

치요가 보보를 제지했다.

"가만히 있어. 내가 할게."

치요가 염력을 발동하기 시작하자 퍼쿵이 살며시 공중에 떠오르더니 가볍게 깔려 있는 가죽 위로 옮겨져 내려앉았다.

그리고 다시 물었다.

"뭘 하려고?"

"의사를 데리고 돌아올 때까지 퍼쿵 형을 얼려 버리려고."

"얼린다고?"

"응. 동물을 영하 사십 도 이하로 순간적으로 얼려 버리면 죽지 않고 그대로 생명 활동만 정지돼. 그거 알고 있니?"

"아니. 얼면 죽는 거 아냐?"

"그렇지 않아. 이미 그 방법은 불치병 환자들에게 많이 사용되는 거야. 자세한 설명을 할 시간이 없으니 어서 퍼쿵 형을 얼려줘."

치요는 의심스런 표정으로 주저하고 있었다. 그 뒤로 보보의 설명이 뒤따랐다.

"천천히 얼리면 안 돼. 그러면 죽게 돼. 순간적으로 얼려 버려야 해. 그리고 온도를 영하 사십 도 이하로 내려서 그대로 보존해야 해."

치요가 고개를 끄덕였다.

"알았어. 네 말을 믿지. 넌 모르는 게 없으니까. 잠시만 기다려."

치요는 퍼쿵이 누워 있는 가죽의 주위에 진을 그리기 시작했다.

"이건 어떤 상태를 그대로 유지시키는 성질을 가진 진이야. 진이 깨어지지 않는 한 열흘 이상은 유지시킬 수 있어."

치요는 설명하며 바삐 진을 그렸다. 그리고 우레의 깃털을 모아놓은 주머니를 꺼내 와서 진의 요소마다 하나씩 깃털을 놓았다. 그리고 그 위에 퍼쿵의 머리카락도 뽑아서 올려놓았다. 그리고 그 위에 돌을 올려 고정시켰다.

그러는 와중에도 퍼쿵은 가냘픈 숨을 쉬며 가끔씩 몸에 경련을 일으키고 있었다.

진이 완성되자 치요는 우레를 머리에 얹어놓고 주문을 외우기 시작했다. 치요는 불 마법에 있어서 상당한 고수였기 때문에 어렵지 않게 열기를 조절하고 있었다. 전에는 외부의 열기를 자신의 몸으로 끌어들여 응축시킨 다음 그걸 방출했는데 이번에는 반대였다.

치요의 몸에서 열기가 빠져나가기 시작했는지 옆에 있는 보보에게는 화끈거리며 뜨거운 기운이 느껴졌다. 시간이 조금 지나자 퍼쿵의 몸에 성에가 끼기 시작하는가 싶더니 순식간에 퍼쿵과 진이 퍽 소리를 내며 한꺼번에 김을 뿜어댔다. 그리고 뜨거운 기운이 치요의 몸 밖으로 확 뿜어져 나왔다.

"우왓! 뜨거워!"

보보가 얼굴을 가리며 비명을 질렀다.

잠시 후 열이 사라졌다. 눈을 떠보니 치요는 아무렇지도 않았고 퍼쿵은 진과 함께 하얗게 얼어 있었다.

보보가 물었다.

"된 거야?"

"영하 오십 도 정도 될 거야. 저대로 진의 힘을 빌어 열흘 정도 버틸 수 있어."

"수고했어, 치요. 이제 열흘 안에 해독제를 찾아내야 해. 혹시 몰라서 묻는데 열흘이 지난 뒤에 다시 얼릴 수 있겠지?"

"물론. 다시 주문을 외면 또 얼릴 수 있어."

"좋아. 이제 기다려 보는 수밖에……."

두 아이는 독이 든 소금 병에 뚜껑을 덮은 뒤 가죽으로 잘 싸서 보관해 두었다. 그리고 퍼쿵이 먹던 고기와 토사물 역시 손에 묻지 않도록 조심해서 잘 싸두었다. 그리고 퍼쿵이 얼어 있는 진 주위에 다시 방어진을 만들어 아무도 발견하지 못하도록 숨겨 버렸다. 누군가 와서 진을 무너뜨리면 안 되기 때문이었다.

모든 준비를 마치고 나자 조용히 앉아서 퍼쿵을 지켜보았다. 퍼쿵은 마치 조각상처럼 하얗게 얼어서 꿈쩍도 하지 않고 누워 있었다. 그의 표정에 괴로운 흔적이 역력했다.

제7장 인간족 의사

배는 바람의 정령에 의해서 쏜살같이 물을 가르며 몇 시간째 거슬러 올라가고 있었다. 전에 인간의 마을에서 물의 흐름을 따라 내려올 때는 이틀 정도 걸렸으나 지금은 속도가 그것보다 몇 갑절이나 빨랐다. 물을 거슬러 올라가고 있는 것을 감안하면 엄청난 속도였다.

피코가 놀라며 중얼거렸다.

"휴! 마치 태풍이라도 불어오는 것 같군."

자리코도 강풍에 몸을 움츠리며 주위를 둘러보았다. 어두워서 아무 것도 보이지는 않았지만 희미하게 보이는 바로는 엄청난 속도로 가고 있는 것을 알 수 있었다. 말 그대로 태풍 같은 바람이 돛을 밀어대고 있었다.

배의 뒷전에 앉은 유코가 계속 혼자서 중얼거리고 있었다. 아니, 혼자서 중얼거리는 것처럼 보였다. 아마도 바람의 정령이라는 것과 얘기를 하는 중인 것 같았다.

　유코가 정령에게 물었다.

　"얼마나 걸릴 것 같아?"

　『곧 도착해요. 한 시간 정도 더 가면 돼요.』

　"정말 고맙다, 이렇게 도와줘서."

　『고맙긴요. 공짜는 아니니까 너무 신경 쓰지 마세요.』

　"어쨌든……."

　유코는 바람의 정령이 무관심하게 내뱉는 말에 자신의 생명이 줄어든다는 말이 떠올랐다.

　속으로 마음을 굳게 먹었다.

　'그래, 그까짓 몇 년 덜 산다고 해서 그리 나쁠 것도 없지. 퍼쿵 오빠를 살리는 게 더 중요해.'

　그러면서도 약간 무섭다는 생각이 드는 것은 어쩔 수가 없었다. 그래서 배를 밀고 있는 정령에게 물었다.

　"궁금한 게 있는데 말야?"

　『뭔데요?』

　"내가 너희 정령들의 힘을 빌릴 때마다 내 생명이 얼마나 줄어들게 되는 거니?"

　『그야 하는 일에 따라서 다르지요. 적게는 몇 시간에서 많게는 몇 년도 줄어들지요. 하는 일에 따라서는 당장 생명과 맞바꾸기도 하고요. 왜요? 아직 그걸 몰랐어요?』

　"으응, 실은 자세히 듣지 못했어. 그동안 정령들이 얘기해 준 적이 없었거든."

　『작은 일은 얘기하지 않아요. 하지만 아주 큰일이나 해서는 안 되는 일을 부탁받을 때에는 대개 조건을 걸죠. 때로는 정령술사가 당장 목숨과 바꿔야 하는 일도 있으니까.』

"저… 그냥 공짜로 해주면 안 되는 거니? 좋은 일인 경우에 말야."

『하하, 그렇게는 안 돼요. 정말 아무것도 모르시나 보군요. 정령이 무슨 일을 부탁받아서 수행하려면 조건이 필요하답니다. 정령은 자신의 힘만으로 부탁받은 일을 하는 것이 아니거든요.』

"그럼? 또 무슨 조건이 필요한데?"

『몇 가지가 있지요. 첫째, 정령술사의 의지가 있어야 해요. 그리고 둘째는 정령술사의 능력이 필요하고요. 정령술사는 정령의 힘을 빌지만 우리 정령들은 정령술사의 능력을 이용해서 힘을 발휘하거든요. 보통 사람들이 정령을 다루지 못하는 것이 바로 그 이유예요. 그들은 정령이 이용할 수 있는 힘을 가지고 있지 않거든요. 그러니까 대가라고 하긴 해도 정령이 실제로 이득을 보는 일은 하나도 없어요. 정령은 대가라고 불리는 그 힘을 이용해서 심부름을 하는 것뿐이니까요.』

"그, 그랬구나."

유코가 고개를 끄덕였다.

무슨 얘기인지 대충 알 것 같았다. 정령술사가 정령을 부리는 것은 곧 자신의 힘을 사용한다는 뜻이었다. 다만 자신의 힘을 꺼내 사용할 능력이 정령술사에게는 없었고, 그것을 꺼내어주는 것은 정령만이 할 수 있다는 그런 말 같았다.

유코가 잠시 머뭇거리더니 다시 물었다.

"저… 저기 오늘 해준 일로 내 생명이 얼마나 줄어들까?"

『이런 일은 별것 아니에요. 많아야 삼사 일 정도 줄어들 거예요, 아마.』

"응… 그렇구나."

유코가 고개를 끄덕였다.

잠시 후 멀리서 불빛이 보이기 시작했다. 인간족의 성이었다. 성문마다 환하게 불이 밝혀져 있었고 그 안쪽의 건물들에서도 군데군데 불빛이 새어 나오고 있었다.

자리코가 말했다.

"다 왔어. 선착장에 배를 대야 하는데 병사들 때문에 걱정이야. 성문을 통과할 수 있을지 모르겠어."

피코가 검을 잡으며 말했다.

"통과해야지. 무슨 수를 써서라도……."

유코가 말했다.

"선착장 말고 다른 곳에 배를 대죠. 전에 보보가 지도에 표시했던 거 기억나요. 하수구가 있다고 했었잖아요."

피코가 고개를 저었다.

"하지만 그곳이라고 보초가 없겠어? 지난번 들개족과 전투를 벌였던 곳이 하수구인데……."

유코가 말했다.

"그러면 비밀 출구를 찾아보죠. 그곳은 인간족들도 모른다고 했잖아요. 왕과 몇몇 고위 간부만 알고 있다고 했으니까 보초가 없을 거예요."

"좋아. 찾을 수 있겠어?"

그러자 유코가 자신있는 표정으로 고개를 끄덕였다.

"걱정 말아요."

유코는 바람의 정령에게 부탁해서 배를 인간족의 성에서 좀 떨어진 곳에 대게 했다.

유코가 바람의 정령에게 인사하는 사이에 피코가 배를 커다란 나무에 밧줄로 붙들어 맸다.

이제 세 사람만 남았다. 짙은 어둠 속에서 세 여자는 성을 향해 걷기 시작했다. 자리코는 겁이 나는지 연신 숲을 두리번거렸다. 피코가 검을 뽑아 들고 맨 뒤에 섰고 가운데에는 자리코를, 맨 앞에는 유코가 앞장을 섰다.

유코가 걸음을 멈추고 말했다.

"잠시만 기다려요. 먼저 비밀 출구를 찾아야 해요."

그리고 땅의 정령을 불러냈다.

"땅의 정령아, 내 말에 응답해 줘."

『옛썰!』

기다렸다는 듯이 땅 여기저기서 시커멓고 땅딸한 난쟁이들이 불쑥불쑥 튀어나왔다.

『불렀어요?』

"오! 너희들, 이 동네 정령들이구나. 반갑다."

『무슨 일이에요?』

"응, 인간족들이 성에 만들어놓은 비밀 출구를 찾을 수 있을까 하고……."

『물론이지요. 따라와요.』

정령들은 망설이지도 않고 앞장서서 걷기 시작했다. 곧 세 여자의 주위로 시커먼 난쟁이들이 둘러쌌다. 그러나 피코나 자리코의 눈에는 정령의 모습이 보이지 않아서 그녀들은 유코의 뒤만 따라갔다.

피코가 물었다.

"땅의 정령인가 뭔가가 안내하고 있는 거야, 지금?"

유코가 주위를 둘러보며 말했다.

"열 명도 넘게 둘러싸고 있어요."

"그래?"

유코의 말에 피코와 자리코는 보일 리가 없다는 것을 알면서도 주위를 둘러보았다. 하지만 주위에는 여전히 어두운 숲만 보였다.

한참 걸어간 뒤에 땅의 정령들이 멈추어 섰다.

『여기예요. 여기 한곳이 있고 저쪽 너머에 또 하나, 그리고 저쪽 너머에 또 하나가 있어요. 모두 세 군데예요.』

"한곳만 찾아도 돼. 너희들 잠시 동안 같이 있어줄 수 있지? 안내를 계속해 주었으면 좋겠어. 그리고 누가 우릴 공격하지 못하도록 좀 도와줘."

『그래요. 어렵지 않아요.』

땅의 정령들이 가리킨 곳에는 큼직한 바위가 놓여 있었다. 겉으로 보기에는 그저 언덕 한 귀퉁이에 바위가 놓여 있는 것처럼 보였다. 그곳에 구멍이 있으리라고는 생각할 수 없었다.

피코가 앞으로 나서더니 바위를 잡아서 밀었다. 움찔움찔 바위가 흔들리더니 옆으로 밀려났다. 그러자 그 밑으로 과연 두 사람은 충분히 통과할 만한 폭의 구멍이 보였다.

피코가 구멍을 들여다보고는 말했다.

"있다. 정말 감쪽같이 만들어놓았군."

"시간이 없어. 빨리 들어가자."

"좋아. 나부터 간다."

피코가 앞장서려 하자 유코가 나섰다.

"아니, 내가 앞장설게요. 피코는 정령을 볼 수 없잖아요. 지금 정령들이 안내를 하고 있단 말이에요."

"그래? 그래라, 그럼."

피코가 다시 뒤로 물러나고 유코가 앞장을 섰다. 그 뒤를 따라 들어간 자리코가 말했다.

"우선 성 내의 출구를 찾아야 해. 거기서 마을의 광장과 연결이 되어 있으니까. 마을의 광장을 지나서 장터의 뒤쪽에 우리 삼산의원이 있어."

"알았어요."

유코는 대답을 하고 바삐 걸음을 옮겼다.

유코는 앞서 걸어가는 정령의 모습을 똑똑히 볼 수 있었고 피코는 어둠에 아주 익숙한 눈을 가지고 있어서 괜찮았지만 자리코가 문제였다. 자리코에게는 바로 앞에 가는 유코의 모습도 잘 보이지가 않았던 것이다. 더군다나 횃불도 밝히지 못하고 몰래 숨어드는 것이라 여기저기 부딪치며 걸어야 했지만 비명을 지르지는 않았다.

과연 성의 지하 대피소는 엄청나게 컸다. 꾸불꾸불한 토굴이 끝없이 이어지고 있었다. 모퉁이마다 다른 구멍이 뚫려 있어서 미로라고 하는 것이 더 어울렸고, 그 크기는 성 위쪽과 맞먹는다고 해도 과언이 아니었다. 정령의 안내없이는 절대로 출구를 찾을 수 없을 것 같았다.

유코가 물었다.

"얼마나 더 가야 하는 거니?"

『곧 도착해요.』

정령이 안내한 곳은 어느 막다른 벽이었다.

"여긴 막다른 벽이잖아?"

『그렇지 않아요. 이게 문이에요. 이 문을 열고 나가면 대피소가 나오거든요.』

"그럼 여태까지 돌아다닌 터널은 뭐야?"

『그건 평소에 인간들이 사용하지 않는 터널이에요. 만들어진 이후로 한 번도 사람이 들어간 적이 없어요.』

유코가 고개를 끄덕였다.

"그랬군. 그럼 여태까지는 비밀 출구를 헤매고 다닌 거고 이제부터 지하 대피소로 들어가는 거구나."

『맞아요.』

그렇게 대답하더니 안내하던 정령이 벽 속으로 스윽 스며들어 버렸다. 아마 건너편으로 그냥 통과해 간 모양이었다.

피코가 물었다.

"유코, 어떻게 된 거야? 여긴 막다른 곳이잖아?"

"아, 이곳이 지하 대피소로 들어가는 문이래요. 피코가 좀 열어봐요."

"그래. 위험하니까 좀 물러서 줘, 둘 다."

피코가 앞으로 나서더니 벽의 이곳저곳을 툭툭 쳐가며 소리를 들어 보았다. 그리고 한 귀퉁이를 잡더니 끄응 하며 힘을 주어 밀었다.

쿠구구―

벽이 육중한 소리를 내며 밀리기 시작했다. 그리고 가운데 부분이 고정이 되어 있는 상태로 90도 각도로 돌아가며 구멍이 뻥 뚫렸다.

"됐다!"

"어서 서둘러요."

자리코가 말했다.

"여기부터는 나도 길을 알 것 같아. 여긴 지하 대피소야."

그들은 서둘러 출구를 향해 걸음을 옮겼다. 자리코는 어두워서 자꾸만 벽에 부딪쳐 가면서도 열심히 달렸다. 한참을 달려 다시 벽으로 위장된 돌 문을 열자 곧 마지막 문이 나왔다. 밖으로 나가는 문이었다. 마지막 문은 돌 문이 아니라 나무 문으로 되어 있었다.

자리코가 손가락을 입에 갖다 대더니 속삭였다.

"쉿! 밖에 경비병이 있을 거야."

피코가 말했다.

"기다릴 시간 없어. 늦으면 퍼쿵이 죽는단 말야."

그러나 자리코가 고개를 저으며 말했다.

"하지만 소란을 피워서 쫓기게 된다면 더 시간이 걸릴 거야. 가능하면 들키지 말아야 해."

그 말에 피코도 수긍을 하고 고개를 끄덕였다.

유코가 말했다.

"그럼 밖의 경비병만 소리없이 기절시킬 수 없을까?"

"일단은 문을 열어야지."

유코가 말했다.

"잠시만 기다려 줘요. 내가 정령에게 부탁해서 병사들을 유인할게요. 그 다음에 피코가 어떻게 해봐요."

"좋아."

유코가 땅의 정령에게 물었다.

"밖의 병사들을 좀 멀리 유인할 수 없어?"

『가능하죠, 유인하는 거라면. 킥킥.』

정령들이 개구쟁이처럼 웃었다. 그리고 땅바닥으로 스르륵 모습을 감추었다.

자리코가 가만히 문으로 다가가더니 손으로 더듬어 무엇인가 찾아내어 살짝 들어 올렸다. 그곳에는 밖을 내다볼 수 있도록 조그만 창이 달려 있었다.

밖에는 두 명의 병사가 왔다 갔다 하면서 보초를 서고 있었다. 늦겨울의 추위에 몸을 잔뜩 움츠린 채 하품을 하기도 하고 잡담을 하기도 하는 중이었다.

갑자기 한 병사가 앞으로 푹 고꾸라졌다.

"억!"

"왜 그래?"

"아아, 발을 삐끗했어. 아이고, 아파라! 삐었나 본데?"

다른 병사가 두껍게 껴입은 옷이 불편한 듯 뒤뚱거리며 넘어진 병사를 향해 달려나왔다. 그러다가 그 병사도 두 다리가 꼬이면서 그대로 앞으로 엎어졌다.

"어이쿠!"

자리코와 피코의 눈에는 그들이 혼자서 발이 꼬여 넘어진 것처럼 보였지만 유코는 똑똑히 보았다. 땅의 정령들이 킥킥거리며 병사들의 발을 잡고 있는 것을…….

일어서려는 병사의 발을 정령들이 꼭 잡고 있어서 버둥거리며 못 일어서고 있었다.

"아아, 이거 쥐가 났나 본데? 다리가 말을 안 들어."

"나도 그런데 이거 큰일이군. 둘 다 다쳤으니…….."

그때 피코가 소리없이 문을 열고 나왔다. 두 병사는 제 다리를 펴려고 버둥거리느라 어둠 속에서 나타난 피코를 보지 못하고 있었다.

퍽, 퍼퍽.

둔탁한 소리와 함께 두 병사는 그대로 실신해 버렸다. 피코가 한 대씩 갈겨주자 소리도 지르지 못하고 기절해 버린 것이다.

급히 유코와 자리코도 뒤따라 나왔다. 피코는 벌써 병사들이 가지고 있던 포승줄로 두 병사를 묶고 있었다. 머리채와 손을 뒤로 하여 한꺼번에 묶고는 입에 재갈까지 물렸다. 그리고 두 병사를 가만히 들어다가 대피소의 깊숙한 곳에 갖다 뉘어놓았다.

피코가 달려나오며 말했다.

"서둘러. 교대 시간이 되기 전에 다시 돌아와야 해."

"알았어."

자리코는 급히 의원을 향해 달리기 시작했다.

지난번 전쟁이 있은 후 넉 달이 지났다. 자리코가 마을을 떠난 지 넉 달이란 말이었다. 마을의 모습은 크게 달라진 것이 없었다. 장터를 지나면서 보니 다만 어딘지 모르게 약간 위축되어 있는 느낌이 들었다. 아무래도 젊은 남자들이 많이 죽고 다쳤던 뒤라 활기가 예전 같지 않은 듯 장터에 쌓여 있는 짐더미의 양도 적어진 것 같았다.

장터를 지나서 한 귀퉁이로 가니 예전에 일하던 삼산의원의 간판이 보였다.

자리코는 살며시 문을 잡아당겨 보았다. 한밤중에 문이 열릴 리가 없었다. 그러자 뒤쪽으로 돌아가더니 조그만 오두막처럼 생긴 집의 창을 두드리며 낮은 목소리로 소리쳤다.

"원장님! 원장님, 저예요. 자리코예요! 문 좀 열어주세요!"

한참 두드리니 안에서 불이 켜졌다. 그리고 곧 창문이 열렸다.

"누구요?"

"저예요, 원장님. 자리코라니까요."

"자리코?"

"예."

"아니, 이게 얼마 만이냐? 마을을 떠났다더니… 돌아온 거냐?"

"설명할 시간이 없어요. 문 좀 열어주세요."

"그래, 잠시만 기다려라."

중년의 의사는 문을 열었다. 그러자 자리코가 뒤로 손짓해 피코와 유코까지 쏟아져 들어가듯 방 안으로 뛰어들었다.

원장은 어리둥절해서 자리코와 함께 들어온 두 사람을 번갈아 바라보았다.

"대체… 무슨 일이냐?"

"죄송해요, 원장님. 너무 급한 일이라……."

피코가 인사를 하며 침착하게 설명했다.

"죄송합니다. 한밤중에 느닷없이 뛰어들어서. 생명이 위급한 환자가 있어서요."

중년의 의사는 침착한 표정으로 피코를 바라보며 말했다.

"혹시 젊은이는 일전에 전쟁을 승리로 이끌어주었다던 젊은 사냥꾼들의 일행이 아닌가?"

"그렇습니다. 저희들은 자리코와 함께 마을을 떠났던 사람들입니다."

"그럼 환자는 그 일행 중 한 명이겠군."

"지금 아주 위독합니다. 어서 돌봐주셔야 하겠는데요."

의사는 문과 창문을 닫고 커튼도 쳤다.

"목소리를 낮추게. 자네들이 돌아왔다는 것을 알면 병사들이 가만히 있지 않을 거야. 환자는 어디에 있는가?"

"멀리 있어요. 너무 위독해서 데리고 오지 못했어요."

"서둘지 말고 설명을 해봐. 일단은 환자의 상태를 알아야 약을 준비
할 것이 아닌가?"

자리코가 허둥대자 피코가 대신 나서서 설명했다.

"제가 설명을 드리겠습니다."

"침착하게 차근차근 자세히 설명해 보게."

"환자는 현재 독을 먹고 중독이 된 상태입니다."

"독? 무슨 독인지 알고 있나?"

"모르겠습니다. 아주 미량을 먹었는데 바로 쓰러져서 사경을 헤매고
있습니다."

"아직까지 살아 있나?"

피코는 확신할 수 없었지만 마음을 다잡으며 대답했다.

"잘은 모르지만… 아마 살아 있을 것입니다. 응급 조치를 취해놓고
왔으니까."

"그래? 그렇다면… 잠시만 기다려 주게. 약과 기구를 좀 챙겨야 하
니. 밖에 순찰을 도는 병사들이 가끔 오니까 나오지 말고 잘 숨어 있
어. 불도 끄고."

의사는 밖으로 나가면서 호롱불을 훅 불어 꺼버렸다. 그리고 어둠
속을 걸어서 병원 건물로 사라졌다.

잠시 후 병원의 불이 켜지는 것을 보며 피코가 속삭였다.

"정말 저분이면 살릴 수 있는 거야?"

"글쎄… 모르지. 하지만 저분보다 더 나은 의사는 이곳에 없어."

유코가 초조한 표정으로 어둠 속을 바라보았다.

의사가 방문을 열며 말했다.

"가세. 환자는 어디에 있나?"

"성에서 서쪽으로 강을 따라 내려가야 합니다."

"강을 따라서? 지금 성문을 열어주지 않을 텐데?"

"저희는 비밀 출구로 들어왔습니다. 몰래 왔어요."

"그래? 어떻게 그 위치를 알아냈나?"

"자세한 것을 설명할 시간이 없어요. 배에서 말씀드리겠습니다."

의사가 가방을 내려놓더니 다시 말했다.

"그럼 잠시만 기다려. 안내문을 써놓고 가야지. 갑자기 내가 없어지면 사람들이 의심할 것 아닌가?"

"예."

의사는 나무 판에 목탄으로 뭐라고 적었다. 그리고 병원의 문에다 걸어놓고 돌아왔다.

"이제 진짜로 가지."

"예."

"내 가방 어디 갔지?"

"제가 챙겼어요."

자리코가 의사의 큼직한 가방을 가슴에 안고 말했다.

"오, 무거운데 괜찮겠나?"

"걱정 마세요."

네 사람은 어둠 속에 몸을 숨겨가며 지하 대피소의 입구를 향해 달렸다. 도중에 순찰을 도는 병사를 보았으나 재빨리 골목 안으로 몸을 숨겨서 들키지 않았다.

지하 대피소 앞은 텅 비어 있었다. 다행히도 아직 교대자가 오지 않은 모양이었다.

피코는 얼른 들어가서 옆에 뉘어놓았던 병사들에게 살며시 접근했다. 그들은 아직 깨어나지 않았는지 아까 그 상태로 누워 있었다. 피코가 조심스레 그들을 끌고 나왔다. 그리고 깨어나지 않도록 조심조심 결박과 재갈을 풀었다.

네 사람은 조심스레 대피소 안으로 들어가 문을 닫았다. 그리고 돌문도 원래대로 해놓고 비밀 출구를 향해 달렸다. 문을 통과할 때마다 문을 원상태로 돌려놓고 땅의 정령의 안내를 받아가며 미로를 통과하니 오래지 않아 성 바깥의 숲 속으로 나올 수 있었다. 피코는 다시 육중한 바윗돌을 굴려서 원래대로 구멍을 막았다.

피코가 손을 털고 돌아서자 의사가 놀라는 표정으로 말했다.

"오오, 젊은이는 힘이 장사로군. 저런 바윗돌을 혼자서 움직이다니……."

유코는 제가 신이 나서 자랑을 해댔다.

"저 정도는 아무것도 아니에요. 저거 두 배만한 바위도 움직일 수 있지요, 피코는."

그러자 피코가 다급히 말했다.

"저… 그보다 어서 배로……. 환자의 생명이 위급합니다."

유코도 피코의 말에 제정신이 들어서 서두르기 시작했다.

"아차, 그렇지. 어서 가요, 아저씨."

그들은 배가 세워진 곳을 향해 다시 달렸다. 자리코가 뒤처지자 그녀가 안고 있는 가방을 피코가 받아 들고 달렸다.

모두 배에 오르자 피코가 밧줄을 풀고 마지막으로 배에 올랐다.

유코는 곧 바람의 정령을 소환해서 배를 움직이기 시작했다. 배는 물결을 따라 내려가기 때문에 올 때보다 훨씬 더 빠른 속도로 움직이기 시작했다. 말 그대로 화살 같은 속도였다. 엄청난 속도의 배를 보고 의사가 몸을 바짝 수그리며 비명을 질렀다.

"우와악! 이게 어떻게 된 거야? 무슨 배가 이렇게 빠르지?"

그러자 피코가 밧줄을 돛대에 묶어서 의사의 몸에 감아주었다.

"꼭 잡고 계십시오. 이 배는 엄청나게 빠르니까 떨어지면 찾지도 못해요."

"놀랍군. 이렇게 빠른 배는 오십 평생을 살아오면서 처음이야."

자리코가 의사에게 말했다.

"죄송해요, 원장님. 저 때문에 갑자기 먼 길을 떠나게 되어서……."

"아니, 괜찮아. 그렇지 않아도 머지않아 여행을 떠날 생각이었어."

"그럼 병원은 어떻게 하시구요?"

"좀 전에 보지 못했나? 아, 밤이라 알 수 없었겠군."

"무슨 일 있어요?"

그러자 의사가 피식 웃었다.

"가관도 아니지. 지금 환자가 아무도 없어. 아무도 오지 않아."

의사의 말에 자리코는 무척 놀란 표정이 되었다.

"어머! 왜요?"

"별일 아니야. 자네가 떠나고 난 뒤에 갑자기 이상한 소문이 돌아서……. 자네가 사냥꾼들과 짜고 반역을 했다는 소문이 돌아서 한 떼의 사람들이 병원으로 쳐들어와 난동을 부렸었지."

"어머… 그런… 말도 안 되는……."

피코와 유코도 심각한 표정으로 의사의 얘기를 듣고 있었다.

"그래서 집이고 도구고 다 때려 부셨어. 그리고 몇 달이 지나니까 이젠 아예 나까지 반역자라고 소문이 나더군. 허허허."

자리코는 얼굴이 새빨개져서 제대로 말을 잇지 못했다.

"죄송해요, 원장님. 저 때문에……."

의사는 괜찮다는 듯이 너털웃음을 터뜨렸다.

"허허허, 괜찮아. 어차피 미련도 없어. 전쟁광들 틈에서 살고 싶지도 않고."

"하지만 그곳은 원장님의 평생이 담긴 고향이잖아요."

"고향? 내 고향은 거기가 아니야. 서쪽 바닷가가 바로 내 진짜 고향이지. 지금은 들개족 때문에 갈 수 없지만. 왜 모두들 힘만 가지면 전쟁을 하려고 드는지 원. 사이좋게 살 수도 있을 텐데……. 들개족이나 인간족이나. 쯧쯧."

그러다가 갑자기 생각이 났는지 의사가 표정을 바꾸며 자리코를 뚫어지게 바라봤다.

"자리코, 그때는 왜 그렇게 말도 없이 가버렸지?"

"죄송해요. 어쩔 수가 없었어요. 배신자로 몰려서 병원으로 돌아가면 원장님께 더 피해가 갈까 봐 인사도 드리지 못하고 떠난 거예요."

"그랬구나. 하지만 네 오빠에게 아무 말도 남기지 않고 떠난 것은 정말 너무했다. 자라목이 나중에 찾아와서 얼마나 울고 갔는지 아느냐?"

그 말에 자리코의 눈이 동그래졌다. 곁에 있던 피코와 유코의 표정도 놀라는 것이 역력하게 보였다.

자리코가 말을 더듬으며 되물었다.

"오, 오빠요? 오빠가 살아 있어요?"

그녀의 물음에 이번에는 의사의 표정이 굳어졌다.

"뭐라고? 네 오빠가 죽기라도 했느냐?"

자리코의 눈에서 금세 눈물이 주르륵 흘러내렸다.

"원장님, 사실대로 말씀해 주세요. 오빠가 살아 있어요? 그게 정말이에요?"

"그렇다니까! 네 오빠는 네가 떠난 후 사나흘 정도가 지나서 찾아왔단다. 부상을 당해서 그동안 움직일 수 없었다고 했다. 카르티 장군에게 네가 떠났다는 얘기를 들었다면서 확인하러 찾아 왔지 뭐냐?"

"흑!"

자리코는 얼굴을 감싸고 흐느끼기 시작했다. 유코도 덩달아 눈물을 줄줄 흘리며 자리코를 안았다.

"언니의 오빠가 살아 있대요?"

"흑흑, 그래. 우리 오빠가 살아 있대."

한참을 울고 난 자리코에게 의사가 물었다.

"도대체 왜 네 오빠가 죽었다고 생각했느냐?"

자리코가 너무 울어서 갈라진 목소리로 대답했다.

"부르크라는 사람이 그렇게 말했어요. 자라목 분대장이 죽었다고……. 그 사람이 저를 보고 마을을 떠나라고 했거든요, 그때……."

의사가 고개를 갸웃거리며 되물었다.

"부르크? 부르크 대신 말이냐?"

"예."

"그 사람이 뭐라고 했는데?"

"틀림없이 제 오빠가 죽었다고 했어요. 그리고 그 사람이 준 소금을 먹고 퍼쿵이 쓰러졌단 말이에요."

"퍼쿵? 환자 이름이 퍼쿵이냐?"

"예. 그때 우리 병사들을 초토화시킨 사람이 퍼쿵 오빠와 여기 있는 피코예요."

의사가 좀 생각하는 표정으로 말했다.

"자초지종을 차근차근히 말해 봐라. 대체 어떻게 된 일이냐?"

자리코는 훌쩍거리면서 처음부터 얘기를 시작했다.

"싸움이 있던 그날 아침 보보가 불려 갔잖아요?"

"그래, 그날 너 그러고 있다가 병사에게 들켰었지."

"원장님!"

순간 자리코의 얼굴이 빨개져서는 급히 의사의 말을 막으며 피코와 유코의 눈치를 살폈다. 그러나 어둠 속이라 두 사람의 표정은 보이지 않았다. 자리코는 얼른 그 대목을 건너뛰어서 얘기를 진행시켰다.

"응? 왜?"

"어쨌든 곧바로 저도 왕궁으로 불려갔잖아요? 거기서 오빠가 죽었다고 했어요. 그리고 저도 죽고 다친 병사들의 가족에게 배신자로 낙인찍혀서 더 이상 마을에서 살 수 없다고 했어요."

"부르크 대신이 그랬단 말이지?"

"예. 제가 의원에 들러서 원장님께 인사도 하고 짐도 챙겨오려고 했었는데 그 사람이 가지 못하게 했어요. 가면 위험할 수 있다고. 그땐 저도 그렇게 생각했었는데……."

의사는 고개를 저었다.

"부르크 대신이 그랬다면 뭔가 다른 목적이 있었던 것 같구나. 그 사람은 아주 교활한 사람이야. 절대로 사냥꾼 일행을 그냥 보내줄 사람이 아니지. 군대를 그렇게 못 쓰게 만들어놓은 너희들을……."

자리코가 말을 이었다.

"그리고 그 사람이 제게 소금이라며 조그만 병을 주었어요. 그걸 먹고 퍼쿵 오빠가 쓰러진 거예요."

의사가 이해가 간다는 듯이 고개를 끄덕였다.

"그렇다면 그 소금에 독이 섞인 것이 확실하구나. 아마 너와 저 사람들을 모두 한꺼번에 죽이려는 목적을 가지고 있었을 거야. 싸움으로 안 된다는 것을 알았으니까 독을 사용했을 테고."

피코가 나서며 말했다.

"그럼 범인은 부르크 대신이 확실하다는 거군요?"

"그렇다고 생각되네, 자리코의 말대로라면. 그리고 부르크라는 사람 말인데… 그자는 능히 그러고도 남을 위인이야. 자네들 부르크에 대해 알고 있나?"

피코가 고개를 저었다. 유코도 마찬가지였다.

"아뇨, 전혀."

의사가 말했다.

"그자는 아주 교활하고 잔인하지. 물론 겉으로는 전혀 표를 내지 않지만."

자리코가 기억을 더듬었다.

"맞아요. 그 사람 얼굴에서는 미소가 떠나지 않았어요."

"그래, 그런 사람이란다. 웬만한 사람들은 부르크가 무슨 생각을 하고 있는지 전혀 눈치를 못 채지. 심지어 그자가 한 말도 무슨 뜻을 가지고 한 말인지 결과를 보기 전에는 아무도 몰라. 무서운 사람이지."

피코가 말했다.

"하지만 그 사람은 검을 쓰지 못하는 것 같던데요?"

"그 사람은 검사가 아니야. 지략가지. 오히려 그 사람이 검사들보다 한 수 위야. 대부분 검사들이 그 사람 밑에서 명령을 따른다고 보면 돼."

"아, 무슨 말인지 알 것 같아요."

피코와 유코도 그 말에 이해가 안 가는 것은 아니었다. 지난 전쟁 때 보보가 군 수뇌들을 지휘하는 것을 직접 목격한 경험이 있기 때문이었다.

피코가 물었다.

"지금 현재 우리에 대한 평이 어떻게 나 있습니까?"

"안됐지만 그리 좋지 못하네. 자네들이 전쟁을 이기게 해준 것에 대해서 고마워하는 사람도 있어. 하지만 자네들에게 아들과 오빠, 형, 아버지를 잃은 사람들은 철천지원수로 생각하고 있거든. 더구나 지금 권력이 부르크 쪽으로 기울고 있는 추세라서 말이야."

유코가 말했다.

"그렇다면 아저씨께는 정말 죄송하게 되었네요. 우리를 도와준 것이 발각되면 아저씨는 자리코 언니처럼 다신 돌아가지 못하게 될 거 아니에요?"

의사가 웃었다.

"괜찮아. 메모를 남기고 왔으니까. 그리고 어차피 돌아가지 않아도 미련은 없네."

자리코가 물었다.

"뭐라고 메모를 남기셨어요?"

"약을 연구하러 떠난다고 써놨다. 자주 그런 목적을 가지고 여행을 다녔으니까 이번에도 의심할 일은 없을 거야."

"하지만 성문을 통과하지도 않았는데 없어진 것을 알면……."

"우리 마을에서 언제 그걸 일일이 점검하더냐? 전쟁이 있을 때나 검문을 하지. 다른 종족도 장사를 하러 노상 드나드는데 뭘. 그 점은 걱정하지 마라."

"예."

자리코가 한참을 머뭇거리다가 물었다.

"저… 원장님, 오빠는 지금 어떻게 지내요?"

"음… 나도 못 본 지 오래됐어. 네 소식을 물어보고 돌아간 뒤로 한 번도 오지 않았으니까. 뭐 별일없이 잘 지낼 거야. 카르티 장군의 밑에 계속 있으니까."

"예…….

자리코는 고개를 끄덕이고 입을 다물었다.

그러는 사이에 배는 정말 바람처럼 강물을 가르며 날아가 금세 퍼쿵 일행이 있는 동굴 앞에 멎었다.

어느새 동녘 하늘이 퍼렇게 밝아오고 있었다.

피코는 얼른 배에서 뛰어내려 배를 끌어다 말뚝에 붙들어 맸다. 그리고 의사가 배에서 내리는 것을 도와 급히 동굴로 향했다.

동굴 입구에서 그 크기에 의사가 입을 떡 벌렸다.

"세상에 이렇게 큰 동굴이 다 있냐?"

자리코가 의사의 가방을 꼭 안은 채 말했다.

"전에 엄청나게 큰 육식 용이 살던 곳이니까요."

"용이?"

"예, 우리 일행이 용을 잡고 이 굴을 차지했거든요."

"대단하구나. 몇 명 안 되는 것으로 알고 있는데."

"정확히 세 사람이 용을 잡았어요. 아니, 넷이네요. 우레까지…….

의사는 걸으면서 감탄을 금하지 못했다.

"저게 그 용의 가죽이냐?"

"예, 단 한 마리의 가죽이에요."

굴 입구에 산더미처럼 쌓여 있는 가죽을 보고도 혀를 내둘렀다.

"안타깝군. 이런 인재들을 적으로 돌리다니……. 하여튼 우리 왕은 정말 바보라니까. 쯧쯧."

일행이 동굴로 들어서자마자 안쪽에서 치요의 목소리가 들렸다.

"피코, 돌아온 거야?"

"그래, 나야! 퍼쿵은 어때?"

"아직 죽지 않았어."

곧 보보와 치요가 횃불을 밝혀 가지고 달려나왔다.

치요와 보보가 두리번거리며 들어오는 의사에게 인사를 했다.

"어서 오세요. 빨리 환자를 좀 봐주세요."

"안녕하셨어요? 저 보보예요. 전에 뵌 적 있죠?"

"오, 그래. 어디, 환자는 어디에 있지?"

의사는 인사고 뭐고 다 생략하고 환자부터 찾았다. 유코도 두리번거리며 퍼쿵을 찾았다.

"오빠, 어디 있어? 어디로 옮긴 거야?"

"아니, 마법진 안에 숨겨두었어."

그러면서 치요가 방어진을 걷었다. 그러자 갑자기 퍼쿵의 모습이 허공에서 튀어나오는 바람에 의사는 깜짝 놀라며 뒤로 물러섰다. 일부가 깨어진 방어진 안에 또 하나의 진이 그려져 있었고, 그 안에 하얗게 얼어 있는 퍼쿵의 모습이 보였다.

그 모습에 자리코와 여자들이 경악을 하며 외쳤다.

"뭐야? 꽁꽁 얼었잖아?"

"이게 어떻게 된 거야? 오빠가 죽은 거야?"

"안 돼, 오빠! 정신 차려요! 죽으면 안 돼요!"

보보가 급히 손을 내저으며 여자들을 말렸다.

"진정해. 죽은 게 아니야. 냉동시켰을 뿐이야. 목숨을 보존시키려면 이 방법밖에 없어."

"엉엉, 오빠! 어떡해! 어떡해요?"

유코가 울음을 터뜨리자 치요가 소리쳤다.

"진정해! 죽은 게 아니라니까!"

치요의 외침에 모두들 입을 다물고 퍼쿵을 바라보았다. 그러자 의사가 물었다.

"도대체 어떻게 된 거야? 이곳의 온도가 저렇게 얼 정도로 차갑지는 않은 것 같은데……. 게다가 사람이 저렇게 꽁꽁 얼었는데 살아 있다니, 말이 되나?"

그러자 보보가 설명을 시작했다.

"저건 급속 냉동으로 잠시 수면 상태에 빠진 겁니다. 죽은 것이 아닙니다. 필요하다면 증명해 드리지요. 하지만 퍼쿵을 깨우기 전에 해약이 있어야 합니다. 한 번 얼렸다 녹일 때마다 신체에 극심한 충격이 가해지기 때문에 확실한 해약이 없이는 깨울 수 없습니다."

의사가 말했다.

"글쎄, 환자를 확실히 살펴보지도 않고 해약을 찾는 것은 무리가 아닌가? 우선 저 친구가 죽지 않았다는 것을 증명해야 해약을 찾든지 말든지 하지."

그러자 보보가 말했다.

"이럴 줄 알고 미리 준비해 뒀습니다."

그러면서 퍼쿵이 누워 있는 바로 옆에서 역시 꽁꽁 얼어 있는 물고기 두 마리를 꺼냈다. 팔뚝만한 그 물고기들은 마치 돌덩이처럼 단단하게 얼어 있었다.

"너희가 떠나고 나서 퍼쿵을 얼린 다음에 이런 일이 생길 줄 알고 미리 물고기를 잡아 얼려놓았어. 잘 봐."

보보가 찬물에 두 마리의 물고기를 담갔다. 금세 하얗게 끼었던 김이 사라지며 물에서 김이 올랐다. 그리고 점차 물고기는 녹기 시작했다. 어느 정도 녹자 다시 고기를 옆에 있던 다른 물에 옮겨놓고 부드럽게 손으로 주물러가며 마사지를 했다. 보보의 손에 의해 물고기는 계속 물을 옮겨 다니며 점점 녹아갔다. 그리고 어느 정도 피부에 탄력이 돌아오자 갑자기 툭툭 튀며 경련을 하기 시작했다.

"어? 움직인다!"

의사와 아이들은 모두 한꺼번에 소리를 질렀다.

"오오, 이럴 수가!"

잠시 후 마지막으로 옮겨진 물에서 얼었던 두 마리의 물고기는 언제 그랬냐는 듯이 헤엄치고 있었다.

보보가 꽁꽁 언 손을 수건에 닦은 후 불가에 녹이며 말했다.

"보셨죠? 퍼쿵은 죽은 것이 아닙니다. 저 물고기처럼 수면 상태에 빠져 있을 뿐입니다. 이제 해약을 찾아주세요."

의사가 놀라는 표정을 지으며 말했다.

"알았네. 자네 말을 믿지. 정말 놀랐어. 저건 의학 사상 최고의 업적이 될 거야. 정말 놀랍네."

그 말에 보보가 생각했다.

'역시… 이해할 수 없어. 급속 냉동에 대한 것을 아무도 모르고 있다니……. 최고의 의사라는 사람마저…….'

하지만 그런 의문을 가질 때가 아니었다.

의사의 말은 계속 이어지고 있었다.

"확실한 환자의 상태를 봐야겠는데 지금 깨워서는 안 된다니 어쩔 수 없군. 일단 그가 먹은 독을 보여주겠나?"

"여기 있습니다. 그리고 이것도……."

보보가 내어준 것은 하얀 가루가 든 작은 병과 퍼쿵이 토해낸 음식물이었다.

의사는 병을 자세히 들여다보더니 말했다.

"음… 결정의 모양을 보니 소금이 맞긴 한데… 뭘 섞었군."

그리고 가방을 열어서 십여 개의 작은 병을 꺼냈다.

"이건 내가 평생을 연구하던 독에 대한 샘플이지. 독을 접했을 때 반응이 나타나는 시약들이야."

그러면서 각 병에서 가루들을 조금씩 꺼내어 따로따로 접시에 담았다. 그리고 접시에 물을 부어서 약을 녹였다.

의사가 물었다.

"분명히 먹고 바로 쓰러졌다고 했지?"

"입에 넣자마자 십 초도 안 되어 쓰러졌어요."

"그렇다면 맹독인데……."

의사는 계속 혼자서 중얼거렸다.

"혹시 환자의 입 안에 상처가 있었을 수도 있으니까……."

물에 시약이 다 녹자 작은 스푼으로 소금 병의 소금을 조금씩 떠서 시약 접시에 넣었다.

몇 개의 시약에서 아무런 반응 없이 계속 지나가다 한 접시에서 푸른색의 반응이 보였다.

"이것은!"

의사의 표정이 심각하게 굳어졌다.

자리코가 급히 물었다.

"왜 그러세요? 무슨 독인데요?"

의사는 무겁게 말했다.

"이 약에 반응을 보이다니… 이건 복어의 독이야. 세상에서 가장 무서운 독이지. 어떻게 부르크가 복어 독을 가지고 있었지?"

의사의 말에 보보의 표정도 일그러졌다.

"복어라고요?"

의사가 물었다.

"복어에 대해서 알고 있나?"

"예, 조금요."

"환자가 독을 먹었을 때 어떤 반응을 보였는지 설명해 줄 수 있겠나?"

"먼저 구토와 근육 경련이 있었어요. 그리고 곧 호흡이 곤란해지기 시작했고요. 그리고 나서 정신이 오락가락했는데 옷을 벗겨보니 얼굴과 손발의 말단에 청색증이 나타났고요. 뭐라고 계속 말을 하려는 것 같았는데 무슨 말인지 알아들을 수가 없었어요."

"그런 증상이었다면 복어 독이 거의 확실하군. 그런데 어떻게 아직 죽지 않았지? 저것은 아주 치명적인 맹독인데 말이야."

그러자 치요와 보보가 얼굴을 마주 보았다. 마법에 대해 말해야 하는지 말아야 하는지 망설이는 중이었다. 그 모습을 본 자리코가 소리쳤다.

"괜찮아! 어서 말씀드려. 우리 원장님은 다른 사람들과 달라!"

그 말에 보보가 입을 열었다.

"실은 저희들 중에 마법사가 있습니다. 마법의 힘으로 생명의 불을 좀 주입했습니다. 그래서 아직 생명이 붙어 있는 거예요. 그리고 호흡이 곤란했을 때는 자리코가 인공호흡을 했고요. 지금 얼려놓은 것도 마법의 힘이에요."

그 말에 의사는 놀라지도 않고 고개를 끄덕이며 치요를 바라봤다.

"그렇다면 너는 마족인 모양이구나."

"예. 그런데 마족을 아시나요?"

"나는 젊어서부터 많은 여행을 다녔지. 약을 연구하러 말야. 그러면서 마족을 만난 적이 여러 번 있었어. 그들로부터 지식을 배운 적도 있고 말야."

"그러셨군요."

의사가 유코에게 물었다.

"그렇다면 아가씨도 마족인가?"

"아뇨. 저는 보통 사람인데요."

"아까 보니까 무슨 마술을 쓰는 것 같던데……."

"그건 정령술이에요."

"자네는 정령술사로구먼."

"예."

의사가 의문스러운 듯이 물었다.

"자네가 정령술사라면… 혹시 그걸 써보면 어떨까? 정령의 숲이라는 곳에 '정령초'라는 것이 있다고 들었는데… 전에 마족에게서 들은 말이거든."

그러자 치요와 유코의 표정이 확 밝아졌다.

"정령초!"

"그래, 왜 그 생각을 못했지?"

피코와 보보, 자리코가 물었다.

"그게 뭔데?"

"정령초라고 어떠한 독초의 독 성분도 해독시키는 풀이 있어."

의사가 말했다.

"그래, 어떤 독초도 해독할 수 있다고 했지. 마침 마족과 정령술사가 같이 있으니 그걸 구할 수 있지 않을까 하네."

유코가 즉시 숲의 정령을 불러냈다.

"숲의 정령들아, 날 좀 도와주렴."

『무슨 일이에요?』

곧 숲의 정령들이 동굴 안에 들어찼다. 유코의 눈에 온 동굴 안이 빽빽하게 초록빛의 숲으로 찬 것이 보였다. 물론 다른 사람들에게는 전혀 보이지 않았지만.

"정령초를 좀 구해줄 수 있겠니? 꼭 필요해서 그래."

『그야 어렵지 않아요. 그런데 어디에 쓰시려고요?』

유코가 퍼쿵을 가리켰다.

"저기 저 오빠가 중독이 되어서 생명이 위험하거든. 정령초는 무슨 독이든지 다 해독할 수 있다면서?"

그러자 숲의 정령이 퍼쿵에게 다가가 그의 몸을 자세히 살펴보았다. 그리고 말했다.

『그렇긴 하지만… 저 사람은 안 될 것 같은데요?』

"왜?"

『우리의 정령초는 식물의 독만 해독할 수 있어요. 그런데 저 사람의 몸에 든 독은 식물의 독이 아니잖아요? 동물의 독인 것 같아요.』

유코의 얼굴이 금세 실망으로 가득 찼다.

"그럼 어떡하지?"

『안됐지만 우린 도움을 줄 수 없어요. 정령초는 저 사람에게 먹여도 아무 소용이 없거든요.』

"정말 안 될까? 저 오빠는 꼭 살려야 해."

『정 그렇다면 한번 써보세요. 하지만 기대는 하지 마세요.』

숲의 정령은 정령초를 가져왔다.

『자, 여기 있어요. 먹여보세요. 하지만 미리 말한 것처럼 소용은 없을 거예요.』

"아, 알았어. 아무튼 고마워."

일행은 유코가 손에 들고 있는 초록빛이 도는 작은 구슬을 바라보았다. 정령이 내밀었을 때까지만 해도 풀이었는데 유코의 손으로 넘어오자 금세 작은 구슬로 바뀐 것이다. 그 작은 구슬에서 은은한 초록빛이 비치고 있었다.

치요가 물었다.

"구해 왔어? 이게 정령초야?"

유코는 실망스런 표정을 지었다.

"응, 이게 정령초이긴 한데⋯⋯."

"그런데?"

"퍼쿵에게는 먹여도 소용이 없대."

"왜?"

"정령초는 식물의 독만 해독할 수 있대. 그들의 말이 퍼쿵은 동물의 독에 중독이 되어서 아무 효과가 없대."

의사가 무거운 목소리로 말했다.

"낭패로군."

보보가 얼른 끼어들었다.

"그래도 일단은 먹여보는 것이 어떨까요?"

치요가 고개를 저었다.

"아니, 소용없어. 정령은 거짓말을 하지 않아. 그리고 보니 그 말을 들어본 적이 있는 것 같아. 정령초는 식물의 약 성분만을 해독한다고……."

피코가 필사적으로 소리쳤다.

"뭔가 방법이 있을 거야. 좀 찾아봐."

그러자 의사가 말했다.

"모두들 진정하게. 아주 방법이 없는 것은 아냐. 내게 한 가지 생각이 있긴 한데……."

"뭡니까? 제발 퍼쿵을 살려주세요."

"시간이 오래 걸리네."

보보가 소리쳤다.

"어떤 방법인데요? 퍼쿵 형은 계속 얼려놓을 수 있습니다. 저 상태로는 절대 죽지 않아요. 저 조건대로 계속 맞춰주기만 하면요!"

의사가 잠시 생각하더니 말을 이었다.

"대개 독은 그 독에서 해독제를 얻을 수 있지. 난 여태까지 그렇게 여러 종류의 해독제를 만들어 왔어. 저것이 복어 독이니까 말인데 그 복어의 체내에서 역시 해독제를 얻을 수 있지 않을까 생각하네."

보보가 물었다.

"정말 그게 가능한가요?"

"글쎄… 가능성이 있다고 보네. 확신할 수는 없지만……."

의사는 말을 흐렸다. 확실한 자신은 없는 것 같았다.

피코가 소리쳤다.

"그럼 망설일 필요 없어요. 복어를 구하러 가요."

피코의 말에 의사가 대답했다.

"그러지. 다른 방법은 없어. 작은 가능성이라도 거기에 승부를 거는 수밖에."

자리코가 물었다.

"복어는 어디에서 구할 수 있어요?"

"바다, 바다로 나가야 해."

"바다라면?"

의사가 말했다.

"서쪽 끝 들개족이 있는 곳에 바다가 있어. 우리 인간족의 고향이기도 하지."

유코가 물었다.

"퍼쿵 오빠는 어떡하지? 저렇게 두고 갈 거야?"

치요가 대답했다.

"아니, 데리고 가야지. 저 상태로 버틸 수 있는 시간은 열흘 정도야. 그동안 복어를 구하거나 해독약을 만들어내지 못한다면 죽게 돼."

의사가 고개를 저었다.

"하지만 저 청년은 녹으면 안 된다고 하지 않았나? 거기가 얼마나 먼 곳인데… 그동안 어떻게 저 상태로 버티지?"

자리코도 그 말에 걱정을 했다.

"맞아요. 게다가 서쪽 바닷가에는 들개족이 살고 있다면서요? 너무 위험하지 않을까요?"

그러자 치요가 고개를 저었다.

"아니, 그렇기 때문에 더 퍼쿵을 데려가야 해. 약을 구할 때까지 얼마나 걸릴지 모르니까. 저 진 안에서는 열흘 정도밖에 냉동 상태를 유지할 수 없어. 열흘이 지나면 다시 마법을 걸어서 얼려야 한단 말야. 우리가 열흘 내에 돌아오지 못하면 퍼쿵은 저대로 죽게 돼."

보보도 치요의 말에 찬성이었다.

"맞아, 치요의 말이 맞는 것 같아. 게다가 들개족, 물론 터치라는 놈의 들개족이겠지? 그들이랑 언제 맞닥뜨릴지 모르니까 우리가 모두 함께 있는 게 싸우기에 유리할 거야. 퍼쿵 형은 방어진 안에 감추어두면 돼. 방어진 안에 놓아두면 아무도 찾을 수 없으니까."

피코가 퍼쿵의 칼과 자신의 칼을 챙기며 말했다.

"그럼 서두르자. 어서 복어를 구하러 가야지."

치요가 말했다.

"서두르지 마. 보보의 말대로라면 퍼쿵은 저 상태로는 죽지 않는대. 백 년이 지나도 저 상태만 유지한다면 버틸 수 있다고 했어. 그러니 서두르지 말고 우선 계획을 세워보자. 준비할 것도 차근차근 챙기고."

자리코가 말했다.

"정말 괜찮은 거야?"

보보가 확신하듯이 재차 말했다.

"그렇다니까. 확실해. 오히려 저 상태가 지금은 안전해."

피코도 그제야 자리에 앉았다.

"알겠어. 그럼 일단 계획을 세우자. 식사도 좀 하고."

치요는 퍼쿵의 방어진을 다시 복구해 놓고 모닥불로 돌아왔다.

의사와 우레까지 포함해서 총 일곱 명의 일행은 모닥불에 둘러앉아 식사를 하며 계획을 세우기 시작했다.

의사가 자기 소개를 했다.

"인사가 늦었군. 내 이름은 '응가가가' 라고 하네."

유코가 약간 웃을까 말까 하는 표정으로 말했다.

"풋, 응, 응가가가요? 그, 그게 이름이에요?"

그러자 재빨리 자리코가 유코의 옆구리를 쿡 찔렀다.

의사가 좀 머쓱해하며 다시 말했다.

"이름이 길어서 다들 그냥 '응가' 라고 부르지."

"푸학! 응가!"

유코는 결국 입에서 음식을 쏟아내며 웃음을 터뜨리고 말았다.

"유코!"

"웃지 마!"

"푸하하하! 미, 미안해. 웃음이… 웃음이… 쿡쿡쿡쿡."

피코와 치요가 비난하듯이 유코에게 소리쳤지만 유코는 겨우 제 입을 막고 웃음을 참느라 정신을 못 차리고 있었다.

의사가 말했다.

"괜찮아. 하도 많이 놀림을 당해서 이젠 아무렇지도 않게 되었네."

자기가 되려 미안해서 얼굴이 빨개진 자리코가 의사에게 말했다.

"원장님, 제가 소개해 드릴게요. 저기 저쪽에 있는 사람은 피코이고 그 옆으로 유코, 보보, 치요예요. 그리고 저 털 많은 꼬마도 우레라고 하는 우리 가족이에요."

"모두 만나서 반갑네. 자네들에 대한 얘기는 아주 많이 들었지. 물론 나쁜 얘기들 뿐이었지만……."

"우리 얘기를 나쁘게 하는 모양이죠?"

"유감스럽게도 그렇다네. 뭐 난 믿지 않으니까 신경 쓰지는 말게나."

치요가 말했다.

"그때 전쟁을 도와준 것 때문에 이렇게 된 겁니다."

"대충 사정은 알고 있어. 아무리 나쁘게 소문이 나도 진실이 변하는 것은 아니니까."

보보가 말했다.

"부르크 대신이 소금을 주었답니다. 그 소금에 독을 넣어서요. 이 사실을 쿠르, 카르티 장군도 알고 있는지 궁금하군요."

웅가가 대답했다.

"아마 모르고 있을 거야, 부르크 대신이 한 일이라면……. 그 사람은 자기 부하들에게도 웬만한 일은 비밀로 붙이거든. 그런데 정치적으로 반대 입장에 있는 쿠르, 카르티 장군에게 그 사실을 얘기할 리가 없지."

"그럴까요?"

"뭐 틀림없을 거네. 아, 그리고 만일 독살에 실패할 경우 자신에게 돌아올 보복의 화살을 피하기 위해서라도 그 일은 아무에게도 말하지 않았을 거야."

아이들이 고개를 끄덕였다.

"바다에 가서 제일 먼저 해야 할 일은 뭡니까?"

"복어를 잡아야지."

"어떻게 잡죠?"

"낚시를 해야 해. 복어는 제법 깊은 바다에 사니까 그물을 사용할 수는 없고……."

피코가 고개를 저었다.

"가능성이 너무 희박하군요. 넓은 바다 어디쯤 복어가 있는지 알 수
도 없으니……."

응가가 말했다.

"잡힐 때까지 계속해야지. 퍼쿵이라는 청년은 언제까지라도 얼린 상
태로 둘 수 있다고 하지 않았나?"

치요가 고개를 끄덕였다.

"맞아요. 마법진 안에 두고 열흘에 한 번씩 마법을 걸어 새로 냉동
을 하면 우리가 죽을 때까지 얼려둘 수 있으니까요."

그들이 얘기를 하는 도중에 용 고기가 익어가고 있었다.

피코가 잘 익은 고깃덩이를 나뭇가지에 꽂아서 응가에게 먼저 주었다.

"자, 드십시오. 육식 용이라 조금 노린내가 나겠지만 맛은 괜찮습니
다."

"오, 이게 그 무서운 육식 용이란 말이지? 한번 먹어볼까?"

나머지 아이들에게도 고기를 하나씩 돌렸다. 그들은 간밤을 뜬눈으
로 지새운데다가 신경을 많이 써서 무척 배가 고팠다. 특히 여자 세 사
람은 멀리 여행까지 다녀와서 무척 피곤하기까지 했다. 서둘러 식사를
마치고 한숨 잔 후 출발하기로 결정했다.

모두들 불안해하긴 했으나 절대 안전하다는 보보의 설명을 재차 듣
고서야 겨우 늦은 잠자리에 들었다.

그날 낮 동안 온종일 잠을 자고 나서 늦은 오후가 되어서야 깨어난
일행은 식량과 무기와 새로 만든 여러 개의 낚싯대를 챙겨서 배에 실
었다. 아직 날씨가 무척 추운 겨울인지라 덮을 것도 필요했다. 바닷가

에 도착하면 들판에서 야영을 해야 하기 때문이었다. 그래서 모피와 가죽도 잔뜩 실었다.

피코가 퍼쿵을 가죽으로 몇 겹이나 둘둘 말았다. 그리고 나서 조심스레 들어서 배로 옮겼다. 피코는 마치 시체같이 차갑게 굳어 있는 퍼쿵을 보자 눈물이 나려는 것을 이를 악물고 억지로 참고 있었다.

피코가 중얼거렸다.

"퍼쿵, 조금만 기다려. 내가 꼭 구해줄게. 잠시만 쉬고 있어. 잠잔다고 생각하고……."

아닌 게 아니라 피코의 눈에는 제 오빠가 꼭 시체처럼 보였다. 그녀의 눈에 어린 시절부터 퍼쿵과 함께 자라오던 기억이 주마등같이 스쳐 지나가고 있었다.

그 옛날 자신을 등에 업고 산속으로 도망쳐 나오던 순간부터 검술을 가르치고 사냥을 가르치고 살아남는 법을 가르치고… 그렇게 자신을 보호해 주던 퍼쿵이 차갑게 굳은 채 제 품에 안겨 있으니 터치의 군대만큼이나 독을 준 부르크 대신과 인간족의 군대에게 원망이 솟아났다.

피코는 아무 말 없이 퍼쿵을 조심스레 배 한가운데에 내려놓았다. 그리고 그의 거대한 검을 가져다가 옆에 나란히 놓았다.

해가 서산에 걸릴 무렵 모든 준비가 끝났다.

돛이 오르고 유코가 바람의 정령을 소환하기 시작했다. 그리고 치요는 진에서 나와 녹기 시작한 퍼쿵의 몸을 얼리기 위해서 우레를 등에 업고 다시 마법을 걸고 있었다.

배는 우레까지 여덟 명의 일행을 태운 채 서서히 강 한복판으로 진입하기 시작했다.

제8장 바다로 가다

"얼마나 걸릴 것 같아?"

유코가 바람의 정령에게 물었다.

『바다까지 가려면 일곱 시간은 걸려요.』

"그래? 가능하면 빨리 부탁해."

『알았어요. 단단히 잡고 있어요.』

"잠깐, 모두 몸을 묶으면 출발해 줘."

『예.』

대답한 정령이 돛대를 잡고 서서히 밀기 시작하자 유코가 일행에게
말했다.

"일곱 시간 걸린대요. 모두들 단단히 묶어요. 최대 속도로 갈 거니까."

웅가가 밧줄을 이용해 몸을 묶으며 말했다.

"그 정령이라는 것의 힘은 대단하구나. 걸어서 닷새는 걸릴 곳을 일

곱 시간 만에 갈 수 있다니…….”

유코가 자랑스러운 표정을 지었다.

“그게 다 내 몸에서 나온 힘이라는 거 알아요? 호호, 정령은 제 힘을 꺼내어 사용할 뿐이랍니다. 오호홋!’

그 말에 치요가 고개를 끄덕였다.

“맞아, 나도 그 얘기 들은 적 있어. 정령술사의 힘에 의해 정령의 힘이 결정난다고.”

보보가 놀라운 듯이 입을 벌렸다.

“유코, 너 굉장하구나. 다시 봐야겠다.”

“호호호, 뭘 이 정도 가지고.”

유코가 품 안에 우레를 안았고, 다른 아이들도 모두 배에다 단단히 몸을 고정시켰다. 모두 자리를 완전히 잡자 정령이 속도를 내기 시작했다.

배는 그야말로 화살보다 더 빠르게 움직이기 시작했다. 마치 날고 있는 느낌이 들 정도였다.

피코가 좀 걱정스러운 듯이 물었다.

“유코, 너 정령을 너무 많이 사용하는 것 같아서 걱정이다.”

그러자 유코가 감동한 듯 눈물을 글썽이며 피코를 바라봤다.

“어머! 피코가 내 걱정을 다……. 정말 뜻밖이에요.”

그 말에 피코의 얼굴이 좀 붉어졌다.

“왜? 내가 네 걱정 좀 하면 안 되냐?”

“아니, 그래도… 피코는 항상 내게 시비만 걸었었는데…….”

“어휴, 내가 언제 그랬어? 네가 자꾸만 빈정거리니까 그랬던 거지.”

유코는 감동도 참 잘하는 성격이었다.

“뭐 교양있는 내가 그다지 빈정대는 성격은 아니지만… 어쨌든 고마워서 그래요. 다시 봤어요, 피코."

보보가 웃었다.

"유코, 피코가 네 걱정을 얼마나 많이 하는데 그래? 겉으로 표를 안 내서 그렇지."

유코가 소매로 눈물을 닦으며 대답했다.

"그, 그랬니? 나 오늘 감동했어. 앞으로 피코한테 잘해줄 생각이야."

피코가 피식 웃으며 말했다.

"훗, 지금 한 말 절대 잊지 마."

유코가 흘깃 돌아보며 덧붙였다.

"피코 하는 거 봐서요."

피코가 고개를 저었다.

"휴, 말을 말아야지."

배가 어찌나 빨리 가는지 모두들 바람에 고개를 들지 못할 정도였다. 잔뜩 움츠린 채 모피를 뒤집어쓰고 있어야 했다. 피코는 그 와중에도 퍼쿵을 뒤집어씌운 모피를 꼭 붙잡아 날리지 않도록 하고 있었다.

해가 질 무렵 출발한 일행은 별이 초롱초롱한 한밤중이 되어서야 강 하류에 접어들 수 있었다.

벌써 바다 냄새가 코끝으로 밀려 들어왔다. 달빛에 부서지는 파도의 흰 무늬가 끊임없이 나타났다 사라지고 있었다. 유코는 정령에게 부탁해서 배를 멈추게 했다.

휘영청 밝은 보름달이 떠 있어서 한밤중인데도 불구하고 주위의 경관을 대충 분간할 수 있었다.

응가가 주위를 둘러봤다. 응가가가는 이곳 출신이라 지리를 잘 알고 있었다.

한동안 유심히 주위를 살피던 웅가가 중얼거렸다.

"흠… 확실히 고향이군. 그런데 모습이 많이 변했어."

피코가 물었다.

"배를 어디에 정박시키면 좋을까요?"

"예전에 우리가 살던 성은 강의 복판에 있던 섬에 있었지. 삼각형의 섬이었어. 저곳이 그 삼각주 섬이 분명한데 이상하게 성이 사라졌어."

피코도 고개를 끄덕였다.

"그렇군요. 잘 기억은 나지 않지만 분명히 저 정도에 들개족의 성이 있었는데……."

웅가가 고개를 저었다.

"들개족의 성이 아니라 우리 인간족의 성이었지. 전쟁에 패해 들개족에게 빼앗긴… 엉?"

웅가는 말을 하다 말고 의외라는 듯이 피코를 돌아봤다.

"자네… 이 지역에 와본 적이 있나?"

"어릴 적에 잠깐……."

"그래? 그럼 들개족에 대해서도 조금 알겠구먼."

"예, 조금……."

피코는 설명이 길어질 것 같아 대충 말을 흐렸다.

그때 자리코가 질문을 해서 화제는 다시 성으로 돌아왔다.

"어떻게 된 거죠? 다른 곳으로 온 건가요?"

"아니, 그렇지는 않아. 분명히 이곳이야. 아마 무슨 일이 있었나 보군, 성이 없어진 것을 보니. 그렇다면 들개족들은 모두 어디로 사라졌지?"

보보가 말했다.

"섬의 나무들이 많이 쓰러진 것을 보니 홍수라도 있었던 모양이네요. 아마 홍수가 나서 성이 휩쓸려 내려갔나 보죠. 저길 보세요."

보보가 가리키는 곳에는 성의 잔해로 보이는 돌덩이가 미처 휩쓸려 가지 못하고 바다 쪽으로 잔뜩 쌓여 있었다.

응가가 고개를 끄덕였다.

"음… 그런 것 같군."

보보가 확신하면서 말했다.

"그렇지만 들개족은 근처에 있을 거예요. 지난번 전쟁 때 들개족의 문서와 지도를 보았는데 분명히 이 강의 하류에 그들의 성이 위치해 있다고 적혀 있었어요. 분명히 기억하고 있어요."

치요가 말했다.

"어쨌든 어서 배를 대고 진을 만들어야 해. 퍼쿵의 온도가 많이 올라갔어."

"좋아, 서두르자. 어차피 진을 만들면 아무도 발견할 수 없다니까."

응가가 말했다.

"저쪽 기슭에 배를 대도록 하자. 삼각주 섬에는 들개족이 남아 있을지도 모르니까 되도록 발견되기 어려운 곳에 환자를 숨겨놓는 것이 좋을 거야."

"좋아요."

피코가 장대를 가지고 바닥을 더듬어가며 배를 강가에 댔다. 거의 강과 바다가 맞닿는 지점이었다.

어둠 속에서 피코는 나뭇가지를 잔뜩 가져다가 서둘러 배를 덮어씌웠다. 물위에 멀뚱히 묶어놓았다가는 날이 밝자마자 들개족에게 발견될 것이 뻔하기 때문이었다.

그러는 동안 나머지 사람들은 서둘러서 적당한 위치에 방어진을 만들었다. 모두 치요의 지시에 따라서 돌을 날라왔고 치요는 열심히 바닥에 금을 긋고 문양을 그려넣었다. 머리통만한 돌들이 사방에 빙 둘러 놓여졌다. 당분간 야영을 해야 하기 때문에 굉장히 큰 방어진이 만들어졌다.

방어진의 한가운데는 커다란 고목나무가 한 그루 서 있었다. 치요가 이번에는 우레의 깃털을 사용하지 않고 그 나무의 가지들을 꺾어서 방어진을 이루는 돌 위에 하나씩 올려놓았다. 그 나뭇가지가 바로 진의 매개물이었다.

그리고 그것이 완성되자 퍼쿵을 방어진의 한가운데에 내려놓고 그의 주위에 다시 또 하나의 작은 진이 그려졌다. 냉동 보존을 위한 진이었다.

두 개의 진이 모두 완성되었다. 무척 힘이 드는지 겨울인데도 불구하고 치요의 이마에 땀이 송글송글 맺혔다.

치요는 이제 우레를 등에 업고 다시 주문을 외우기 시작했다. 퍼쿵을 얼리기 위한 주문이었다. 곧 치요의 몸에서 열이 풀풀 피어오르더니 순식간에 퍼쿵이 하얀 성에에 뒤덮이며 진과 함께 얼어버렸고 주변 사람들은 치요가 한꺼번에 뿜어대는 열기에 놀라 몸을 움츠려야 했다.

피코가 물었다.

"다 된 거야?"

"그래, 이제 열흘은 녹지 않을 거야. 모두들 조심해. 절대로 두 개의 진을 손상시키면 안 돼. 여긴 들개족의 지역이니까 행여나 발견되기라도 하면 큰일이야."

모두 고개를 끄덕였다.

"자, 이제 이것을 받아요."

치요가 모두에게 작은 나뭇가지를 한 개씩 나누어 주었다. 그리고 특히 웅가에게 확실한 주의를 주었다.

"절대 잃어버리시면 안 됩니다. 그게 없으면 이 진 안으로 돌아올 수 없어요. 그리고 혹시 다른 들개족이 줍기라도 한다면 그들이 방어진을 볼 수 있게 되니까 잃어버리려면 아예 태워 버리는 게 더 나아요."

"알았네. 뭔지는 모르겠지만 각별히 주의하지."

응가는 무척 신기해하며 나뭇가지를 품속 깊이 챙겨 넣었다.

유코가 물었다.

"왜 우레의 깃털을 이용하지 않았어?"

"그건… 나뭇가지를 이용해도 방어진 역할은 충분히 할 수 있으니까. 위력은 좀 떨어지겠지만."

"그렇구나."

"우레의 깃털은 아주 중요한 거거든. 절대로 남들이 가져선 안 돼. 게다가 이 지역은 들개족의 지역이잖아. 행여 누가 깃털을 잃어버리기라도 하면 아주 곤란해지거든."

"삐빗!"

치요의 말에 우레가 거만한 표정을 지으며 주위를 둘러봤다. 마치 자신의 중요함을 이제 알았냐는 듯한 표정이었다.

보보가 말했다.

"자, 이제 대충 식사를 하고 복어를 잡으러 가요."

유코가 물었다.

"낚시는 자신있는 거야?"

"해봐야지."

보보는 그렇게 대답하며 자신이 만든 엉성한 낚싯바늘을 살펴보았다. 그 바늘은 치요의 불로 단검을 녹여서 만든 것이었다.

응가도 걱정이 되는 표정으로 역시 엉성하기 짝이 없는 가죽 낚싯줄을 살피며 중얼거렸다.

"될까? 이것을 가지고……?"

그러는 동안 방어진 밖에 나갔던 피코가 돌아왔다.

"마른 나무를 좀 주워 왔어. 불을 피우려고."

치요가 살짝 손가락 끝에 불을 일으키더니 쌓아놓은 나무에 불을 붙였다. 새벽 이슬에 젖어 있어서 잘 타지 않았으나 치요가 불의 강도를 높이자 곧 연기를 뿜어내며 불이 붙었다.

웅가가 걱정스레 물었다.

"연기가 나면 들개족이 몰려오지 않을까?"

치요가 웃었다.

"괜찮아요. 연기 냄새를 맡고 와도 방어진은 볼 수 없으니까요. 근처에서 헤매고 다닐 뿐이에요."

"오오, 그거 정말 신기한 기술이로구나. 나도 좀 가르쳐 주면 좋겠다."

치요가 크게 웃었다.

"하하, 가르쳐 드려도 할 수 없을 거예요. 이 방어진을 만들려면 적어도 몸 안에 삼 단계 이상의 마력을 모을 수 있어야 하니까요."

"삼 단계의 마력이라고?"

"그런 게 있어요. 설명해 드려도 이해할 수 없는 그런 힘이에요."

이번에는 보보가 물었다.

"마법에 단계라는 것이 있어?"

"응. 마법을 시작해서 수련하는 동안 점점 몸에 쌓이는 마력이 늘어가거든."

"총 몇 단계까지 있는데?"

"보통 최고로 높은 경지에 있는 마법사들이 칠 단계라고 봐. 우리 부족에서 가장 실력있는 마법사가 칠 단계니까."

유코가 호기심이 가득한 얼굴로 물었다.

"더 높은 단계는 없니?"

"글쎄… 있을 거야. 마력이라고 한 것은 일종의 에너지인데 우리 같은 인간들의 한계를 넘는 존재들이 분명히 있으니까."

유코가 또 물었다.

"인간의 한계를 넘는 존재라니? 그게 뭐야?"

"보통 사람이 가진 에너지보다 짐승들이 가진 에너지가 훨씬 강하잖아? 용은 보통 짐승들보다 훨씬 더 강하고… 뭐 그런 식이야. 세상에는 사람의 힘을 뛰어넘는 존재들이 분명히 있거든. 신이라든가 악마라든가… 또 괴물 같은 것도 분명히 존재하고. 괴물들은 상상할 수도 없는 엄청난 에너지를 가지고 있어."

유코가 고개를 갸웃거렸다.

"에이, 세상에 그런 게 어디 있어?"

치요가 정색을 하고 유코를 바라봤다.

"아냐, 있어. 실제로 유코 널 가르친 선생님이 칠 단계의 마력을 가진 분인데 유코, 너에겐 그분보다 더 높은 마력이 있다니까. 물론 겉으로 느껴지지는 않지만 말야."

그 말에 유코가 발끈해서 소리쳤다.

"뭐? 그럼 내가 괴물이란 말이니?"

치요가 서둘러 손을 내저었다.

"아냐. 네가 괴물이라는 얘기는 아니고……."

그러나 유코를 바라보는 치요의 표정이 어쩐지 유코를 괴물처럼 여기는 것 같기도 했다.

둘의 얘기를 들으며 보보가 슬며시 미소를 지었다.

'유코가 괴물은 괴물이지. 성격이.'

모두들 간단히 식사를 했다. 그리고 날이 밝기 전에 배를 띄워야 하기 때문에 서둘러 준비를 했다.

엉성한 낚싯대를 잔뜩 준비해서 배에 싣고 머리를 맞댔다.

피코가 말했다.

"모두 갈 필요는 없잖아? 몇 사람은 남아서 퍼쿵을 지켜야지."

치요가 대답했다.

"지킬 필요는 없어. 절대 안전하니까."

자리코가 손을 들었다.

"난 남을래. 혹시 무슨 일이 있을지도 모르잖아. 오빠를 지키고 있을래. 게다가 난 자꾸 토할 것 같아서 죽겠어."

웅가가 자리코의 얼굴을 살피며 말했다.

"뱃멀미를 하는 모양이구나. 그래, 어차피 자리코는 낚시하는 법도 모르니까 데려갈 필요는 없어."

보보가 말했다.

"맞아요. 그리고 치요도 남았으면 좋겠는데?"

치요가 물었다.

"왜?"

"넌 햇빛을 많이 쬐면 좋지 않잖아. 여기서 낮에는 푹 뒤집어쓰고 좀 자두는 게 좋지 않을까? 어차피 넌 밤에 잠을 자지 않으니까 조금이라도 여유있을 때 자둬야 나중에 무슨 일이 있을 때 힘을 쓰지."

치요가 고개를 끄덕였다.

"좋아, 그렇게 하자. 나도 남을래."

안 그래도 치요의 얼굴에는 이미 지친 기색이 역력했다.

결국 상의 끝에 치요와 자리코만 남기고 모두 바다로 나가기로 결정이 났다. 우레도 낚시에는 별로 쓸모가 없었지만 한사코 유코를 따라가겠다고 떼를 써서 할 수 없이 데리고 가기로 했다.

자리코와 치요를 제외한 나머지 사람들이 배에 올랐고 유코가 바람의 정령을 부르려 하자 피코가 제지했다.

"잠깐! 이제 필요없어. 너도 힘을 아껴. 자꾸 정령을 부르지 말고."

"하지만 어서 복어를 잡아야죠."

"배가 빨리 다닌다고 복어가 잡히는 것은 아니잖아. 게다가 너 이틀 동안 너무 정령을 많이 불러서 수명이 줄었을 거야."

보보도 유코를 말리고 나섰다.

"그래, 유코. 피코 말이 맞아. 어차피 지금은 정령 없이도 우리끼리 배를 몰 수 있으니까 나중에 꼭 필요할 때 도와줘."

"하지만 어서 퍼쿵 오빠를 구하고 싶은데……."

유코는 자기가 도움이 되지 않는다는 생각에 약간 풀이 죽었다. 낚시를 따라가려고 결심했을 때에는 속으로 정령을 이용해 복어를 낚으리라 생각했었던 것이다.

유코가 입을 내밀고 있자 보보가 어깨를 두드리며 설득했다.

"벌써 잊었어? 퍼쿵 형이랑 무엇을 죽이는 데 정령을 사용하지 않는다고 약속했잖아?"

유코가 실망한 목소리로 대답했다.

"아, 아니, 잊지 않았어."

"퍼쿵 형을 생각하는 네 마음은 잘 알지만 지금은 정령술을 쓸 때가 아닌 것 같아. 아마 퍼쿵 형도 네가 그러길 바라고 있을 거야. 알겠지?"

"응, 알겠어."

보보가 차근차근 설득하자 유코도 얌전히 고개를 끄덕이며 수긍했다. 그녀가 보보의 말에 이렇게 고분고분한 것은 처음이었다. 그 이유는 퍼쿵과의 약속을 생각하니 함부로 정령을 쓸 수가 없기 때문이었다. 게다가 지난 하루 동안 이미 엄청나게 정령을 사용했기 때문에 조금 걱정이 되기도 했다.

어쨌든 피코가 장대로 배를 밀어서 출항을 했고 그 다음은 자연 바람을 돛 가득히 안고 깊은 바다로 유유히 밀려 들어갔다. 어둠 속에서 손을 흔드는 자리코와 치요의 모습이 보였다. 그리고 그 뒤에 퍼쿵이 가죽에 덮어 싸인 채 누워 있었다.

뭍에 남겨진 자리코가 치요에게 말했다.

"치요, 한숨 자렴. 너, 너무 힘들어 보인다."

"응, 좀 자야겠어."

"이리 와. 여기 모피로 자리 만들어놨어."

"자리코도 좀 자둬. 돌아다니느라 힘들었잖아."

"괜찮아. 나야 뭐 한 일도 없는데……. 너는 밤새도록 오빠를 얼리느라 마법을 사용했잖아."

치요가 자리에 눕자 자리코가 무릎으로 치요의 머리를 베어주었다.

치요가 눈을 감은 채 탄식하듯 내뱉었다.

"걱정이야. 퍼쿵을 살려낼 수 있을까?"

"꼭 살려낼 거야. 난 원장님을 믿어. 그리고 너희들도."

"우린 죽을 고생을 많이 했어. 그동안 같이 살면서……."

"그런 것 같아."

"내가 퍼쿵과 피코를 만난 지 오 년이 되었는데 우린 만나는 그 순간부터 죽을 고비였지."

치요의 얘기를 들으며 자리코도 자리에 누웠다. 그리고 치요에게 팔베개를 해주며 모포를 두껍게 덮었다. 치요는 조용한 목소리로 얘기를 이어갔다. 피로가 엄습해 왔고 서서히 잠에 빠져드는 자리코의 의식 속으로 치요의 목소리가 꿈결처럼 들려왔다.

"…우린 퍼쿵이 없으면 안 돼… 절… 대… 로……."

한낮이 되었다. 뜨거운 태양이 내리쬐고 있는 바다 한가운데. 그나마 겨울이라 좀 덜했다. 여름 같았으면 모든 것을 익혀 버릴 것 같은 강렬한 태양이었다.

보보가 손으로 그늘을 만들며 말했다.

"치요를 놔두고 오길 정말 잘했어. 해가 너무 뜨겁다."

유코도 가죽으로 머리를 뒤집어쓴 채 중얼거렸다.

"정말 겨울인데도 별로 추운 줄 모르겠네. 너무 뜨거워."

피코는 별로 태양에 신경 쓰지 않는 것 같았다. 아무 말도 없이 낚싯대만 바라보고 있었다. 아무래도 피코는 태양에 익숙한 사냥꾼이었다.

연륜이 있어서인지 웅가도 요지부동이었다.

"얼마 만에 바다 낚시를 해보는 건지 모르겠군. 이십 년도 넘었지? 이곳을 떠난 지 이십 년이니까."

유코가 물었다.

"정말 복어를 낚을 수 있어요? 벌써 반 나절이나 지났잖아요?"

"조금만 기다려 봐라. 낚시는 그렇게 쉽게 되는 게 아니란다."

유코가 불안한 듯이 물었다.

"하지만 복어는커녕 다른 물고기도 하나 못 잡았는걸요?"

그때였다. 피코가 소리를 질렀다.

"걸렸다!"

모두 피코를 바라봤다. 과연 그녀의 낚싯줄이 팽팽하게 당겨져 있었다.

"와! 정말이네!"

"조심해! 줄이 끊어지면 안 돼!"

웅가의 말에 피코가 피식 웃으며 말했다.

"염려 붙들어 매시라니까요! 장사 한두 번 하나요?"

상당히 큰 물고기가 잡혔는지 피코는 바로 끌어 올리지 못하고 줄을 당겼다 놓았다 하며 씨름을 하고 있었다.

유코가 소리쳤다.

"뭐 해요? 확 잡아 올리지 않고! 바위도 집어 던지는 사람이!"

그러자 피코가 손의 힘을 빼며 말했다.

"모르는 소리 말아. 물고기랑 바위랑 같은 줄 아니? 잘못 당기면 줄이 끊어져 버린단 말야."

웅가가 나뭇가지로 급조해 온 뜰채를 들고 달려오며 말했다.

"피코 말이 맞다. 여차하면 줄을 끊고 달아나니까 조심해야 해."

유코가 머쓱해서 중얼거렸다.

"그, 그래요? 난 그냥 당기면 되는 줄 알고……."

피코의 씨름은 한참이나 계속되었다. 뜰채를 가지고 대기하던 웅가가 고개를 갸웃거렸다.

"너무 큰 거 아냐? 복어는 저렇게 크지 않은데?"

"아직 뭔지는 잘 모르겠어요. 상당히 큰 것은 사실인데… 이거 뜰채 가지고는 못 건져 올려요. 작살이 있어야 해. 보보, 거기 창 준비하고 기다려!"

보보가 얼른 일어나며 창을 들고 달려왔다.

"알았어!"

그때 주위를 살피던 웅가가 깜짝 놀라며 달려갔다.

"내 것도 걸렸어!"

"어? 낚싯대가 날아가요!"

잠깐 꿈틀하던 낚싯대가 갑자기 휙 딸려갔고 웅가는 겨우 그 끝을 낚아챘다.

"이, 이것도 상당히 큰데?"

웅가 역시 땀을 흘리며 씨름을 하기 시작했다. 웅가가 씨름을 하면서 두 아이들을 보고 외쳤다.

"너희들도 낚싯대 잘 잡고 있어. 잘못하면 물고기에게 빼앗겨 버린다."

"예!"

보보와 유코도 서둘러 제자리로 돌아가 낚싯대를 잡았다.

그렇게 힘들게 피코와 웅가가 낚아 올린 물고기는 복어가 아니었다. 뭔지는 몰라도 굉장히 커다란 물고기였다. 피코가 낚은 물고기는 거의 어른의 몸뚱이만큼이나 되었고 웅가가 낚은 물고기는 그보다 조금 작았다.

웅가가 말했다.

"에이, 복어가 아니잖아? 이건 해독약을 만드는 데 쓸모가 없어."

웅가는 두 마리의 물고기 중 피코가 잡은 것만 배의 뒷전에 아무렇게나 던져 놓고 자신이 잡은 것은 다시 물에 놓아주었다. 그리고 다시 낚싯바늘에 미끼를 꿰어 바다에 던졌다. 피코도 실망스러운 표정으로 다시 낚시를 시작했다.

유코가 물었다.

"아저씨, 왜 물고기들을 다시 놓아주었어요?"

"그야… 피코가 잡은 한 마리면 우리가 충분히 먹고도 남지 않느냐. 필요없는 물고기를 더 잡아갈 필요는 없으니까."

유코가 고개를 끄덕였다.

"아, 그랬군요."

피코도 말했다.

"우리에게는 복어 한 마리만 있으면 돼. 다른 것은 필요없어."

"……."

그날 보보는 물고기에게 낚싯대를 빼앗겨 버렸고 유코의 낚싯대에는 날이 저물도록 아무것도 걸리지 않았다.

캄캄한 밤이 되어 뭍으로 돌아오는 배에는 피코가 잡은 커다란 물고기 한 마리만 실려 있었다. 나머지 예닐곱 마리의 물고기는 다시 바다에 놓아주었다.

배를 숨겨놓고 물고기를 구워 먹으며 토론이 벌어졌다.

치요가 말했다.

"복어를 낚는다는 게 생각보다 어렵군요."

응가가 대답했다.

"휴, 저 넓은 바다에 어디쯤 복어가 있는지 알 수가 있어야지."

그들은 흘끔흘끔 뒤쪽에 누워 있는 퍼쿵에게 시선을 던지며 식사를 했다.

자리코가 말했다.

"전 너무 걱정이 돼요. 저대로 퍼쿵 오빠가 일어나지 못하면 어쩌나

하고……."

치요가 하늘을 바라봤다.

"오늘 밤 점을 쳐봐야겠어. 퍼쿵에 대해서……."

그때 유코가 손을 번쩍 들었다.

"저기… 나 많이 생각해 봤는데… 내가 정령에게 부탁해서 복어를 잡으면 안 될까?"

모두의 석연치 않다는 눈빛이 유코를 향해 모아졌다.

"퍼쿵 오빠를 살리기 위해서잖아. 더 시간을 끌지 말고 그렇게 하자. 응? 한 번만!"

치요가 고개를 저었다.

"유코, 그건 안 될 말이야. 넌 다른 생명을 죽이는 데 정령을 사용해서는 절대로 안 돼. 벌써 잊었어?"

"나도 알아. 알고 있어. 하지만 퍼쿵 오빠가……."

"네 맘은 알겠는데 퍼쿵은 저대로 당분간 죽지 않아. 서두를 필요 없으니 너무 조바심 내지 마."

치요가 너무나 단호하게 말하자 유코는 고개를 푹 숙이며 한숨을 쉬었다.

"휴……."

그들의 대화를 듣던 웅가가 물었다.

"듣자 하니 유코가 정령을 사용하는 데 있어서는 무슨 규칙이라도 있는 모양이구나."

치요가 차분한 음성으로 설명했다.

"그래요. 사실은 유코는 정령을 사용하는 만큼 생명이 줄어든답니다. 그래서 자주 사용해서는 안 되지요. 더군다나 정령술을 다른 생명을 죽이는 데 사용하면 절대 안 됩니다. 정령들은 본래 자연의 근원적인 힘이기 때문에 나쁜 목적에 사용하면 커다란 재앙을 불러올 수 있기 때문이에요. 정령술사들은 절대로 그것을 어겨선 안 돼요."

웅가가 고개를 끄덕였다.

"그랬구나. 유코야, 역시 치요의 말에 따르는 것이 낫겠다."

"예, 알겠어요."

잠시 가만히 앉아 있던 유코가 또 손을 번쩍 들었다.

"하지만 복어가 어디에 있는지 그것만 물어보는 것은 괜찮지? 그건 생명을 빼앗는 일이 아니잖아? 낚시는 다른 사람이 하고 나는 위치만 파악하면 안 돼?"

유코의 말에 모두 치요의 입만 바라봤다. 사실 모두들 빨리 복어를 잡기만 고대하고 있었다. 그래서 치요의 대답만 기다리며 눈치를 보고 있었다.

치요가 잠시 생각하더니 고개를 끄덕였다.

"그건… 휴… 그래, 그렇게 해. 그 정도는 괜찮을 거야."

밤이 되자 치요를 제외한 모든 사람이 잠자리에 들었다. 치요는 방어진 한구석에 피워진 모닥불 옆에 모피를 뒤집어쓰고 앉아서 별을 바라보고 있었다. 그의 무릎에는 마족의 장로에게서 얻어온 두꺼운 마법 서적이 펼쳐져 있었다. 하늘의 별과 책을 번갈아 바라보며 퍼쿵의 생명성에 대해서 점을 치려는 중이었다.

한참 책을 뒤적이던 치요의 시선이 다시 하늘을 향했다.

그렇게 밤은 깊어가고 있었다.

다음날 새벽 일행은 다시 낚시를 가기 위해서 이른 아침을 먹었다.

어두컴컴한 새벽 바다를 바라보며 식사를 하던 보보가 물었다.

"치요, 어젯밤 점은 쳐봤어?"

"응."

다른 사람들도 치요의 대답이 궁금한지 모두 그의 입만 바라보고 있었다.

"어땠어?"

"글쎄… 잘 모르겠어… 아직…….."

치요의 대답이 신통치 않았다. 그러자 일행의 표정이 어두워졌다.

유코가 물었다.

"왜? 왜 그러는 건데? 안 좋은 결과라도 나왔어?"

"아니, 그런 건 아냐. 사실은 퍼쿵의 별을 찾지 못했어."

모두의 표정이 우울해지자 치요가 머리를 긁적이며 사과했다.

"미안해. 나 점에는 그다지 소질이 없어서…….."

피코가 치요의 어깨를 짚으며 일어섰다.

"그런 말 하지 마. 넌 원래 불 마법사지 점쟁이가 아니잖아. 점도 그만 하면 잘 치는 거야. 우린 꼭 퍼쿵을 살려낼 수 있을 테니까 모두들 걱정 말고 힘내자고."

피코의 말에 모두 표정을 바꾸며 일어섰다.

"그래, 그럴 거야. 꼭 해낼 수 있어."

"어서 바다로 나가자."

그렇게 다시 심기일전하며 일행은 배를 타고 바다로 나갔다.

제9장 피코와 보보, 일내다

그날 바다로 나간 배는 저녁이 되어 또 엉뚱한 고기만 한 마리 싣고 돌아왔다.

자리코가 물었다.

"어떻게 된 거야? 복어가 있는 위치를 찾지 못했어?"

"아니, 위치는 찾았는데… 엉뚱한 고기만 자꾸 걸려 올라오잖아. 그래서……."

치요와 자리코의 표정도 실망하는 빛이 역력했다. 하지만 자리코는 곧 웃으며 저녁을 준비했다. 메뉴는 역시 물고기 구이였다.

저녁을 먹은 후 지친 일행은 바로 자리에 누웠다. 그렇게 누워서 잠시 뒤척이던 피코가 자리에서 일어나더니 칼을 차고 도끼를 들었다.

지쳐서 누워 있던 사람들이 피코를 돌아봤다.

"어디 가려고?"

"나무를 좀 해와야겠어."

자리코가 말했다.

"내가 조금 해다 놨는데? 이 정도면 오늘은 버틸 수 있어. 게다가 이런 한밤중에 나무라니… 피곤할 텐데……."

"알아. 몸 좀 풀려고 그래. 며칠 동안 배에 앉아만 있었더니 몸이 굳었어."

보보가 급히 몸을 일으키며 칼을 들었다.

"나, 나도 같이 가! 나도 운동 좀 해야겠어."

"보보도?"

사람들이 보보를 바라봤다. 그리고 다시 고개를 돌렸다.

웅가가 말했다.

"젊은 사람들은 좋군. 나는 늙었는지 피곤해서 못 움직이겠는데. 나는 먼저 잘 테니 적당히 하라고……. 너무 심하게 운동하면 오히려 몸에 안 좋아."

보보가 손을 흔들었다.

"예, 걱정 말고 먼저 주무세요."

유코는 누운 채 숲으로 들어가는 두 사람을 바라보고 있었다.

'저것들은 힘들지도 않나? 에구구, 난 고기를 하나도 못 잡았는데도 왜 이렇게 힘들지? 나도 이만 자야겠… 엉?'

돌아눕던 유코가 갑자기 뭔가 생각난 듯 눈을 크게 뜨더니 고개를 홱 돌려 두 사람이 들어간 숲을 다시 바라봤다.

'혹시… 저것들이?'

유코의 눈에 오랜만에 장난기 가득한 미소가 번지고 있었다. 그리고 가만히 주위를 둘러보고 아무도 바라보지 않자 슬며시 몸을 일으켜 숲으로 걸음을 옮겼다.

그러다가 모닥불 옆에 앉아 있는 치요의 시선을 느끼고 중얼거렸다.

"윽! 배, 배가… 좀 밀어내고 와야겠다."

피코가 도끼로 적당히 굵은 나무의 아랫부분을 찍어내고 있었다. 그녀가 도끼를 휘두를 때마다 나무는 쿵쿵 땅을 울리며 살점이 뚝뚝 떨어져 나갔다.

쿵, 쿵, 쿵, 쿵.

그 옆에서 보보는 장검으로 잔가지들을 툭툭 끊었다.

잠시 후 거대한 나무는 한쪽으로 둔탁한 소리를 내며 약간 기울어졌다.

우두두두.

피코가 소리쳤다.

"조심해! 그쪽으로 쓰러질 거야!"

보보가 얼른 피코의 옆으로 왔다. 그러자 피코가 보보에게 도끼를 주었다.

"자, 여길 한 번 찍어봐."

"여기?"

"응, 거길 찍으면 나무는 저쪽으로 넘어지게 되어 있어."

보보는 좀 쑥스러워하는 표정으로 도끼를 받았다. 두 손으로 도끼를 쥔 보보의 포즈가 아주 엉성했다.

"이렇게?"

퉁.

보보가 힘껏 도끼를 휘둘렀으나 나무는 쓰러지지 않았다.

피코가 피식 웃었다.

"세게 좀 찍어라! 그래 가지고 어디 쓰러지겠어?"

"아, 알았어."

보보는 젖 먹던 힘까지 다 내어 도끼를 찍었다.

쿵!

뿌드드드.

나무는 서서히 옆으로 넘어가기 시작했다.

"넘어간다!"

피코는 손을 입가에 대고 장난스럽게 허공에 대고 소리쳤다. 보보도 따라서 소리쳤다.

"넘어간다!"

쿠우웅!

나무는 엄청난 소리를 내며 쓰러졌다.

피코는 도끼를 다시 받아 들고 쓰러진 나무의 중간중간을 찍기 시작했다.

한참 시간이 지나니 그 큰 나무가 몇 토막으로 나뉘어졌다. 피코의 힘은 그야말로 대단했다.

피코는 온몸이 땀으로 흠뻑 젖었고 몸에서는 엄청난 김이 솟아올랐다.

보보가 감탄을 했다.

"정말 대단하다. 나 같으면 하루 종일 쳐도 자르지 못했을 거야."

피코가 이마에서 흘러내리는 땀을 닦으며 빙긋이 웃었다.

"뭘 보통이지. 퍼쿵 같았으면 이 정도 시간이면 저런 나무 세 그루는 작살냈을걸?"

"그, 그래… 퍼쿵 형이라면……."

두 사람은 잠시 말을 잊은 듯 멍하니 서로의 얼굴을 바라봤다. 피코의 눈에 슬며시 물기가 어리는 것이 보였다.

"흑!"

"피코!"

피코는 갑자기 몸을 일으켜 물가로 달려가더니 옷을 입은 채 그대로 뛰어들었다. 그리고 손으로 물을 떠서 제 얼굴을 마구 문질렀다.

"어푸푸, 어푸!"

눈물이 나는 것을 닦아내고 있는 것 같았다.

급히 뒤따라오던 보보가 그 모습을 보고 멈추어 섰다.

'우는 모습을 보이지 않으려고 저러는구나. 얼마나 맘이 아플까. 그냥 내 품에서 막 울지. 그럼 좀 나아질 텐데…….'

풍덩!

"앗, 차가워!"

갑자기 물이 튀어서 깜짝 놀라 바라보니 피코가 돌덩이를 보보의 앞에 던지고 있었다.

"너도 들어와!"

피코가 허리까지 잠겨서 소리쳤다.

보보는 엉거주춤 뒤로 돌아서서 돌을 들고 있는 피코를 바라봤다.

"별로 안 추워. 들어오라니까!"

"나, 나는……."

그러는 새에 피코가 물속에서 주섬주섬 옷을 벗기 시작했다.

"땀에 절었어. 좀 빨아야지. 빨래한 지도 오래됐잖아?"

피코는 그러면서 바지까지 벗어 들고 빨기 시작했다.

보보는 얼굴이 빨개졌다.

보보는 시선을 어디에 둬야 할지 몰라 제 발끝만 바라보고 있었다.

"하하하, 시원하다. 정말 오래간만이야, 수영한 지."

"추, 춥지 않아? 아직 겨울인데……."

"괜찮다니까."

"나, 나는 세수나 할래."

보보는 물가에 쪼그리고 앉아서 소매를 걷어붙이고 세수를 시작했다.

첨벙첨벙.

"앗, 차가워. 하지 마~"

피코가 다가와서 물을 뿌려대자 보보가 손으로 얼굴을 가리며 소리쳤다. 그러면서 손가락 사이로 피코의 알몸을 훔쳐보는 것도 잊지 않고 있었다.

"엉큼해!"

피코가 밝게 웃으며 들고 있는 옷으로 가슴을 가렸다.

정말 얼마 만에 이렇게 소리 지르고 웃는 건지 몰랐다. 퍼쿵이 쓰러진 지는 며칠 되지 않았지만 그동안 이들은 거의 웃지도 않고 침울한 분위기로 지내왔다. 항상 밝던 이들에게는 그 침울하던 며칠이 몇 년이나 된 것처럼 길게 느껴졌다.

피코가 젖은 옷으로 몸을 가린 채 강에서 걸어나오자 보보는 어쩔 줄 몰라 하며 돌아앉았다.

그러자 피코가 가만히 뒤에서 보보를 안았다. 그리고 말했다.

"요즘 너무 힘들었어. 퍼쿵이 쓰러지고 나서… 흑… 나는 어떻게 해야 할지……."

피코는 다시 흐느끼고 있었다. 보보의 등 뒤로 피코의 차가운 감촉이 전해지고 있었다. 겨울 강물에 한참 동안 몸을 담근 피코의 몸은 얼음장같이 차가워져 있었다. 그러나 그녀는 추운 줄도 모르고 알몸으로 보보에게 매달려 흐느끼고 있는 것이다.

보보는 고민했다.

'돌아서서 안아줘야 하는데… 옷을… 입어야 하는데……'

보보가 움찔거리자 피코가 말했다.

"이대로 잠시만 있어줘. 내 얼굴 보지 말고……"

"으, 응……"

피코는 아무 말 없이 보보에게 기대서 한참을 울었다. 보보는 제 목을 둘러 가슴께에 있는 피코의 손을 가만히 잡아주었다. 두 사람의 손이 서로의 손을 더듬기 시작하더니 깍지를 끼었다.

보보가 조용한 음성으로 말했다.

"괜찮아, 피코. 울고 싶으면 마음껏 울어. 참지 말고. 창피한 거 아냐. 남자인 나도 울고 싶을 때가 많은데."

그러자 피코가 말했다.

"꼴불견이잖아. 다 큰 사람이 징징 우는 거."

보보가 가만히 돌아서서 피코를 마주 봤다. 피코의 표정은 미소를 짓고 있었지만 아직도 그녀의 눈에는 눈물이 흐르고 있었다.

피코는 여전히 알몸이었다. 그러나 지금의 감정으로는 그런 게 그리 중요하지 않았다. 피코는 부끄러움을 못 느끼고 있었고 보보는 그런 피코가 안쓰러워서 다른 데 신경 쓸 정신이 없었다.

"내가 안아줄게, 피코. 실컷 울어."

그러면서 보보가 피코의 눈가에 흐르고 있는 눈물을 손으로 닦아주었다.

"보보……."

"피코……."

두 사람은 가만히 서로의 눈을 들여다보았다. 뭔지 모를 두근거림이 뭉클뭉클 솟아나고 있었다. 그 감정이 슬픔을 밀어내고 그 자리에 들어오는 것 같았다.

피코가 가만히 눈을 감았다. 그런 그녀의 얼굴을 보고 있던 보보의 가슴이 쿵쿵거리며 뛰기 시작했다.

보보가 머뭇거리고 있는 사이에 피코의 턱이 조금 들리며 입술이 가만히 앞으로 나왔다.

보보도 눈을 감았다. 그리고 피코의 입에 제 입을 맞추었다.

보보에게 피코의 떨림이 전해져 왔다. 피코는 온몸을 덜덜 떨고 있었다.

입을 뗀 보보가 작은 목소리로 물었다.

"추, 추워?"

"아니……."

피코는 여전히 눈을 감은 채 물이 뚝뚝 떨어질 것 같이 젖어드는 목소리로 대답했다.

"헛!"

피코의 젖어드는 목소리에 보보도 흠칫 몸을 떨었다. 그리고 다시 두 사람은 입을 맞추기 시작했다.

그렇게 입을 맞추던 두 사람의 몸이 서서히 기울어지기 시작하더니 바로 옆의 수풀 속으로 넘어졌다. 그리고 부둥켜안은 두 몸은 수풀에 가려서 보이지 않게 되었다.

"피, 피코……."

"보보……."

보보는 제 몸 위에 올라타고 있는 피코를 바라봤다. 피코의 등 너머로 달이 떠오르고 있었다.

"피코……."

"아무 말 마."

"이, 이러면……."

보보는 말을 다 끝마치지 못했다. 피코의 입술이 보보의 입을 막아 버렸기 때문이다.

보보에게는 차가운 땅바닥의 감촉도 느껴지지 않았다. 피코 역시 늦겨울의 차가운 밤공기가 느껴지지 않는지 두 사람은 서로의 입술을 탐닉하는 데만 정신을 빼앗기고 있었다.

서서히 피코의 손에 의해서 보보의 옷이 벗겨져 나갔다. 벗겨진 보보의 옷들은 자연스럽게 바닥에 깔리고 그 위에 피코가 몸을 눕혔다.

보보가 누운 피코를 내려다보며 떨리는 목소리로 말했다.

"피, 피코… 괜찮아?"

"아무 말 하지 마. 그냥 잠시만 좀 안고 있어줘."

"피코……."

수풀 속에서 두 사람의 몸이 서서히 포개졌다.

잠시 후 피코의 흐느끼는 듯한 숨소리가 들려오기 시작했고, 그 소리는 교교히 흐르는 강물 소리, 바다의 파도 소리에 묻혀 사라져 갔다.

유코는 수풀에 엎드린 채 추위에 벌벌 떨며 한편으로는 진땀을 흘리고 있었다.

'어머, 어머! 이, 이런 특종이……!!'

바로 옆 수풀 속에서 들리는 피코의 가쁜 숨소리에 유코의 뺨이 정말 잘 익은 자두처럼 빨개졌다. 그렇게 꼼짝도 못하고 엎드려 있은 지 벌써 반 시간도 더 지났다.

'아, 아이고, 손 시려워. 무릎에 동상 걸리겠네. 저, 저것들은 도대체 언제까지 저러고 있을 셈이야?'

유코는 그들이 숲으로 들어간 뒤 조금 있다가 뒤를 밟기 시작했었다. 피코는 귀가 너무 밝기 때문에 상당한 거리를 두고 쫓아가야 했다.

'히히히, 재미있겠다. 분명히 무슨 일이 있을 거야.'

라고 당시에 유코는 생각했었다.

잠시 후 도끼로 나무를 찍어대는 둔탁한 소리가 들려왔고 유코는 실망하여 돌아서려고 했었다.

'에이, 뭐야? 정말 나무를 하고 있잖아? 피곤한데 그냥 돌아가서 자야겠다. 아니, 아니야. 저 애들, 분명히 수상한 데가 있어.'

그러다가 다시 마음을 다잡아먹고 다시 접근을 시도하여 나무를 찍고 있는 장소에 도달해서 몸을 숨겼다.

그 자리에서 기다린 지 한 시간, 갑자기 피코가 바로 옆의 물가로 뛰어드는 것을 목격, 두 사람이 물장구를 치며 떠드는 소란을 이용해서 아주 근접 거리까지 접근하는 데 성공했다.

유코는 보보가 서 있는 바로 뒤의 수풀에 몸을 숨겼다.

그런데 그 다음 알몸의 피코가 보보를 껴안았고 두 사람이 입을 맞추었던 것이다.

유코는 그 장면에서 눈이 튀어나올 뻔했다. 소리를 지르지 않은 것이 천만다행이었다.

'오홋! 트, 특종이다, 이건……. 이야호!'

마음속으로 쾌재를 부르고 있던 중인데 그들이 유코가 숨어 있는 숲으로 쓰러졌던 것이다.

유코는 몸을 바싹 움츠리고 숨을 죽였다. 숨소리도 크게 낼 수 없었다. 유코와 그들 사이의 거리는 채 오십 센티미터도 되지 않았던 것이다.

그들의 요상한 숨소리에 침이 바짝바짝 마르고 얼굴이 화끈거릴 정도로 열이 올랐다. 반대로 땅에 대고 있는 손과 다리는 새파랗게 얼어 쥐가 나기 직전이었다.

'이, 이거 고문이 따로 없군. 그냥 확 일어서 버릴까?'

그러나 그럴 수가 없었다. 애초에 그들의 약점을 잡아 놀려먹을 생각으로 숨어들었지만 지금 이 사건은 유코가 입으로 말하기에는 너무 낯 뜨거운 장면이었다.

'아, 안 돼. 도저히 내 입으로 이런 것을 말할 수는 없어. 저들과 얼굴을 마주 보기도 창피할 것 같아. 이거 괜히 따라왔네. 절대 들키지 말아야지.'

유코는 그렇게 결심한 채 꼼짝도 않고 그들이 제 발로 일어나 사라져 줄 때까지 기다리고 있는 참인 것이다.

그러나 그들은 요상한 신음 소리를 내며 계속 뭔가를 하고 있는 것이다. 도무지 일어날 생각을 하지 않았다.

'미, 미쳤어. 이렇게 추운데 발가벗고……. 저것들, 도대체 뭐 하고 있는 거야?'

시간이 지날수록 유코는 슬슬 화가 나기 시작했다. 너무나 춥고 괴로웠던 것이다.

그래서 슬쩍 고개를 들어 옆을 바라봤다. 수풀에 가려서 잘 보이지 않자 얼어서 감각도 없는 손을 벌벌 떨며 수풀을 가만히 헤쳐 보았다.

'헉! 저, 저럴 수가…… 어머머머!'

유코는 눈이 동그래져서 그대로 굳어버렸다.

'세, 세상에 저런 짓을…… 어머어머!'

유코는 자신의 눈을 믿을 수가 없었다. 보보와 피코가 그런 짓을 하리라고는 꿈에서도 상상을 못해봤던 것이다.

'어머어머! 그저 뽀뽀나 좀 할 줄 알았었는데…….'

그때였다.

"유코, 어디 있니? 피코! 보보!"

"유코! 대답 좀 해!"

커다란 외침이 숲의 정적을 깨고 울려 퍼졌다.

"……?!"

"앗!"

"헉!"

유코는 그대로 얼어붙은 것처럼 꼼짝도 할 수 없었다. 순간 피코와 보보가 소스라치게 놀라며 벌떡 몸을 일으킴과 동시에 세 사람의 눈이 마주치고 말았다.

"유, 유코!"

"……?!"

"……!!"

세 사람은 돌처럼 굳은 채 얼굴을 마주 보고 있었다. 급히 몸을 일으킨 보보와 피코의 바로 코앞에 닿을 듯이 유코의 벌게진 얼굴이 있기 때문이었다.

피코와 보보는 둘 다 알몸으로 아랫도리가 딱 달라붙은 채 멍하니 유코의 얼굴을 바라보고 있었고 유코의 접시만해진 눈은 포개진 채 딱 달라붙어 있는 두 사람의 아랫도리에 고정되어 있었다.

아주 찰나의 순간이었지만 세 사람은 마주 보는 그 시간이 영원히 계속될 것 같은 느낌을 받고 있었다.

"유코! 피코!"

"보보!"

조금 더 가까워진 사람들의 외침이 아니었다면 세 사람은 언제까지 그렇게 마주 보고 있을지 몰랐다. 그러나 그 외침으로 사라져 버렸던 정신이 세 사람의 머리를 강타했다.

"으악!"

"읍!"

"꺅!"

제정신이 든 세 사람은 각자 비명을, 다행스럽게도 멀리 있는 사람들에게는 들리지 않을 정도로 작게 지른 후 용수철이 튀듯이 자리에서 일어나 각기 다른 방향으로 뛰어갔다.

보보와 피코는 얼른 분주히 옷을 주워 입었고 유코는 수풀 저쪽으로 열심히 달려가고 있었다.

옷을 다 입고 나서도 두려운 표정으로 주위를 살피는 피코와 보보의 귀에 유코와 자리코, 웅가, 치요가 얘기하는 소리가 들렸다.

"그, 그쪽에는 아무도 없어요. 저 혼자 있었어요. 정말이에요."

"그래? 피코와 보보 못 봤어?"

"못 봤다니까요! 저쪽에서 나무를 하고 있었는데 아까……. 분명히 저쪽에서 소리가 들렸어요!"

"너 도대체 혼자 뭐 하고 있었니? 위험하게⋯⋯."

"아, 아무것도⋯⋯. 저쪽으로 가자니까!"

천만다행스럽고 고맙게도 유코는 사람들을 반대 편으로 데려가는 중이었다.

그들의 소리가 점차 멀어져 가더니 들리지 않을 정도가 되자 피코와 보보가 안도의 한숨을 내쉬었다.

"휴⋯⋯."

"큰일 날 뻔했다."

그렇게 말하고 둘이 눈이 마주쳤다. 두 사람의 얼굴은 긴장과 부끄러움과 행복감으로 붉게 물들었다.

"저, 저기⋯⋯."

"으, 응?"

"아까⋯⋯."

"⋯⋯."

뭐라고 말을 해야 할지 알 수 없었다. 그냥 그렇게 머뭇거리다가 얼굴이 빨개져서는 손을 마주 잡았다.

피코가 가까스로 입을 열었다.

"고마워, 보보."

"아, 아니, 무슨 그런 말을⋯⋯."

"나 사랑해?"

"응. 그, 그런 것 같아."

두 사람은 떠듬떠듬 말을 잇다가 피식 웃음을 터뜨렸다. 그리고 다시 한 번 껴안고 입을 맞춘 후 도끼와 칼을 챙겨 들고 방어진을 향해 발을 옮겼다.

다음날 새벽, 잠에서 깬 피코와 보보는 무척 어색해하며 일행의 표정을 살폈다. 특히 유코의 표정을 바라보는 그들의 시선은 아주 조심스러웠다.

'어쩌지? 유코에게 들켜 버렸으니……. 창피해.'

'유코에게 들켰으니 이제 우린 죽었다. 하지만 어제 한 행동은 고맙더군. 언제 바뀔지 모르는 애지만…….'

그러나 어색해하기는 유코도 마찬가지였다.

'괜히 미행했어. 그냥 잠이나 자는 건데……. 아, 이거 어떡하지? 이제 쟤들 얼굴 보기도 민망하네.'

자리코가 아침을 준비하며 말했다.

"너희들 어딜 가면 간다고 얘기 좀 하고 다녀. 얼마나 걱정했는지 알아?"

보보가 대답했다.

"미, 미안해."

"미안한 게 문제가 아니야. 여긴 들개족의 지역이라 위험하다고 네가 말해 놓고 그러면 어떡해?"

피코도 고개를 푹 숙인 채 일행의 눈치를 살폈다.

"미안……."

"그리고 유코!"

"예?"

"너도 조심해. 혼자 돌아다니지 말고."

"예… 알았어요."

풀이 죽은 세 사람은 잔소리를 들어가며 식사를 마쳤다. 그리고는 서로 뭐라고 해야 할지 몰라서 빙빙 돌고 있었다.

곧 배를 띄워야 했지만 어쩐지 준비를 해야 할 아이들이 빙빙 돌며 눈치만 보고 있으니 다른 사람들도 무슨 일인가 하여 세 사람을 바라보며 눈치를 보게 되었다.

치요가 물었다.

"너희들 왜 그래? 어제 무슨 일 있었어?"

웅가도 아무래도 이상하는 듯 말했다.

"그래, 이상하다, 너희들."

자리코가 물었다.

"혹시 어제 숲에서 싸운 거 아니니?"

"그러게."

그러자 세 사람은 어색한 미소를 지으며 손을 내저었다.

"아, 아니에요. 싸우긴요."

"맞아요. 우리가 싸울 일이 어디 있어요? 그렇지, 유코?"

"마, 맞아요. 우린 싸우지 않았어요. 어젯밤에는 서로 보지도 못한 걸요. 그렇지, 피코, 보보? 어제 나 봤어요?"

보보가 얼른 대답을 했다.

"아니, 못 봤어."

피코도 급히 대답하며 보보에게 눈짓을 했다.

"그, 그래. 나는 나무를 하고 있었는데?"

그러자 보보도 말했다.

"나는 운동을 하고 있었어요. 피코도 유코도 보지 못했어요."

유코도 과장된 몸짓으로 고개를 끄덕였다.

"그래요. 우린 전혀 보지 못했어요. 다 따로따로 있었어요. 그치?"

“맞아.”

“맞아.”

세 사람이 서로 따로 있었다고 주장하는 그 몸짓이 왠지 과장되어 보이긴 했지만 다른 사람들은 그리 신경 쓰지 않았다. 그들은 퍼쿵의 약을 구하는 데만 정신이 팔려 있기 때문이었다.

웅가가 말했다.

“왜 그렇게 당황하고 그러냐? 어서 배 띄울 준비나 하자.”

“그, 그래요.”

“어서 낚시를 나가야지.”

“호호호, 깜빡 잊고 있었네요.”

그들은 그렇게 서로 못 본 걸로 하기로 묵시적인 약속을 했다. 그리고 서둘러 배를 띄웠다.

배는 새벽 공기를 가르며 바다 한가운데로 나갔고 그 위에 각자 생각에 잠긴 네 사람이 돌아앉아 있었다.

〈4권 끝〉